"천도문"
의인의 기적

김영길 제2소설

시음사
시사랑음악사랑

작가의 말

이 땅에 많은 성현(聖賢)들이 왔다 갔지만 조물주(造物主) 하나님 생애(生涯)를 발견하지 못하였고 하나님의 아들따님은 무엇을 하고 계시는지 알지도 못하면서 수 천 년 전에 경전(經典)에 기록된 것을 조물주 하나님의 말씀으로 믿고 성경(聖經)에 적힌 문구는 점 하나도 빼고 붙이면 안 된다고 믿고 내려오고 있다.

나타난 자연(自然)의 공간(空間)은 근원(根源)의 원천(源泉)인 원인을 닮아 결과(結果)와 결론(結論)으로 딱딱 질서와 정서(情緒)와 진리와 무한한 사랑의 진리체(眞理體)가 함축(含蓄)으로 나타난 결과로 펼쳐져 평창은 하늘 궁창(穹蒼)을 천장(天障)을 말함인데 평창을 이루셨고 평청을 이루셨는데 평청 이라 함은 산과 들을 뜻함인데 액체(液體)가 식어 고체(固體)가 되어 아름다운 좌청룡(左靑龍) 우백호(右白虎)의 찬란(燦爛)한 명성(名聲)으로 과학(科學)과 진리체로서 모든 생명체(生命體)가 살 수 있도록 창조(創造)해 놓으셨습니다.

예수가 이 땅에 왔으나 율법(律法)을 신봉하는 자들 손에 멸시를 받고 비극(悲劇)으로 세상을 떠났고 노아 심판 때 120년 동안 방주(方舟)를 만들 때도 믿지 않다가 심판을 받았고 그러나 지금은 바로 소(小) 환란(患亂) 시대가 반세기(半世紀)를 지나고 있으며 그 다음 대 환란의 시대(時代)가 올 것이요 그 다음은 대(大) 심판(審判)의 날이 올 것이니라.

세상은 소 환란의 시대를 맞아 도둑같이 강림(降臨)하신 히

나님 부부와 하나님 아들따님과 네 분을 "사불님"이라고 하는데 이분들이 강림을 하셨어도 알지도 못한즉 아무리 신앙(信仰)이 좋아도 제물(祭物)로 갈 것이요, 균(菌)과 같이 멸(滅)할 것이니라. 심판(審判)과 멸(滅)하는 것과는 다르다. 심판은 하늘에 치라 라는 무기로 감아서 없애는 것이 있고, 빛으로 쳐 죽이는 것이 있고, 자기가 잘못 했다고 말하고 죽는 것이 심판(審判)이다. 불과 같이 싹 밀어버리는 것은 멸(滅)하는 것이다. 의심(疑心)하고 불신자(不信者)들은 알지 못 했기 때문에 그냥 갑자기 죽는 것이고 신앙(信仰)을 하는 자들은 천륜(天倫)을 멀리하고 강림(降臨)한 조물주(造物主) 하나님을 모르고 새 말씀을 선포하여도 만화(漫畵) 라고하고 이상한 상상력(想像力)이라고 한 사람들은 두고 보라 딱 심판(審判)을 받고 죽게 될 날이 분명(分明)히 돌아올 것이다.

하나님의 작품(作品)은 죽는 것이 없다. 왜 그러면 인간은 죽는 역사가 오늘날 이 시간까지 내려오게 되었는가 하는 것을 의인(義人)의 기적(奇績) "천도문"님 이라는 사실적(事實的)인 소설을 통하여 지금으로부터 반세기(半世紀) 전에 하나님의 강림(降臨)을 맞이하시고 하나님의 정신(精神)이 "천도문"님의 정신에 실리시어 말씀을 선포(宣布)하라고 남겨놓고 사반세기(四 半世紀) 전에 하늘나라로 가신 저의 스승님이신 "천도문"님의 새 말씀을 선포(宣布)하고자 본 소설의 형식(形式)을 빌려서 발간(發刊)하게 되었음을 말씀드립니다.

2017년 6월   일
작가 김영길

* 목 차 *

조물주님은 "천도문"께 의인의 기적을 이루셨다 하신다.

이 세상은 가짜의 세상이라 진짜의 말씀을 하여도 의심(疑心) 병이 많아서 천지(天地)가 뒤집혀 질 수 있는 귀한 말씀을 발표(發表)하여도 별로 관심(觀心)이 없다. 이 땅에 왔다 간 4대 성현(聖賢)들이 조물주(造物主) 하나님은 어떻게 계시며 아들딸은 어떠한 일을 하시고 계시는지 발견(發見)하고 천지를 창조(創造)하신 하나님의 아들딸이 죄(罪)를 짓지 않았다. 하는 것을 결과(結果)로 나타난 자연(自然)의 이치(理致)를 보고 자연의 순수(純粹)하고 소박(素朴)하고 한 치의 오차(誤差)도 없이 완벽(完璧)한 진리(眞理)체로 되어 있는 이치를 보아 하나님의 아들딸이 죄(罪)가 없다는 것을 밝힐 사명(使命)이 분명히 부여(附與)되어 있었지만 그분들은 그것을 생각지도 아니하고 인간들끼리의 자비(慈悲)와 사랑을 베풀며 하나님의 맺히고 맺힌 한을 풀어 드리지 못하고 사명을 다하지 못한 사실을 알아야 한다.

하나님의 아들딸이 죄를 질 수가 있다면 분명(分明)히 하나님도 죄인이요, 따라 능력(能力)도 없고 권능(權能)도 베풀지 못하는 우리 사람이나 똑같은 무능(無能)한 것이나 다름없는 것이라 생각(生覺)하지 않을 수 없다. 조물주(造物主)가 사랑이 풍부(豊富)함은 타고난 요소(要素)요, 요소를 타고 났기 때문에 공적의 공의요, 공급(供給)할 수 있는 조화가 몸에 요소로 이루어졌기 때문이요, 확고부동(確固不動)함이라. 확고부동이라는 말씀은 이리저리로 옮기지도 못하고 박혀있다는 확정(確定)을 말씀함이요, 고정적(固定的)으로 불변(不變)이라는 말씀이다.

하늘에 도덕은 참으로 아름다운 법이요 두려우면서도 법의 질서가 딱딱 되어 환경(環境)으로 이루어져 있기 때문에 윤리도덕(倫理道德)을 완벽하게 지킨다. 진리(眞理)학문(學文)이 신선하고 아름다우며 현명(賢明)하고 고귀(高貴)하며 찬란(燦爛)한 결정체(結晶體)로부터 이루어져 무언 무한한 한없고 끝없음이라. 하나님은 천살도요 천살의 결백(潔白)의 완벽한 분이신데 그분의 유전자(遺傳子)로 태어난 아들따님이 죄(罪)를 지었다는 것은 있을 수 없는 일이다. 이렇게 수 억 년 동안 인간들이 성경에 기록하여 하나님과 아들딸을 모독(冒瀆)을 하였으니 그 죄를 어떻게 감당할 것인가? 하나님이 인간을 보실 때 벌레만도 못한 인간들이 하나님이 공급해 주시는 산소며 공기며 생명의 양식을 먹고 살면서 용서받지 못할 모독을 하여도 수 억 년 참고 견디어 온 인내(忍耐)와 극복(克服)은 그 인간의 후손 중에 하나님의 아들딸 죄가 없음을 밝혀 주기를 목매어 기다려 왔는데 4대 성현이나 예수에게 기대를 걸었지만 하나님을 실망(失望) 시키고 그 사명을 다하지 못하고 그분들은 떠나버렸다.

그런데 하나님께서는 뜻하지 아니한 기적(奇績)과 신기록(新記錄)이 일어나 수 억 년의 맺힌 한을 풀게 되었다. 저의 스승님이신 천도문님께서 천지간(天地間) 만물(萬物)의 삼라만상(森羅萬象)의 이치를 보아 하나님의 아들딸이 죄를 짓지 않았다 하는 것을 여인(女人)의 몸으로 7세 때부터 생각하고 고민(苦悶)하고 확신(確信)하고 탐구(探究)하고, 몰두(沒頭)하고 검토(檢討)하고 관찰(觀察)하고 세심(細心) 소심(小心)하게 정성을 다한 결과 그 죄를 진자가 그 죄를 하나님 아들딸에게 뒤집어씌운 죄인(罪人)을 밝혀내었다. 그게 바로 하나님께서 종으로 점지(漸漬)한 옥황이란 존재(存在)를 확인(確認)하고 추궁(追窮)하여 밝혀낸 것이다.

옥황 이는 하늘나라에서 천사(天使) 장(長)으로서 하나님과 아들따님의 가정을 모시는 종의 신분이 부여(附與)되어 있었지만 자기 본분(本分)을 망각(忘却)하고 자기도 하나님의 아들딸처럼 한 공간을 가지고 주인(主人)이 되고 싶은 헛된 욕심(慾心)을 가지고 지구를 탐내고 지구에 보내 주기를 하나님 아들따님에게 그토록 원하여 지구에 내려와 결국 그는 지구에서 고릴라와 결합(結合)히여 다락(墮落)하여 자기가 타락하여 죄를 지은 것을 하나님의 아들딸이 죄를 졌다고 전가(轉嫁)를 한 득죄(得罪) 인이다. 하나님은 자녀를 8남매를 낳으시고 4차원 공간을 지구보다 더 큰 공간을 지으셨다. 하늘나라 3공간은 균(菌) 없는 공간으로 하나님의 후손들이 충만(充滿)하게 살고 있지만 지구 공간은 인간시조 옥황이가 고릴라의 결합으로 타락한 죄로 말미암아 실색(失色)하여 균으로 저장(貯藏)되어 균 속에 살고 균 때문에 죽는 역사가 생겨나게 되었다.

본래 지구는 하나님 셋째 아들 여호화 하늘새 와 딸 천도화 님의 공간인데 주인(主人)이 오기 전에 종놈들이 지구(地球)를 차지하여 지구는 지금 지옥(地獄)문이 되어 세상은 전쟁(戰爭)만 하다가 불쌍한 인간들이 초개(草芥)같이 죽어버리고 인생이 어떻게 생각하면 가련(可憐)하지만 옥황이 인간 시조가 만들어 놓은 죗값을 인간이 받고 살고 있다. 인간은 1초도 앞을 내다보지 못 하고 돈으로 한 세상을 살았기 때문에 돈은 바로 어떤 것인가 하면 돈은 사람을 괴롭히다가 죽는 것, 또 욕심(慾心)내고 탐내는 것을 갖다 주는 것, 실망을 갖다 주는 것, 피곤한 것을 갖다 주는 것, 또 한 가지 폐인(廢人)을 만드는 것, 돈이 다하는 것이다.

왜? 그럴까 돈은 옥황상제(玉皇上帝)가 돈을 내놨기 때문에 역시나 원 죄이이 원죄를 받아야 되고 타락 죄인이 그 타락의 그 본분을 받아야 하기 때문에 타고난 운명(運命)철학(哲學)이라는 것을 잊지 말아야 할 것이다. 여기에는 죄가 합류 화 되어있다. 돈에 합류 화 되어 돈의 노예(奴隸)가 되면 그 죄가 합류 화가 되어 있으니 어떻게 할 것인가? 그러니 편안(便安)한 안식(安息)이 오지 않는다. 이제 "천도문" 님이 하나님의 한을 풀어드려 하나님이 천도문님의 가정에 반세기(半世紀) 전에 강림하시어 하늘의 살아있는 하나님의 생애(生涯)의 공로(功勞)의 말씀을 남기시고 천도문님은 지금으로부터 사반세기 전에 너무나 밤잠을 주무시지 않으시고 정성과 도(道)의 길을 가시다가 육신의 기계 체의 과로(過勞)로 인한 병환(病患)으로 그토록 하늘 말씀을 여기 말로 완전히 번역 하여 책을 펴내시고자 하였으나 하늘나라에 승천(昇天) 하시는 관계로 뜻을 이루지 못했습니다.

그러나 부족하지만 못난 제자로서 저도 고희(古稀)가 넘어 거기다가 암 병으로 치료를 하는 급한 상황인지라 사람은 앞을 분초도 모르고 사는 현실에서 제가 가지고 있는 사실적 자료 말씀을 요점을 요약하여 시와 수필과 또는 자전 소설이라는 글의 형식을 통하여 이 세상에 발표(發表)하게 되었음을 다행스럽게 생각합니다. 스승님께서 지금은 소 환란(患亂) 시대요, 알곡을 창고(倉庫)에 거두어 드리는 때요 앞으로 대 환란의 시대가 온다는 것을 말씀 하셨고 대 환란의 시대가 지나면 대 심판(審判)의 때가 오는 이유는 지구는 본래 원 주인이 오셔서 하늘의 징치제도(政治制度)를 펴기 위하여 균을 보누 죽이고 본래의 옛 동산으로 재창조(再創造)하기 위해서는 천지를 뒤집는 역사적인 하나님의 한이 완전히 종결(終結)되는 시대가 오지 않으면 안 되는 상황이 전개(展開)되는 날이 분명히 올 것이라 예언(豫言)을 하시고 가셨습니다. 조물주(造物主)님이 하시는 일을 인간은 알 수는 없지만 자세한 내용은 인사말로 다 할 수 없으므로 본문에 기록되어 있는 것을 계속 구독(購讀)하여 주시면 감사하겠습니다.

지금은 소 환란 시대다 우리 인간의 생명의 기계 체는 우리가 생명을 지니고 살고 있지만 그 생명은 생명의 원천인 생명의 요소와 생명의 양식이 공급되지 않으면 죽게 되어있기 때문에 우리가 가지고 있는 것이 아니라 생명의 생존(生存) 권한은 바로 조물주 하나님의 권한(權限)에 생사(生死)가 달려 있음을 부인하는 사람은 없을 것이다.

그런데도 하나님께 감사의 은혜의 눈물을 흘려도 신통치 않은 세상에 인간은 살아가면서 하나님을 슬프게 하는 것이 바로 다른 이가 아닌 인간들이 하나님을 슬프게 한다는 것을 모르고 살아가고 있다. 왜냐하면 말로만 교회 나가서 하나님을 찾고 믿고 있으면서 하나님을 능멸(凌蔑)하고 또한 그 고귀(高貴)한 하나님의 아들따님을 갖다가 타락(墮落)의 죄(罪)의 누명(陋名)을 씌워 죄(罪)를 졌다고 수 천 년 동안 대대로 잊지도 않고 선포(宣布)하고 있다.

이 악(惡)한 인간들아 하나님이 하시는 말씀에 의하면 너의 인간들도 자기 자식에게 천륜(天倫)의 혈통(血統)이 핏줄이기 때문에 태어나면 예뻐서 입으로 빨고 비비고 죽고 못 살 정도로 예뻐서 죽겠다고 하는데 있는 것을 다 주고도 더 못 주어서 애탈 정도로 그토록 사랑하는데 높고 높은 넓은 사랑의 근원 자 이신 하나님께서는 얼마나 당신 아들딸을 귀하게 생각하시는지 상상도 못할 정도로 사랑하시는 다는 것을 상상해 보아라.

인간들도 두 부부가 사랑하여 자기 자식을 낳고 사랑의 근원으로부터 사랑의 열매가 탄생(誕生)되는데 이 무식(無識)한 인간들아 어찌 그리도 모자란 머리를 가지고 있느냐? 하나님도 혼자 사는 것이 아니라 주체(主體) 하나님은 천살도요 하나님 배우자(配偶者)는 천살의 결백이다. 천살도와 천살의 결백(潔白) 이라함은 아주 맑고 밝고 깨끗하고 결정체(結晶體) 같은 핵같이 반짝이는 빈설과 신설 같은 것을 말씀함인데 그러한 분들이 사랑을 하셔서 당신들의 몸에서 당신들의 유전자(遺傳子)를 닮아 탄생(誕生)한 분이 하나님의 아들딸이라는 것을 알려주는 말씀이니라.

이러한 분의 몸속에서 탄생(誕生)한 천살 속에서 나온 분이 천살을 닮아 탄생하셨는데 어떻게 하나님의 아들딸이 죄를 질 수가 있겠는가를 생각하지 않으려나? 그 하나님의 아들딸은 천하(天下)가 다 그 분들의 것인데 무엇이 아쉬워서 죄를 짓겠는가? 죄(罪)를 질 필요도 없고 죄를 질 수도 없는 환경(環境)의 권위 권을 자유자재(自由自在)하는 능력의 소유사(所

13

有者)이신데 왜 죄를 짓겠는가? 무지한 돌대가리 같은 인간들의 머리라도 이런 것은 알고 살아야 할 것이 아닌가?

 생명의 양식(糧食)을 공급해주시고 공기(空氣)를 주시고 산소(酸素)를 주시고 물을 주시고 이렇게 생명의 양식을 공급해주시는 하나님에게 그 귀한 하나님 아들딸에게 선악과(善惡果)를 따먹고 타락 죄를 졌다고 그것도 뱀의 꼬임에 넘어가 선악과를 따먹었다고 천벌(天罰)을 맞아도 신통(神統)치 않은 죄를 하나님과 그 분의 아들딸에게 수 천 년 동안 거룩한 성경(聖經)이라는 책(冊)에 실어놓고 하나님을 모독(冒瀆)을 하고 능멸(凌蔑)을 하고도 지금 이 시간에 그 분이 주시는 산소며 공기를 흡입(吸入)할 수 있는 자격(資格)이 있는지 종교(宗敎)를 믿는 지도자(指導者)들에게 묻고 싶다.

 하나님의 아들따님들이 죄를 짓는 것을 보았느냐? 보지도 못하고 하나님과 그 분의 아들딸은 눈이 광명(光明)이기 때문에 보여주면 인간은 눈이 부시어 눈이 멀기 때문에 인간에게 보여 주시질 못 하신다. 그러한 분들을 갖다가 인간들은 어린 유치원 때부터 유치원(幼稚園) 성경(聖經)학교(學校)에서 하나님의 아들딸이 뱀에 꼬여 선악과(善惡果)를 따먹고 죄를 졌다고 가르쳐서 어릴 때 신앙(信仰)이 어른이 되어도 그 사상(思想)이 박혀 하나님의 아들딸이 죄(罪)를 졌다고 외치고 있음은 정말로 슬픈 일이다.

앞으로 이 말씀을 알려 주었는데도 하나님의 아들딸이 죄를 졌다고 설교(說敎)하는 지도자가 있다면 모르고 저질렀을 때는 용서(容恕)가 될 가능성(可能性)이 있지만, 이 귀한 말씀을 읽고도 그러한 설교(說敎)를 한다면 지금은 "소 환란" 시대기 때문에 소 환란 때는 알곡을 창고(倉庫)에 거두어들이는 때라고 하나님이 "천도문"님을 통하여 말씀하셨기 때문에 그런 자는 알곡이 되지 못 하고 쭉정이가 되어 쭉정이는 바람이 불으면 바람에 날아가 형체(形體)도 없이 사라질 것이요 지난날 잘못 설교(說敎)한 것을 회개(悔改)치 아니하면 그도 또한 알곡이 되어 창고(倉庫)에 들어가지 못 할 것이요 어느 날 대(大)환란(患亂)이 오고 때가 되면 일(日)과 월(月)과 해가 딱 멈추는 그 때가 오면 노아 때의 심판(審判) 같은 현실(現實)이 온다면 불물에 찍 소리도 못하고 사라질 것이다.

하늘이 운세(運勢)로 하는 일을 인간이 막을 수 있나? 빛으로 치고 핵(核)으로 치고 광선(光線)으로 치고 하늘의 무기(武器) 치라는 지나가면 녹아 없어지는데 무서운 무기(武器)다. 땅 속의 마그마의 불물로 이 땅의 균(菌)을 없애기 위해서 뒤집고 천지(天地)를 개벽(開闢)하는 역사적(歷史的)인 마지막 하나님의 스릴 있고 상쾌(爽快)하고 경쾌(輕快)하고 통쾌(痛快)한 재창조 역사(役事)가 진행(進行)될 날을 향하여 소(小)환란(患亂)을 정하고 지금은 1970년경부터 소 환란을 정하여 서서히 시간을 하늘에서 단축(短縮)하여 놓았기 때문에 하늘은 조화를 부리시기 때문에 세월의 날짜는 똑같이 가는데 시간을 빨리 흘러가게 하였는데 인간들도 느끼면서 살고 있음을 알 수가 있다.

  지금은 소(小) 환란(患亂) 시대(時代)라서 세계(世界)가 조용한 날이 없다 지구 곳곳에서 테러가 밥 먹 듯 일어나 살기가 불안(不安)하고 초조(焦燥)하고 강대(强大)국은 내 땅 네 땅 하며 서로가 양보 없는 경쟁(競爭)을 하고 사람들의 마음은 사랑이 메말라 가고 사람들은 사고로 가다가 죽고 서서 죽고 세상 사는 것이 지옥(地獄)의 생활이지 편안(便安)한 생활(生活)이 되지 못 함을 운세(運勢) 따라 느끼며 살고 있다. 지구(地球)는 남극(南極)의 빙하(氷河)가 녹아내려 바닷물의 수면(水面)이 높아지고 환경의 급속(急速)한 변화로 생태(生態)계가 파괴(破壞)되고 있으며 육지(陸地)에는 사막(沙漠)의 면적(面積)이 해마다 확장(擴張)되어 인간의 행복한 삶은 미래는 앞이 캄캄하고 답답한 현실(現實)이 인간을 옥죄어 오고 있음은 이제 하늘의 심판(審判)의 운세(運勢)가 점점(漸漸) 다가오고 있음을 펼쳐진 자연(自然)의 현상(現狀)을 보고 인간들아 깨닫는 지혜(智慧)를 갖기를 바라는 마음에서 보여주는 현상(現狀)일 것이다.

  인간은 무지(無知)하여 항상 시간이 지난 후에 후회(後悔)하는 것을 반복(反復)한다. 2017년 전 예수가 유대 땅에 나타났을 때 가장 가까운 사람들이 하나님을 믿는 율법(律法) 자들이 복음(福音)을 가지고 등장(登場)한 예수의 말을 듣지도 않고

16

귀신(鬼神) 붙은 사람이라고 멸시(蔑視)하며 오히려 예수가 복음 말씀을 전하여도 믿지를 않으니 걷지 못 하는 자 걸어 다니게 하고 눈 먼 자 눈뜨게 하고 죽을 사람 살려주고 이적(異蹟)을 행하였으나 나중에는 예수가 유명(有名)해져 유대나라 각 나라 왕(王)들이 자기들의 왕위(王位)의 자리가 빼앗길 까봐 없는 죄를 뒤집어씌워 없는 죄목(罪目)으로 최고 십자가(十字架)의 형틀의 사형(死刑)을 선고하여 유혈(流血)이 낭자한 비극(悲劇)을 초래(招來)한 역사(歷史)를 되새겨 볼 필요(必要)가 있음을 생각해야 한다.

하나님이 예수를 이 땅에 마리아의 몸에 점지(點指)하여 탄생(誕生)하게 함의 목적(目的)은 하나님의 생애(生涯)를 발견하고 하나님의 아들딸이 죄(罪)가 없다는 것을 자연(自然)을 보고 스스로 느끼고 판단(判斷)하여 발견(發見)하라고 보냈는데 그러한 생각은 하지도 않고 나는 만왕(萬王)의 왕으로 세상에 왔다고 외치며 병마(病魔)에 죽을 사람 살려주고 이적(異蹟)을 행하며 죽을 고생을 하며 사랑을 베풀었으나 죽을 지경에 이르자 모두 배신(背信)하고 혼자가 되어 슬픔의 말로(末路)를 맞게 되었다.

그 이적은 자기가 능력(能力)이 있어서 행한 것이 아니라 하나님의 셋째 아들이 여호화 하늘새님이고 셋째 따님이 천도화님인데 지상의 나라에서는 여호화 하나님으로 알고 있지만 그 분이 바로 하나님 셋째 아들 따님이 본래 지구의 주인이었기 때문에 땅에 내려와 그 분의 역사로 이적(異蹟)을 행한 것이지 예수가 이적(異蹟)을 행할 수 있는 능력(能力)이 있어 행한 것은 아니라는 사실(事實)을 사실대로 밝히는 바입니다.

우리가 성자는 예수가 하나님의 아들인 줄만 알고 있는데 왜? 독생자(獨生子)라고 했기 때문에 성신은 누구인지도 모르고 성신의 역사 이렇게 말씀을 많이 하는데 하나님은 실체(實體)이시다. 하나님은 생불이시다. 그 생불이라고 하는 것은 영원(永遠)히 변하지 않고 죽지 않고 산다는 것을 말씀함인데 본래 하나님이 생불이라는 말씀을 알려 주는 것이다. 생불은 자체(自體)에서 원료를 생산해 내셨다. 그러니 자유자재다. 그런데 예수를 하나님의 아들이라고 하지만 예수는 하나님의 아들이 될 수 없고 지상에 대변자(代辯者)로 오셔서 하나님의 말씀을 전하려는 것이지 마리아 몸에서 태어났기 때문에 사람의 몸속에서 사람의 요소를 타고 탄생(誕生)하였음으로써 그는 곧 사람이지 신이 될 수가 없다. 그렇기 때문에 예수님은 곧 사람이요 유대나라 사람이라는 것을 확실(確實)히 알려주는 말씀이다.

지금 이 시간에 하나님의 강림(降臨)의 시대(時代)를 맞아 새 말씀이 내리는 이때 이런 것을 해명(解明)해 밝혀 나가야 할 것이 아닌가? 예수가 하나님 아들이라면 예수가 탄생(誕生)하기 전에도 이 태양(太陽)과 이 공간(空間)에 가득히 차 있는 힘을 자유자재(自由自在) 하는 것은 번치 아니하였고 그때에 그러면 예수님이 주(主)라면 그 빛 광속에 하나님의 몸속에서 탄생(誕生)한 분이어야 할 것인데 그러한 분은 사람이 죽일 수도 없거니와 십자가(十字架)에 매달리지도 않는다. 하나님이 조화가 없어 무엇 때문에 십자가에 매달려 죽었다가 피가 낭자하게 죽었다가 다시 오는 게 무엇이냐? 다시 올 필요가 뭐 있겠는가? 왔을 때 다 해야지 그 예수님의 피로다 인간의 죄를 씻는다 했는데 예수님의 피도 우리와 같이 빨갛다. 이런 말씀이다. "천도문"의 말씀에 의하면 하늘 사람들의 피를 하나님께서 보여 주셨는데 결정체다. 결정체(結晶體)가 몸에 반짝반짝한다. 이러니 그 자체가 얼마나 귀한 분들인가 사람은 반짝 이기는커녕 아픈 사람의 매 맞은 피는 허여멀건 한 피가 나온다는 것을 보고 분별할 수 있는 사람이 되어야 한다.

인간은 생명의 요소는 영원(永遠)하지만 생명체는 영원하지 못하다. 예수가 이 땅에 의인으로서 의인의 사명을 다하였으면 조물주(造物主) 하나님의 한을 풀어 들였을 것인데 그 사명을 다하지 못하고 기회(期會)를 상실(喪失)함으로써 하나님의 한(限)은 오늘날까지 역사는 흘러 연장(延長) 되어 왔음을 알수가 있다. 그런데 오늘 이 시간까지 의인(義人)이라는 것은 어떤 것을 의인이라고 하느냐? 배우지도 않고 아는 사람을 의인이라고 한다. 수도인은 왜? 수도 인이 아는 게 왜 많으냐? 도를 했기 때문이다. 성현은 왜 성현이냐 하면 이 세상 사람 중에 남다르게 나타난 사람이기 때문에 성현(聖賢)이라고 한다. 의인은 왜 의인이라고 하느냐? 그 사람은 항상 예의를 지키고 후덕(厚德)하며 덕을 지켜가기 때문에 의인이라고 한다.

　오늘날 이 세상은 전쟁(戰爭)만 하다가 불쌍한 인간들이 초개(草芥)같이 죽어버리고 인생이 어떻게 생각하면 가련(可憐)하지만 인간시조 옥황 용녀가 만들어 놓은 그 죗값을 인간이 연대(連帶) 죄(罪)로 내려와 모두 받고 있다. 우리 인간은 뿌리는 어디서 왔는가를 먼저 알아야만 하는데 인간은 본래 하나님의 가정에서 종(從)의 신분으로 천사(天使)장은 남자 이름은 옥황이요 선녀(仙女) 여자 이름은 용녀로 하나님께서 생불체 라는 투명입체 공 안에다가 생명의 유전자(遺傳子)를 점지(點指)하여 탄생하게 되었다. 하나님 두 분과 하나님 아들 따님 네 분을 우리가 약칭으로 통틀어 부르는 명칭은 "사불님"이라고 부른다. 앞서 논술(論述)한대로 하나님은 생불이라고 하심은 영원히 죽지 않고 변함이 없는 것을 생불이라고 하였으니 하나님 아들따님과 그 후손님들도 죽지 않고 영원히 변치 않고 젊은 그대로 영원히 살기 때문에 모두 생불이시다. 그래서 네 분을 네 생불님이라고 하는데 네 분을 "사불님"이라고 하는 것임을 설명(說明)하는 것이다.

　하나님께서 말씀하시기를 당신의 아들따님과 의논(議論)하여 너희들 우리를 모실 수 있는 종을 점지하여 한 가족(家族)으로 탄생시키면 어떠한가 하시며 말씀을 하나님이 하신 즉 아들따님도 기뻐서 어쩔 줄 모르고 기대하며 종을 탄생(誕生)을 기다려 오는 것이었다. 빛공 두명 입체공간 안에서 종이 될 생명이 커가는 모습을 하나님과 아들딸님이 즉 사불님이 항상 바라보시면서 종들이 태어나는 날을 기다리고 항상 기쁨의 나날을 보내는 행복(幸福)한 시간의 나날이 지속(持續)되었다.

　오랜 기간이 흘러 때가 되니 종은 점점(漸漸) 성장되면서 투명 입체 공안에서 일과 월과 해를 타고 영광스런 축복 속에 최고의 창조주(創造主) 하나님 두 분과 아들딸 두 분 즉 사불님이 지켜보시는 가운데 영광의 광명의 밝은 희망과 소망과 기쁨을 않고 서광(曙光)의 빛이 비치는 아름다운 빛살 속에 영광의 탄생의 새 생명이 태양(太陽)같이 솟아오르는 화기애애(和氣靄靄)한 화목(和睦)한 하나님의 가정이 활기찬 용기와 욕망이 차고 넘치는 새 역사의 장이 열리는 순간의 기쁨이 용솟음치는 활짝 핀 아름다운 꽃 중의 꽃이요 백옥(白玉) 같은 반짝이는 서기가 빛나는 탄생의 날 어화 둥둥 내 사랑아 기뻐 어쩔 줄 몰라 하셨다.

　하나님은 당신 아들딸은 주체(主體)와 대상(對象)이 서로 사랑하여 탄생한 친(親) 자식이요 종(옥황이와 용녀)은 생명을 점지 할 수 있는 능력의 권능자 이시기 때문에 생명을 점지하여 종(從)의 신분으로 탄생을 하였어도 친 자식과 똑같은 사랑으로 한 가족으로 변함없는 사랑의 주인공이신 하나님 두 분들은 종들이 명석하고 재주가 술과 진법을 져서 아주 재주를 부리는 모습을 볼 때 기뻐 이쩔 줄을 모르셨다. 맑고 깨끗

21

한 생명을 유전자의 점지로 탄생을 하였어도 하나님의 가정을 모실 수 있는 무한한 사랑의 권력(權力)과 권세(權勢)와 명예(名譽)를 가지고 태어났으니 얼마나 영리(怜俐)하겠는가를 우리는 생각 할 수가 있을 것이다.

더욱이 하나님 두 분께서는 하나님의 아들따님이 종들을 그렇게 사랑해주고 자기 친(親)자식(子息)같이 기르고 재롱(才弄)을 부리며 커가는 모습(模襲)을 보면서 항상 기뻐 어쩔 줄 모르는 광경을 멀리서 바라보실 때마다 항상 같이 기뻐서 웃음꽃이 피는 하나님의 가정이 되었다. 하나님이 보시기에 너무나 도를 넘을 정도로 친자식(親子息))처럼 사랑하심에 걱정할 정도로 그토록 하나님 아들따님은 종(從)들을 사랑하시며 키워 주시며 사랑을 하셨다. 너무나 사랑을 흠뻑 쏟아 사랑하시는 관계(關係)로 종으로 태어난 옥황이 남자 천사(天使)장과 여자 선녀(仙女) 용녀는 버릇이 없을까 하는 걱정이 들 정도로 사랑을 흠뻑 종에게 쏟는지라 하나님이 걱정을 하실 정도로 지극히 사랑을 다하여 길러 주셨다는 사실을 하나님의 유전자(遺傳子)로 몸에서 태어난 하나님의 아들딸의 사랑이 얼마나 풍부(豊富)하고 진실(眞實)과 진실이 폭발(暴發)하는 뜨거운 사랑이 많았을 것이라 짐작을 할 수가 있습니다.
앞서 저의 스승님이신 "천도문"께서는 하나님의 가정에 대하여 이렇게 말씀을 해 주셨다. 하나님께서 "천도문"님을 통하여 말씀하시기를 인간을 중심으로 촌수(寸數)를 헤아려 하나님과 하나님의 아들딸들을 이렇게 호칭(呼稱)을 부르라고 말씀하셨는데 그 말씀은 다음과 같다. 하나님과 그 분의 아들 딸과 그 분의 손자 손녀 수 억 년 동안 번창하여 차고 넘치는 하늘나라에서는 죽는 법이 없으니 우리는 나이 100세에 쭈그렁 바가지가 되지만 하늘나라는 오래 살면 살수록 더 젊어지는 물과 약물이 차고 넘치기 때문에 늙은 법이 없다는 사실이다.

하나님도 수 억 년 수 억 년 셀 수 없는 세월(歲月)이 지났지만 젊은 그대로다. 그래서 하늘나라에서는 나이가 없다 나이가 없는 것은 아니지만 모두가 하나님도 그 후손(後孫)들도 모두가 젊은 그대로 이니까 모두가 젊음이 차고 넘치는 행복한 세계 아름다운 문화와 행복이 차고 넘치는 안락(安樂)한 바로 천국(天國)이 바로 하늘나라의 하나님의 보좌(寶座)인 것이다. 그렇지만 인간은 지상(地上)이 균(菌)으로 꽉 차 있어 사는 동안도 병마(病魔)에 시달리고 돈이란 노예(奴隷)에 매달려 모두가 언제 죽을 지도 모르는 앞이 보이지 않고 장님이 앞을 못 보고 살듯이 자기 앞에 일어날 1초 앞도 알지 못하고 사는 것이 인간의 무지(無知)한 생활이라고 하지 않을 수 없습니다. 아침 잘 먹고 출근 하다가 몇 분 만에 사고로 세상을 하직(下職)하는 이러한 환경(環境)이 되어 있다는 것을 생각하면 하늘나라와는 너무나 극(極)과 극의 비교의 대상이 되는 것입니다.

인간을 중심하여 호칭을 발씀드리면 남자하나님은 할아버지 (소부님) 여자 하나님은 할머니(조모님) 그리고 하나님 큰 아들은 참 아버지 하나님 큰따님은 참 어머니 하나님 둘째 아드님은 천도성 아버지 둘째 따님은 천왕성 어머니 셋째 아드님은 여호화 하늘새 아버님 셋째 따님은 천도화 어머님인데 셋째 아들과 따님 이분들이 본래 지구의 주인으로 오실 분이시었다. 하나님 넷째 아들은 천왕화 아버지 넷째 따님은 천문화 어머님이라고 부르라고 말씀 하셨으니 하나님은 한 번 아들따님을 낳으실 때 쌍태로 남매(男妹)로 탄생하여 그 남매가 크면 축복하여 축복 결혼을 맺어 주시는 하늘의 법도이다.

하늘의 하나님의 가정을 모시는 가정에는 엄청난 사랑의 질서가 자연적(自然的)으로 질서와 법도가 완벽하고 모든 것이 조리(條理) 단정(斷定)하여 하나님의 힘과 사랑과 온기 속에 평안히 노래하는 행복한 질서(秩序)가 유지되고 생각을 해보라 인간들의 세상에도 왕(王)들을 모시는 절차와 질서가 비서(秘書)가 있고 비서실장 밑에 수석 비서가 또 비서가 있듯이 천지를 창조하신 하나님의 궁전(宮殿)의 모심의 생활은 얼마나 사랑과 질서가 자연적(自然的)으로 넘쳐흐르는 유유의 찬란(燦爛)함이 얼마나 아름다운 모습이 인간은 상상할 수 없는 꿈의 아름다운 향연(饗宴)의 장 이었을까를 생각해 보아야 할 것이다.

이러하듯이 하나님을 모시는 종들도 층층으로 질서(秩序)가 완벽하고 상하가 정해져서 천사는 남자를 뜻함이요 여자는 선녀라고 부르는데 처음에 점지한 남자 천사 장은 이름이 옥황이요 여자 선녀는 용녀다. 이 남녀 두 종은 장차 성장하면 하나님이 부부로서 축복(祝福)을 해주어 결혼(結婚)하여 장차 살게 될 예비(豫備)부부가 하나님과 하나님 큰아들따님 즉 참 아버지와 참 어머니를 모시고 받드는 것이다. 하나님 가정을 모시는 종들의 체계는 천사 장과 선녀 장 밑에 천사 장 부부를 모시는 종의 종이 있고, 그들도 남녀 부부가 종을 모시는 종이 있으며 그들도 아들딸을 낳아 살 수가 있으며 또 종의 종을 모시는 또 종이 있는데 그 종은 인간으로 말하자면 로봇 종이라고 생각하면 비유가 될지는 몰라도 이 분들도 두 부부가 종의 종을 받드는 신분으로 사명을 완수하는데 이 종의 종의 로봇종의 신분은 부부로 모심의 생활의 소임을 수행하지만 애기는 낳지 않는다. 하늘나라는 로봇이라 할지라도 살아 있는 생명과 똑같이 활동하기 때문에 불편이 없다. 그러니까 하나님의 종의 체계는 하나님과 큰아들따님을 모시는 1. 천사 장 선녀 장 부부 2. 천사 장 선녀 장을 모시는 종에 종 부부 3. 2번째 종에 종을 모시는 종 로봇과 같은 종인데 단 애기를 낳지 못하는 종의 신분으로 3단계로 되어 있음을 말함이다.

이 세상의 죄악의 인간들도 땅이 넓고 자기 땅이 있으면 자식(子息)들을 낳아서 땅을 한 필지씩 주고 그 위에 그림 같은 초원(草原) 위에 비단(緋緞) 같은 집을 지어 자식에게 주듯이 하나님도 아들딸이 8남매가 즉 네 쌍을 남녀 상태로 낳았으니 네 부부에게 줄 집을 시어 주기 위해서 지구보다 더 큰 공간을 네 공간을 사차원(四次元)공간을 창조하셨다. 하나님의 가

정도 큰 아들딸이 하나님을 모시고 종들과 같이 모심을 받들며 산다. 그래서 인간들도 천륜으로 통하는지 옛날에는 장남이 부모님을 모시고 사는 제도가 이 세상에도 한때는 자리를 잡은 것은 아닌지 생각해 볼 수 있다.

하나님이 지으신 사차원(四次元)공간 중에 일차원(一次元)공간의 이름은 천지락인데 하나님과 하나님의 큰아들따님이 사는 공간이요 이차원(二次元)공간은 이름은 지하 성 나라인데 둘째 아들 천도성 둘째따님 천왕성님의 사는 공간이요 삼차원(三次元)공간은 구름나라 일반 구름이 아니라 명사가 나라 이름이 구름나라 인데 넷째 아들 천왕화님과 넷째 따님 천문화님 공간이며 사차원(四次元)공간은 현재는 지구나라 인데 본래 나라 이름은 하늘 새 나라이다. 이 공간 주인은 하나님의 셋째아들 여호화 하늘새님과 셋째 딸 천도화님의 의 공간이었다.

하나님께서 사차원(四次元)공간을 창조하셨으며 하늘나라에는 공해가 없고 균이 없는 환경(環境)적 분위기가 삶의 영원한 터전이기 때문에 죽는 역사가 없다. 당신 하나님 자체가 생(生) 자체기 때문에 영원히 죽지 않는 생불이시기 때문에 죽는 역사는 존재하지 않는다. 하늘 사람들은 지금도 수 억년 동안 해가 지나면서 나이가 지났어도 늙은 사람이 하나도 없다. 왜냐하면 환경이 모두가 생하는 생명(生命)의 요소가 충만(充滿)하고 생의 은혜(恩惠)가 하나님의 무한한 사랑이 차고 넘치는 은혜가 가득하고 환경의 모든 포근한 감쌈이 생으로 가득하고 용솟음치는 생명의 생명력(生命力)의 살아 숨 쉬는 맥박(脈搏)이 쉴 새 없이 뛰고 살아 활동하기 때문에 그 힘의 응시에 힘과 힘이 살아 활동하기 때문에 생 녹수라는 젊어지는 물과 진 녹수라는 약물이 항상 젊은 그대로 유지해 주는 환경이 죽음의 역사가 없는 근원(根源)이 되는 것이다.

이 세상은 공자님의 말씀에 의하면 이 천지지간(天地之間)만물지중(萬物之衆)에 사람이 최귀(最貴)하니 만물의 영장(靈長)이라고 하였지만 사람은 만물을 사랑할 수 있는 사랑의 역량이 부족하다. 오직 인간들이 살기 위해서 짐승을 잡아 먹기 위하여 살생을 일삼은 인간들의 생활이야말로 과연 인간들 때문에 하루 한 날도 마음 편히 살 수 없는 동물들을 바라볼 때 과연 인간이 만물의 영장의 자격이 있는지 되돌아보게 된다. 지구는 말없이 돌아가고 돌아오며 증발(蒸發)되고 공전(公轉)되고 자동으로 생동체가 생동한다. 천지간(天地間) 만물지중(萬物之衆)에 만물의 영장(靈長)이라 함은 만물의 근원의 모든 것을 알고 거느리고 다스릴 수 있는 사랑의 권능자가 되어야 하는데 신령한 영물이 되어 이적을 마음대로 자유하고 신비(神秘)스럽지 못한 인간은 산다는 것이 자연(自然) 앞에 부끄러운 일이다.

그러먼 하나님이 창조한 창조물(創造物)은 사차원(四次元)공간 중에 지구 공간은 왜 사람들이 살다가 죽는 것인가? 사는 동안에도 사는 것이 아니라 병에 시달리고 공해(公害)에 시달리고 공해와 병균(病菌)에 전염되어 사는 것이 죽을 수 없어 억지로 사는 지옥(地獄)문의 생활이 되어 미래에 일을 분초도 내다보지 못하고 돈으로 한 세상을 살았기 때문에 돈은 바로 어떤 것인가 하면 돈은 사람을 괴롭히다가 죽이는 것, 또 욕심내고 탐(貪)내는 것을 갖다 주는 것, 실망(失望)을 갖다 주는 것, 피곤(疲困)한 것을 갖다 주는 것, 또 한 가지 폐인(廢人)을 만드는 것, 돈이 다하는 것이다. 왜 그럴까? 돈은 옥황상제(玉皇上帝)가 돈을 내놨기 때문에 역시나 원 죄인이 받아야 되고 타락(墮落) 죄인이 그 타락(墮落)의 그 본분(本分)을 받아야 하기 때문에 타고난 운명(運命)을 잊지 말아야 한다. 여기에는 모든 죄가 합류 화 되어있다. 돈에 합류 화 되어 돈의 노예(奴隷)가 되면 그러니 편안한 마음에 안식(安息)이 오지 아니하더라.

인간의 시조 천사장 옥황이와 선녀장 용녀는 하나님의 가정을 모시는 모심의 수장(首長)으로서 막강(莫强)한 모심의 권위(權威) 권과 권력(權力)의 힘과 재능(才能)과 술법(術法)을 내고 드리고 진(陣)을 치고 걷을 수 있는 탁월(卓越)한 위치에 걸맞은 운명을 타고 났지만 그는 너무 욕심을 부리다가 패가망신(敗家亡身)하는 인간시조의 불명예(不名譽)스러운 영원히 돌이킬 수 없는 강을 건너게 되어 하나님과 하나님의 아들딸 참부모님에게 실망(失望)을 안겨드린 장본인(張本人)이요 산 역사의 아름다운 영원한 하나님의 품속을 떠나 죽음을 스스로 선택한 죽음의 역사를 이 땅에 탄생시킨 아주 수 억 년 동안 하나님의 가족을 슬프게 비극(悲劇)을 안겨 드렸고 자기의 인간들의 후손(後孫)들에게는 비참(悲慘)한 참극(慘劇)을 후손들에게 대대로 내려 받게 한 아주 가지 말아야 할 길을 택(擇)한 길이 되고 말았다.

천사 장 옥황 이와 선녀 장 용녀는 하나님의 가정에서 모시는 생활을 하면서도 더욱이 하나님의 아들따님 참 부모님의 사랑을 받고 살았고 참 부모님은 자기 친자식(親子息)보다 더 많은 사랑으로 보살피며 키워주신 참으로 사랑이 지극(至極)하신 참 부모님의 온통 사랑을 독차지하면서 그 사랑으로 성장하였다. 그러나 그는 종의 신분을 생각하며 하나님의 아들따님들은 주인으로서 공간 하나씩을 차지하고 주인의 주권(主權)을 행사하고 있는데 나는 왜 겉으로는 다 같은 인격(人格)인데 나는 왜 종이 되어 공간을 차지하지 못하고 속으로 자기도 종이 아닌 주인(主人)이 되고자 하는 흑심(黑心)을 품게 되었다. 그것을 미리 알고 계신 조부님과 조모님 (하나님 두 분)께서는 하나님의 아들딸에게 너무 친(親) 자식(子息)같이 사랑하는 것은 좋으나 속으로 걱정을 하게 되시었다.

그러나 참 부모님 (하나님의 큰 아들따님)은 항상 변함없이 그저 옥황이와 용녀를 너무나 사랑스럽게 온갖 사랑을 다 쏟아 사랑을 베풀어 주셨다. 옥황이와 용녀는 종의 신분이지만 하나님과 하나님 아들따님은 변함없는 차별 없는 사랑을 베풀지만 나는 왜 종의 신분일까 나도 주인이 되고 싶어 하는 자기 분수(分數)와 신분(身分)을 초월(超越)하는 헛된 욕심(慾心)을 가지게 되기 시작하는 순간이었다. 이 지구 공간은 인간 조상 옥황이가 내려오기 전에는 돌들이 모두 금빛 은빛 찬란한 아주 아름다운 공간이었다. 이 지구 공간은 앞에서 사차원 공간의 주인을 설명한 대로 원래 이름은 여호화 하늘새 와 천도화님의 공간으로 주인이 정해져 있었다. 그러나 옥황이와 용녀는 하나님의 셋째 아들딸이 오기 전에 하나님과 하나님의 큰아들 따님에게 지구에 내려보내 주기를 참부모님(하나님의 큰 아들따님)께 부탁하여 하나님께 지구에 보내 줄 것을 간교(奸巧)한 꾀를 동원하여 매일매일 부탁하고 조르기 시작하였다.

사랑이 너무나 많으신 참 부모님은 당신의 아버님 어머님 (하나님 두 분)께 저 어린 것 옥황이와 용녀가 지구에 내려가기를 저렇게 소원하오니 허락하여 주시면 좋겠습니다. 종을 너무나 친자식같이 사랑하는 마음에서 간청을 하게 되었다. 그러나 하나님은 저들이 내려가면 공간을 차지하고 다시 하늘로 오지 않을 것을 알기 때문에 허락을 하지 않으셨다. 그 대신 헛된 잡음을 먹지 말고 자기의 직분을 수행하라는 느낌을 자연을 보고 회개(悔改)하라고 동물(動物)왕국(王國) 동물들이 사는 사오 별성 이라는 곳에 또는 욕새 별성 이라는 곳에 가서 휴양(休養)을 하고 마음을 좋게 먹고 회개(悔改)하는 시간을 주어 그곳에 보냈으나 동물들이 또는 식물들이 서로가 예의를 표시하며 하나님께 감사 하며 사는 모습을 보고 깨달음을 느껴야 하는데 그곳에 가서도 지구에 갈 생각을 버리지 아니하고 그들은 하나님의 계명(誡命)을 어기는 죄를 저질렀다.

그들은 때가 되어 성장하면 그 둘을 부부의 관계를 맺어 주어 축복해 주려고 하였으나 그들은 하나님의 허락(許諾)을 받지 않은 채 자기들끼리 속도위반을 하여 부부의 관계를 맺어 욕새별이라는 별성에서 자식을 낳고 한 세대를 보내게 되었다. 이렇게 하나님의 허락도 없이 하나님의 계명을 어기고 그들은 첫 번째 원죄(原罪)를 저질러 하나님과 하나님의 아들따님 즉 참 부모님을 슬프게 하였다. 거기서 난 아들이 생녹별이다. 생녹별이란 이름은 하나님의 둘째 아들 이름인데 그 이름도 주인의 이름을 따서 자기 이름이라고 지어 부르고 그런 것을 보면 주인이 되고자 나쁜 욕심을 품은 흔적(痕迹)이 많이 나타난다. 옥황이와 용녀가 욕새별에서 난 생녹별이 첫아들인데 그들이 성장하여 또 부부를 인연(因緣) 맺어 애기를 낳고 한 것이 많은 세월이 흘러가는 동안 하나님의 가정을 괴롭힌 장본인(張本人)들이다.

옥황이는 욕새별에 있는 자기 큰아들 생녹별에게 내가 지구에 내려가 조부님(하나님)의 벌을 받아 죽게 되거든 내가 옥황이의 이름을 붙여 생녹별 아들에게 상제라는 명을 주리니 지구에서 죽으면 지구를 왕래하며 통치(統治)하라고 벼슬을

31

준 것이 옥황상제(玉皇上帝)의 벼슬이다. 욕새별에서 난 옥황이의 후손들을 큰아들 생녹별을 위시하여 그들을 통틀어 악별성 들이라고 칭하는데 이 악별성에서 태어난 이들은 실체(實體)기 때문에 도술(道術)도 부리고 진(陣)도 치고 갖가지 요술(妖術)의 기교(技巧)를 부릴 수 있는 능력자(能力者)들이기 때문에 인간들의 마음을 요리하며 자기들 마음대로 지금 이 시간에도 지구를 오르내리며 인간들을 시켜 서로가 전쟁(戰爭)을 시키고 악의 무리들이 통치(統治)하는 지구가 되어 있다는 사실(事實)을 밝혀 주는 것입니다.

시간만 나면 옥황이와 용녀는 지구에 내려갈 생각이 변함없이 소망(所望)하는지라 참 부모님께 조르고 또 조르고 참 부모님은 그저 자식(子息)같이 사랑하시는 분이시기 때문에 그렇게 지구에 가기를 수없이 원하고 원하오니 아버님 어머님(하나님)께 참 부모님이 그렇게 사랑하는 아들이 저 종들을 지구에 보내 주기를 희망하오니 아들과 따님의 간청(懇請)에 할 수 없이 지구에 옥황이와 용녀를 내려보내는 것을 허락(許諾)하게 되었는데 그러나 하나님 조부님께서는 옥황이와 용녀를 내려보낼 때 구슬로 한번 술을 부리니 옥황이와 용녀는 몸이 털이 나고 괴물(怪物)이 되어 변하니 옥황이와 용녀는 조부님(하나님)께 너무하십니다. 이러실 수가 있습니까? 원망(怨望)을 하니 하나님 대답을 하시는 말씀 너의 속마음을 겉으로 표현(表現)한 것이니라. 이렇게 말씀하셨다. 너희들이 내려가서 후회하지 않겠느냐 하였으나 그러나 그들이 지구를 주인한테 빼앗아 차지하고 싶은 생각이 변함이 없는지라 결국은 하나님과 참 부모님을 배신(背信)하고 지구에 내려오게 되었는데 빨리 회개하고 하늘로 돌아오게 하려고 하나님께서는 다음과 같은 조치를 취하시게 되었다.

본래 하나님이 창조하신 공간은 앞에서 서술한 대로 사차원(四次元)공간을 창조하시고 네 공간이 일심일치로 돌아가고 돌아오는 생명선이 12선이 돌아가는 생명선이었다. 그런데 옥황이와 용녀가 지구에 내려올 때 조부님(하나님)께서는 생명선(生命線)을 7선을 거두고 5선만 지구에 돌아가고 돌아오게 만들어 놓았다. 이렇기 때문에 생명선이 단축(短縮)되어 하늘나라 공간의 하루가 여기 지구에 일 년이 되는 지구와 하늘나라와는 일과 월과 해가 다르게 궤도가 각자 다른 각도로 돌아가고 오는 것이다. 지구에 내려오니 생명선(生命線)을 하나님이 7선이나 많이 줄여 놓으니 지구는 흑암아가 일어나고 공허하고 혼돈하다는 말이 성경에 적혀있는 것은 이때 일어난 것을 혹시 말하는 현상일지도 모르겠다.

지구에 내려오니 하나님이 해를 거두어 달빛 같은 어두 캄캄한 밤 같은 곳에서 생활하게 되었는데도 옥황이는 오히려 반감을 가지고 오기를 가지고 조부님(하나님)이 이러실 수가 있을까 원망(怨望)을 하며 살았다. 그러나 용녀(천사장 부인 선녀)는 자기가 살 못 한 것을 깨딛고 지금이리도 당장 히늘로 올라가 소부님(하나님)께 용서를 빌고 올라가자고 하였으나 옥황(선사장 남자)이는 요지부동(搖之不動)이었다. 지구에 내려와 그들은 옥황이와 용녀는 자식을 낳았으나 자기들이 괴물로 변한 비틀어진 심보의 마음으로 애기를 낳았으나 역시 괴물애기를 낳았다. 이런 상황(狀況)을 잘 인식하고 용녀는 후회(後悔)를 하며 괴물아이와 함께 섬에 있는 험한 벽산에 올라가 조부님 조모님(하나님 두 분)잘 못 하였습니다. 울면서 통곡하면서 8년 동안 기도의 제단(祭壇)을 하루도 빠짐없이 후회(後悔)의 회개(悔改)의 눈물을 흘리며 정성을 드렸다.

정성을 드리며 기도하는 자기 어머니의 기도 소리를 들으니 같이 기도(祈禱)하는 괴물아이도 자기 부모가 잘 못 한 것을 잘 아는지라 통곡하면서 슬픔을 폭발(暴發)하는지라. 이때서부터 인간 세계에는 기도(祈禱)가 처음 출발(出發) 되게 되었다 하늘나라에는 기도가 필요 없는 세상인데 지상에 내려와 지구에서 처음 비는 기도가 시작됨이 바로 비극(悲劇)이라 빈다는 것은 죄(罪)를 졌기 때문에 비는 것이요 회개(悔改)하기 위해서 죄를 사하여 주시옵소서! 하는 것이기 때문에 인간이 비극이 이때서부터 시작(始作)되었음을 짐작할 수가 있다. 회개하고 돌아오기만을 기다리는 하나님은 150년 동안 해를 거두고 주지 않았는데 참 부모님(하나님의 아들따님)은 이 땅에 내려와 보시고 당신이 친자식같이 키워온 옥황이와 용녀가 고생(苦生)하는 것을 보시고 하나님의 허락(許諾)도 없이 해를 지구에 주셔서 밝은 광명 속에서 살게 해 주셨다. 얼마나 사랑하시는 참 부모님의 무한(無限)한 정과 큰 뜻을 헤아릴 수가 있다 그러한 하나님의 아들과 딸이신데 무슨 선악과를 따먹고 그 분들이 죄를 졌다고 외치는 정신 나간 그러한 성직자들은 지도자의 자격이 없음을 명심하기를 바란다.

하나님은 당신의 아들딸이 지구에 내려와 옥황이와 용녀를 보고 안타까워 태양(太陽)를 주신 것을 아시지만은 당신의 아들따님을 무한히 사랑하시기 때문에 바라보시고 말을 안하시지만은 옥황이와 용녀를 참 부모님이 간청하여 지구에 내려보내게 된 것에 대한 하나님께 죄송한 마음도 있으셨을 것이라 생각이 된다.

용녀와 괴물(怪物)아이는 열심히 회개(悔改)하고 반성(反省)하고 조부님 조모님 죽을죄를 졌나이다. 용서를 비나이다. 손발이 다 닳도록 극진한 진심 어린 정성의 회개를 한 것이 하늘에 상달되어 참 부모님이 용녀와 괴물아이는 하늘나라 하나님 궁전 천지락 나라로 데리고 가시고 이 지구 땅에는 옥황이 천사장만이 혼자 남아 있게 되었다. 용녀 아내와 괴물 아들이 그토록 하늘로 다시 돌아가자고 통곡하며 원하였으나 옥황이는 지구에서 왕 노릇 주인 노릇 하고 싶은 생각이 변함이 없는지라 설득(說得)을 해도 듣지 않으니 할 수 없이 용녀와 괴물아이만 데리고 하늘도 갈 수밖에 없는 상황이 전개 되었다는 사실이다.

옥황이가 아무리 종의 신분인데 종이 아무리 주인이 되고 싶어도 좋은 주인이 될 수 없는 것이 세상의 원칙(原則)인데 하물며 하늘의 법도는 철칙(鐵則)이요 한 번 정하면 불변(不變)의 정도(正道)인데 아무리 주인이 있는 지구 땅이 종이 먼저 차지하고 있다고 한들 주인의 것이 종의 것이 되는 아니란 사실(事實)이다. 아내도 하늘나라로 떠나고 괴물아이 자식도 아내 따라 하늘도 올라가고 지구에 혼자 남아 지구를 지켜야 하는 옥황이의 심보야말로 얼마나 주인이 되고자 하는 헛된 욕심과 욕망(慾望)이 가득 차 있다는 사실을 미루어 짐작(斟酌)을 할 수가 있습니다. 마음에 검은 욕심과 투기하는 마음과 질투(嫉妬)하는 마음이 가득 차 있기 때문에 정신은 어둡고 마음은 캄캄하고 하늘에 있을 때와는 모든 것이 진법(陳法)과 술법(術法)을 마음대로 부릴 수도 없고 잘 안 되는 환경이지만 그래도 하늘에서 내려온 신성(神聖)이기 때문에 지구의 동물들은 그 앞에 절절매며 동물의 왕 노릇을 하게 되는 것이었다. 사람은 없고 동물들과 식물밖에 없으니 어쩔 수 없는 외로운 외톨이가 되었다.

옥황이는 하늘나라에서는 하나님의 가정을 모시고 아쉬울 것이 없는 하나님의 가정을 모시는 수장(首長)으로서 화려(華麗)한 능력과 높은 벼슬과 직책과 직분이 부여되어 있는 것을 되지도 않는 욕심을 부리고 욕심을 부린다고 이루어질 것도 아닌 헛된 욕망(慾望)을 포기(抛棄)하지 않음으로써 스스로 비극(悲劇)을 불러일으킨 아주 못된 야망(野望)을 가지고 지구에 내려 왔지만 너무나 눈물 어린 슬픔의 비극(悲劇)의 역사를 창조해낸 비극의 비운(悲運)의 주인공이 되고 말았다는 사실이 이 분이 바로 인간 시조(始祖)라는 사실이 너무나 후손(後孫)으로서 하나님께 죄송(罪悚)한 맘 금할 바 없습니다. 이러한 비극(悲劇)만 없었더라면 지금과 같은 지구와 하늘나라와의 생명선이 12선과 지구는 5선이 돌아가는 비극은 없었을 것을 생각하니 조그만 작은 욕심(慾心)하나가 이 엄청난 큰일이 일어날 줄을 몰랐단 말인가? 옥황이가 원망(怨望)스럽다.

옥황이 천사장 출신은 이 땅에 혼자 남아 외롭게 살다가 동굴(洞窟)에서도 자고 동물(動物)들과 같이 잠도 자고 정말 동물과 비슷한 생활의 신세가 되었다 하늘에서 점지(點指)하여 탄생한 천사(天使)의 신분이 처참(悽慘)한 신세(身世)가 되어 지구에 내려올 때 벌써 괴물(怪物)의 형태로 변하여 조부님이 내려 보내셨는데 하나님은 조화를 마음대로 자유자재 하시는 분이시기 때문에 속에 있는 검은 마음을 겉으로 표현하여 이것이 바로 너의 속마음을 겉으로 표현한 것이니라. 라는 표현을 말씀하셨으니 하나님이 얼마나 노(怒) 하셨는가를 생각해 볼 일이다.

옥황이는 하늘에서 하나님의 계명(誡命)을 어기고 하나님이 허락(許諾)하기 전 용녀와 욕새별에서 자기들끼리 부부를 맺어 아들딸을 낳으니 이것이 원죄(原罪)를 저질렀지만 그들의 하늘에서의 원죄는 회개(悔改)만 하고 마음만 돌리면 이차피 크면 그 둘은 부부로서 맺어야 할 인연의 대상(對象)이었기 때문에 그렇게 돌이킬 수 없는 죄는 아니었는데 지구를 탐내고 욕심을 부리고 주인 것을 빼앗아 억지로 순리(順理)가 아닌 방법으로 종이 주인이 되고 싶다고 되는 것도 아닌 것을 이루어질 일이 아닌 것을 고집을 버리지 않은 것이 큰 문제의 발단(發端)이 되었다.

지상에서 오랫동안 살다가 넘지 말아야 할 선을 넘고 말았다. 이것은 돌이킬 수 없는 비극의 역사가 시작되는 순간(瞬間)을 아차 하는 순간을 참지 못 하고 저지르고 만 것이었다. 그는 동물들의 왕국에 왕 노릇 하면서 고릴라들이 많이 사는 산에서 동굴에서 살면서 옥황이와 암컷 고릴라는 한 몸이 되어 결합(結合)하여 부부(夫婦)가 되니 이것은 괴물(怪物)도 아니요 동물(動物)도 아닌 이상한 사람의 형태가 탄생(誕生)한 것이다. 고릴라와의 결합만 없고 시일이 오래 걸리더라도 회개하고 하늘나라에 올라가면 모든 것이 용서의 기회가 있었지만 마지막 금지의 선을 넘어 동물과 결합으로 저질러진 것이 이것이 바로 두 번째 죄목(罪目)인 타락(墮落) 죄를 저지르게 되었다.

고릴라와 자손을 낳으니 처음에는 꼬리가 달리고 기어 다니고 완전히 사람도 아닌 반은 사람의 모습 반은 고릴라의 모습으로 태어나 오랜 수 억 년이 흘러오는 동안 자꾸 애를 나면서 꽁지는 짧아져 나중에는 없어지고 세월이 흘러 시남은 일자로 직선으로 서서 걸을 수 있는 자세를 갖추게 되었고 신성

(옥황)과 고릴라와 결합으로 후손을 낳으니 자손들은 아버지는 참 똑똑한데 자기 어머니 고릴라는 바보 같으니 옥황이 아버지는 고릴라로부터 절대 권력의 힘을 과시하며 살았으나 하나님을 배신(背信)한 혹독(酷毒)한 시련(試鍊)은 극복(克服)하지 못 하고 지상에서 980살(성경에서 말하는 아담이 바로 옥황) 까지 살다가 죽을 때는 애병(지금의 화병)으로 회개(悔改)하고 죽었으나 회개는 때는 너무나 늦어 돌이킬 수가 없고 어찌할 수가 없는 인간의 비참(悲慘)한 역사(歷史)는 시작되었다.

오늘날 인간은 신성의 요소가(아버지) 70%요 동물의 고릴라(엄마)의 요소가 40%이다. 그 이전까지는 진미선이 때맞추어 오면 운감으로 흡입(吸入)하면 모든 영양소(營養素)가 몸으로 흡수(吸收)되어 먹지 않아도 살 수 있었으나 고릴라와 타락죄를 저지른 이후에는 정신과 마음이 어둡고 깜깜하여 하늘에서 오는 진미(珍味) 선을 먹을 수 있는 기준이 상실(喪失)되어 이때서부터 입으로 먹는 것이 처음으로 시작(始作)되었다는 사실이다. 하늘나라에는 먹고 싶은 것이 있으면 입으로 먹는 것이 아니라 코로 운감하여 모든 영양을 섭취하여 충분한 힘을 내고 들이는 힘을 낼 수 있는 능력의 소유자(所有者)들이었다. 모든 환경이 균이 없는 무균 상태의 깨끗하고 맑고 밝은 환경이기 때문에 먹기 위해서 사람이나 동물이나 서로가 살육(殺戮)하고 먹히고 잡히는 환경(環境)이 아니다.

그렇게 때문에 먹을 것을 구하기 위하여 살벌함도 없고 자유와 평화가 감도는 이상의 자유의 세계요 하늘의 윤리도덕(倫理道德)이 엄격(嚴格)한 법칙(法則)이 엄격하면서도 자유스러운 하늘의 법도의 세상이다. 하늘나라는 생명선이 12선이 돌아가는 세상이기 때문에 바닷물도 찰랑찰랑 음악소리를 내며 하늘 사람들의 안정을 주고 즐거움을 주고 바람도 노래하고 나무들도 사람들을 향하여 경배하고 하늘나라는 하나님의 모두 후손들이요 또한 그분들을 모시는 천사들과 선녀들이 사는 세상이기 때문에 동물들도 만물들도 주인을 알아보고 예와 법도를 지켜 표시하는 윤리(倫理)가 살아 있는 하늘의 세계(世界)입니다.

이 지상은 지금도 옥황이가 하늘나라에서 낳고 온 옥황상제(생녹별)가 지구를 왕래하며 자기 아버지 옥황이와 약속한 대로 상제라는 명을 받아 옥황상제의 높은 벼슬을 가지고 그들만의 질서를 유지하며 악의 축을 세워 인간들의 마음속에 정신 속에 들어가서 조정하며 나라와 나라의 전쟁을 일으키고 불안한 환경을 조정하며 오늘까지 수 억 년이 넘는 세월을 통치하고 있으며 모든 종교에 들어가서 악별성들이 들어가 내가 하나님이다 역사하며 조정하여도 그가 하나님인 줄 알고 인간들은 그들의 조정(調整)에 의해 가짜를 하나님인 줄 알고 믿고 있다는 사실(事實)을 알아야 합니다.

하나님이 주관하는 세상은 전쟁(戰爭)을 하지 않고 사람을 죽이지 않습니다. 이삭이나 아브라함이나 모세나 선지자(先知者)들이 모두 전쟁(戰爭)을 하며 서로가 서로를 죽이며 서로 왕 노릇 하려고 하는 것은 하나님이 역사하시는 것이 아니라는 사실(事實)을 알아야 합니다. 인간은 인간조상 옥황 이와 고릴라의 결합으로 먹는 역사가 탄생(誕生)되어 먹고 배설(排泄)하는 관계로 공해(公害)가 발생되고 균(菌)이 진화(進化)되어 질병(疾病)을 일으키고 인간의 생존을 위협(威脅)하는 환경의 변화가 일어나고 있습니다. 이모든 것이 죄는 종놈이 옥황이가 타락(墮落)하고 자기들이 지어놓고 어찌하여 하늘에서 계신 하나님의 아들따님은 인간들에게 만유일력으로 빛으로 만물을 소생시켜 주시는 일을 하는 분이 하나님의 아들이요 만유월력으로 모든 식물에 고체에 진미를 내 주시어 당도든지 염분이든지 모든 영양소(營養素)를 넣어 주시는 분이 하나님 따님께서 하시는 분들이신데 그분들을 갖다가 뭐라고 선악과를 따먹고 그것도 말 못하는 미물의 뱀에 꼬임을 당하여 죄를 저질렀다 지나가는 소가 들으면 허허하고 웃을 일이로다.

생명의 은인(恩人)을 이렇게 모독(冒瀆)해도 되는 것인지 우리 인간들은 하나님의 아들따님에게 이렇게 모독(冒瀆)하여도 되는 일입니까? 하나님의 아들따님을 모독함은 바로 하나님을 모독하고 능멸(凌蔑)하는 죄를 저지르는 것임을 명심(銘心)하고 반성(反省)을 해야 하고 이러한 말씀을 듣고 계속 이러한 말씀을 계속 설교(說敎)하는 자는 지금은 소 환란 시대

41

알곡을 창고에 거두어들이는 시대라는 것을 명심하고 반성하고 회개하고 다시는 반복하기 않기를 바라는 마음 간절(懇切)하다. 하나님을 믿는 자들이 하나님의 아들딸이 죄(罪)를 졌다고 하면 좋아하고 죄(罪)를 지지 안했다 하면 싫어하는 이런 일이 있어서는 어떻게 하나님을 믿는다고 할 수가 있겠는가를 헤아려 보기 바란다.

어떤 종교(宗敎)는 한 술 더 떠 하나님의 아들딸이 입에 담지도 못할 간음죄를 저질러 타락(墮落)했다고 하는 몹쓸 집단이 있는데 하나님을 더러운 입으로 능멸(凌蔑)한 그 죄(罪)는 하나님이 용서(容恕)치 아니 하시리라 왜냐하면 지금은 소 환란 시대(時代)요 머지않아 소 환란이 끝나면 대 환란(患亂)이 올 것이며 대 환란이 끝나면 대 심판의 날이 돌아올 것인즉 그들은 모두 멸(滅)해 없어질 것이라 하늘의 운세가 이제는 참고 견디는 시대가 아니라는 사실을 밝혀 두는 바입니다. 거기다가 인간이 무슨 참 부모의 자격을 주어도 감당을 못하는 것인데 참 부모라고 하는 것은 그것 또한 하나님의 아들딸이 참 부모님이신데 자기가 하늘나라에 하나님 보좌에 계신 하나님 아들딸이라니 기절초풍할 일이다. 인간은 참부모의 자격(資格)도 못 될뿐더러 맡겨 주어도 감당(勘當)을 못한다. 기후(氣候)를 기체(氣體)를 자유 할 수가 있느냐? 온기 온도를 조절(調節) 할 수 있는 능력(能力)이 있느냐? 가관(可觀)치도 않는 말이다 어디서 악별성 옥황상세가 하늘의 법도는 알아 가지고 인간 세상에서 저희들이 써먹는 아주 얄팍한 그들의 악별성의 악의 축의 무리들이 하는 짓이라는 것을 알아야 한다.

자세히 살펴보면 옥황이와 용녀가 하늘나라에서 낳고 온 옥황상제 생녹별이란 놈이 옥황이 자기 아버지가 지상에서 980살을 일기로 애병으로 죽게 되자 하늘에서 지상으로 내려올 때 약속한 대로 옥황이의 권한과 권력을 이양 받아 옥황이 자기 아버지의 이름을 받고 상제라는 벼슬을 받아 옥황상제가 되어 오늘 이 시간도 이 땅을 오르내리며 자기의 후손 무리들을 이끌고 인간들의 마음과 정신 속에 들어가 내가 하나님이라고 가짜가 진짜 노릇을 하며 인간을 마음대로 통치(統治)하는 것을 인간들은 모르고 사실은 하나님을 믿는 것이 아니라 옥황상제를 믿고 있다는 사실을 알아야 한다.

이렇게 원죄는 옥황이와 용녀가 하늘나라에서 하나님의 허락 없이 계명을 어기고 자기들끼리 결혼을 하고 애를 낳고 지상에 내려와서는 옥황이란 놈은 고릴라와 결합하여 타락 죄를 저질러 동물 같은 인간의 후손을 지상에 죄악을 번성시킨 장본인(張本人)이다. 이렇게 죄는 자기들이 져 놓고 죄 없는 하나님 아들딸에게 죄를 졌다고 성경에 기록해 놓고 이것을 갖다가 성경의 말씀은 하나님의 말씀이니 한 점도 한 획도 더하고 보태면 안 된다고 했는데 그걸 믿고 있는 현대(現代)인들의 지식이나 수준(水準)을 보면 참으로 안타까운 현실(現實)이 아닐 수 없다.

"천도문"님이 하나님의 강림을 맞이하여 천도문님을 통하여 하신 말씀에 의하면 현재까지 노아가 120년 동안 방주를 짓는 동안 날씨는 쨍쨍한데 홍수 심판을 예고하며 방주를 만들 때도 얼마나 사람들이 정신 나간 사람들이라고 했는가? 결국 갑자기 온 세상이 캄캄하고 뇌성 병력을 치고 비가 오기 시작하니 모두 살고 싶어 방주에 들어가고 싶지만 방주는 결국 노아 본가 처가 식구만 탈 수 있었고 짐승들도 살기 위해서 올라와 살았지만 이렇게 120년간 예고를 하였지만 콧방귀만 뀌고 있다가 갑자기 심판의 날이 왔을 때 몰살(沒殺)을 당하는 현상(現狀)을 교훈(敎訓)으로 삼아야 할 것이다.

분명히 천도문님은 1970년 음력 1월 21일 07:30분에 천도문님의 가정에 하나님과 아들따님 즉 사불님 네 분이 이 땅을 창조(創造)한 이래 처음이자 마지막으로 강림을 하여 천주(天主)의 새 말씀을 남겨 놓고 지금으로부터 사반세기 전쯤 1992년 11월 17일 하늘의 말씀을 무리하게 정성을 드리며 몸에 갑자기 기계체에 병이 발생하여 하늘나라에 가시면서 말씀을 세상에 알리라고 말씀하시고 가셨지만 이 말씀을 책으로 전 하여도 기성신앙(旣成信仰)에 매몰(埋沒)되어 믿고 살 사람이 몇 사람이나 될까 하는 말씀을 하고 가신 것을 생각해 보면 앞으로 살 사람이 극히 작은 숫자가 될 것이라는 것을 짐작 할 수가 있습니다.

천도문님의 말씀을 통하여 하나님께서 말씀하신 바에 의하면 노아 심판 때까지 한 심판이 4번째 하셨다고 말씀하셨다. 앞으로 새 말씀의 진리를 주셨기 때문에 앞으로 심판을 하게 되면 5번째 하게 되는데 이번에는 마지막인 심판(審判)이 되어 인간시조가 타락(墮落)으로 이 땅이 균으로 실색된 공간을 균을 없애고 처음에 창조했을 때의 금빛 은빛 찬란한 모든 돌들이 본연의 상태(狀態)로 돌아올 것이며 균과 병마(病魔)가 없는 하늘나라와 똑같은 생명의 12선이 함께 복귀(復歸)되면 하늘나라와 일과 월과 해운 년이 동일하게 작동(作動)하는 일심일치가 되는 날 비로소 하나님의 원한(怨恨)도 다 풀리게 된다는 사실이다.

옛날이나 지금이나 사람들은 기존(旣存) 관념(觀念)에서 벗어나지 못하고 진짜 하나님의 강림(降臨)의 새 말씀을 선포(宣布)하여도 의심병이 많아서 의심만 하고 믿지 않은즉 살아갈 자가 낙타가 바늘구멍에 들어가기보다 어렵다는 말씀을 하셨다. 천도문님이 죄를 자기들이 짓고 하나님의 아들딸에게 뒤집어씌운 옥황이와 나쁜 옥황상제를 천지(天地)를 창조(創造)하신 자연(自然)의 섭리(攝理)의 순리(順理)의 진리(眞理)를 내놓고 아무리 보아도 하나님의 아들딸은 자연의 순수한 진리체로 되어 있는 보아 절대(絕對)로 죄를 질 수가 없은즉 하나님의 아들따님이 하나님의 유전자(遺傳子)의 요소를 타고난 그 귀한 몸에서 탄생한 분이 죄를 질 수도 없거니와 무엇이 아쉬워서 죄를 질 수도 짓지도 않았다는 것을 내놓고 옥황상제에게 진리를 내놓고 영적(靈的)으로 불러서 추궁(追窮)하여 그들의 죄를 진 죄목 하나하나 자기들 입으로 토하여 말하게 하여 굴복시킴으로써 그들의 죄상이 낱낱이 이 세상에 알게 되었다는 것을 발표(發表)하는 바입니다.

인간의 조상 옥황이가 유감스럽게도 끝까지 지상에 남아 그 아주 쇠심줄보다도 더 질긴 고집(固執)으로 하나님의 셋째 아들따님 공간 지구(地球)를 탐(貪)내고 차지하고 싶어 이 땅에 왕 노릇 주인 노릇을 하고 싶어 왔지만 주인(主人)은 영원한 주인(主人)이요 종은 영원(永遠)한 종의 신분(身分)에는 변함이 없다, 그는 지상에서 인간시조 옥황이는 980년 동안 오랫동안 살다가 갔지만 죽을 때 가서 자기가 잘 못을 회개(悔改)하고 애 병으로 죽었지만 하나님께 저지른 죄와 참 부모님을 모독(冒瀆)한 죄에 대한 보상(補償)은 어떻게 할 것이며 아무 죄도 없이 영문도 모르고 탄생(誕生)한 우리 인간들도 그분들의 타락의 저지른 죄로 말미암아 죄의 피가 동물의 피를 받아 야생적(野生的)인 동물에 가까운 성질(性質)이요 우리는 원죄(原罪)와 조상의 연대(連帶) 죄와 죄의 요소가 그대로 유전(遺傳)되어 살면서 자기가 저지른 잡음(雜音) 죄를 저질러 죄를 진 무게가 너무 많아짐을 지고 일어설 수가 없는 죄를 짓고 살 수밖에 없는 환경에 처해 있음을 피할 수 없는 현실(現實)이 되었습니다.

하나님께서는 수 억 년 동안 죄를 지은 사가 옥황이와 용녀가 하나님을 배신(背信)하고 죄를 저질렀으니 그들이 하나님께 자기들 후손들을 설득하여 회계하고 반성하고 돌아오기를 순리로 기다려왔으나 그들은 지금도 악 별성의 무리들이 지금도 지구를 오르내리며 자기들 후손(後孫)이라고 전쟁(戰爭)을 조정(調整)하여 불안(不安)한 죄악(罪惡)의 세계를 조정하며 오히려 하나님께 지구를 우리에게 준 것이 아니냐고 조건을 걸고 대적하며 고집을 부리는 것은 순리가 아니기 때문에 이제는 저들의 죄의 정체가 이 세상에 발표(發表)되고 그들도 자백(自白)을 했기 때문에 이제는 마지막의 말씀의 심판의 때는 운세 따라 세상이 알려지고 있는 느낌을 느낄 수 있습니다.

죄를 진 장본인(張本人)이 죄를 회개치 아니하고 죽었기 때문에 옥황이의 후손 중에 하나님을 발견(發見)하고 하나님의 아들딸이 죄를 절대로 지지 않았다는 것을 발견(發見)해야 하는 것이 순리(順理)로 풀어야 하는 과정(課程)이 있는데 하나님께서는 이 모든 것을 뜻하지 아니한 천도문님이 탄생하여 천도문님은 7살부터 어린 소녀는 하늘을 보고 땅을 보아도 모두가 참된 진리(眞理)요 영원(永遠)불변한 생명의 요소가 살아 있는 공기며 산소며 태양이며 땅이며 모든 것이 진리(眞理)체가 근원(根源)의 원천(源泉)을 닮아 결과(結果)로 나타난 결론(結論)이 완벽하게 나타났는데 절대로 하나님의 아들딸은 죄를 짓지 않았다는 것을 발견하고 죄인들의 죄를 모두 자백(自白) 받아 처리함으로써 그 너전 위에 하나님께서 죄인들이 가는 교도소(矯導所) 즉 지옥(地獄)문의 영계를 심판(審判)하고 그 옛날 옛 동산에 있던 무언의 세계(지구보다 조금 큼)를 다시 설치(設置)하여 지금은 죽어도 영계도 없애 버렸기 때문에 가지 못하고 죽어도 구천에 떠돌다가 영들도 강자가 약자를 죽여 없애는 살벌한 환경에 편안히 있지 못하고 사라진다는 사실이다.

천도문님의 그러한 공로가 지대(至大)하고 큰일을 그 만큼 한 공로가 있기 때문에 하나님과 그 분의 아들따님과 그 후손님들이 수없이 강림하시어 계시다는 역사적인 사실을 사실대로 알려주는 것이며 하나님도 이젠 소원(所願)이 내적으로는 다 풀렸기 때문에 외적인 환경을 심판하기 위하여 아무리 심판(審判)이라 할지라도 살릴 사람은 살려야 하기 때문에 인간을 위하여 소 환란(患亂)의 기간을 정하고 대 환란(患亂)을 정하고 대 환란의 시기가 지나면 대 심판(審判)이 기필코 이 땅에 하나님이 부득이(不得已) 하게 하시지 않으면 안 되는 상황(狀況)이 되었습니다. 왜냐하면 앞에서 서술(敍述)한 바와 같이 이 지구는 종놈들이 내려올 때 생명선(生命線)을 12선에서 5선으로 단축(短縮)하였기 때문에 하늘에 있는 삼차원(三次元)공간과 지구의 일차원(一次元)공간은 생명선(生命線)이 다르기 때문에 이것을 일심일치(一心一致)를 이루기 위해서는 지구 공간에 7선의 생명선을 추가 하면 지구는 궤도와 모든 것이 하늘과 똑같은 각도를 유지하기 때문에 땅에는 분화구 터지고 바다는 육지 되고 육지는 바다 되고 심판이 작업이 원료되면 아름다운 본연(本然)의 모습(模襲)으로 돌아와야 잘 못

되었던 것이 수 억 년 또 수 억 년에 지난 후에야 완성되는 하나님의 한이 풀리는 순간(瞬間)이 되는 것입니다.

 분명히 하늘은 갑자기 심판을 하는 것은 아닙니다. 사랑의 하나님이 인간을 심판(審判)하여 죽이고자 하는 마음이 있으시겠습니까? 한 생명이라도 살리기 위해서 소 환란(患亂) 이라는 기간을 정한지도 강림하신 후 70년도 정 하셨으니 반세기가 되었고 그 다음 대 환란(患亂)을 정하여 기간을 보시고 인간들의 모습이 진실과 진짜를 알려주어도 하늘에 사차원 공간을 창조하였다 하여도 믿지 않고 천주의 새 말씀을 주어도 공상(空想) 영화(映畵) 같은 만화(漫畵) 같다 등등 성경 이외에는 점하나 빼고 더하지도 말라 는 등등의 불신(不信)을 할 경우에는 진짜로 하나님이 스릴 있게 역사하고 경쾌(輕快) 상쾌(爽快) 통쾌(痛快)하게 심판(審判)을 하나님이 생각한 어느 시기에 정하여 실천(實踐) 하실 것인즉 그 때는 아무리 회개(悔改)하여도 이미 때는 늦으리라.

 하나님의 거룩한 강림이 "반세기 전" 초가집과 스레드 집 산골 외딴 집 유바골 이라는 산속 집에 허름한 거소(居所)에 강림(降臨)하셨는데 그것은 천도문님이 소녀 7세 때부터 당신 아들딸이 즉 하나님의 아들딸이 죄(罪)를 짓지 않았다 확정(確定)을 하고 그 죄를 뒤집어씌운 득죄(得罪)인을 잡아내기 위해서 일평생(一平生) 목숨을 내놓고 악의 사탄(詐誕)의 무리들과 하늘을 위해서 헌신(獻身)한 공로(功勞)가 있어서 강림

(降臨)한 것이니 심령과 심령이 통하여 하나님을 감동(感動)시켰고 지성(至誠)이면 감천(感天)이라는 말씀대로 하늘이 감동(感動)하여 하나님과 그분의 아들따님과 하늘의 성관님과 신성님과 동자님들이 모두 행차를 하시어 강림의 역사를 맞이한 사실을 세상은 코 골로 잠자는 동안 하늘의 역사는 말없이 전개(展開)되고 있는 사실을 이 세상은 모른다 할지라도 하늘의 새 말씀은 천도문님이 많이 받아 놓으시고 사반세기 전에 남겨놓고 가신 말씀을 우리가 세상에 선포(宣布)할 수 있게 된 것은 참으로 위대한 천도문님의 공로요 하나님의 영광(榮光)이 아닐 수 없습니다.

이 땅에 왔던 독생자 예수는 하나님이 마리아의 여인의 몸에 생불체 유전자(遺傳子)로 점지(點指)하여 탄생한 특별한 탄생(誕生)의 소유자(所有者)로서 천도문님이 발견(發見)하신 것처럼 하나님의 아들딸이 8남매가 계시다는 것을 하나님의 가정의 생애(生涯)를 발견하고 사차원(四次元)공간(空間)이 있음을 발견하고 천지(天地)만물(萬物)의 자연의 이치가 진리체로 되어있고 그 아름다운 나타난 공간이 한 치의 오차도 없이 음양 지 이치로 되어 있는 것을 보아 스스로 하나님의 아들따님은 무엇을 하고 있는지 발견해야 할 사명이 있었는데 오히려 자기가 할 사명은 하지 않고 나는 하나님의 아들이요 장차 만왕의 왕이 될 것이라고 죄인들의 무리를 이끌고 하나님과는 상관없는 병자나 고쳐주고 그것도 자기가 이적을 베풀어 고쳐 준 것도 아니요 하도 고생하고 답답하니까 하나님의 셋째 아드님 여호화 하늘새님께서 역사를 해주고 이적을 베풀어 준 것이지 자기가 이적을 행한 것은 아니다.

절대로 사람은 주(主)가 될 수가 없다는 깨닫고 첫째 가장 중요한 것은 하나님을 모독(冒瀆)하는 하나님의 귀한 아들딸님이 죄를 짓지 않았다는 발견(發見)해야 할 책임이 부여 되어 있었지만 그러한 것을 생각도 하지 아니 하였은즉 천륜(天倫)을 스스로 발견하여 찾아야 할 책임의 의무를 다 하지 못함으로써 악별성 옥황상제의 무리들이 독생자 귀한 사명을 가지고 왔지만 그들의 장벽을 넘지 못 하였다. 그는 하늘이 주시는 복음(福音)의 교훈을 받아서 세상에 알리려 하였지만 마리아 예수 어머니로 부터도 모자 협조(協助)가 있어야 고생을 덜 하는데 예수 입장에서는 이미 율법을 믿는 그 기존 법률에는 이미 초월하였기 때문에 교회에 나가지 않게 되니까 모자(母子)간에 트러블이 일어나고 자기 엄마와 일심일치(一心一致) 모자 협조가 되어 있었으면 고생스럽게 왜 집을 나와 그 복음 전파하기 위하여 그 고생을 하겠는가? 예수는 하나님의 셋째 아드님 여호화 하늘새님이 예수님 6살 때부터 뒷동산에 데리고 가서 늘 좋은 말씀을 해 주시고 하니까 예수는 어떤 할아버지인 줄만 알고 있었지만 항상 하늘에서 지켜 주셨다.

그러나 그는 한때는 나이가 17세쯤 먹어서 집 식구들은 율법을 믿으며 종교의 사상(思想)이 틀리니까 사상이 맞지 않으니 자꾸 집을 나갔다 들어오고 자기 부모가 믿는 종교(宗敎)를 멀리 하니까 오히려 자기 아들이 마귀(魔鬼)가 붙었다고 하니까 할 수 없이 예수님은 집을 나 갈 수밖에 없는 환경에서 그 의붓아버지 요셉의 목수 밑에서 목수일도 좀 도와주고 했는데 어려서 타고난 믿는 사상이 틀리니 집을 나와서 한때는 방황(彷徨)도 하고 거지 생활을 하다시피 하며 갖은 고생을 하며 복음 전파를 한 사실을 생각해 볼 일이다. 본래는 마리아가 시집을 가지 말고 예수가 하고자 하는 대로 잘 협조하여 하늘 일을 할 수 있는 환경을 조성(造成)해 밀어주고 협조(協助)해야 하는데 시집을 가니 그 의부의 밑에서 얼마나 마음고생이 많았겠는가를 생각해 보지 않을 수 없다.

여호화 하늘새 하나님 셋째 아드님이 도저히 역사(役事)하지 않으면 안 될 상황이 되어 이적을 행하여 예수가 유명(有名)하게 되자 사람들이 구름같이 모여들어 인산인해(人山人海)를 이루니까 아랍국가에서 큰일 났다고 너무 유명해지니 자기들의 왕의 자리를 빼앗길 까봐 예수를 죽인다고 난리가 나게 되는 지경이었다. 그때에 예수 엄마 마리아는 어느 교회 가서 아들을 찾으니 여인이여 당신하고 나하고 무슨 상관이 있습니까? 그런 소리를 예수님이 말하게 되는 상황(狀況)이 되었고 그러니까 무한한 교훈을 복음(福音)을 받아 그것이 자기 생명이요 나를 믿는 자는 내 말씀이 진리요 길이니라 외쳤지만 결과는 비극(悲劇)의 운명(運命)을 맞이하게 되었지만 지금은 천도문님이 직접 하나님과 하나님의 큰아들따님 네 분

사불님이 강림하셔서서 천도문님의 정신에 실려 직접 주신 말씀을 선포하는 시대기 때문에 지금은 천문이다. 그렇기 때문에 천문이 너의 생명(生命)이요, 진리(眞理)요, 길이니 이는 능력(能力)과 권능 자를 믿어서 능력을 갖추어서 권능을 베푸는 이적 속에서 행하고 정하고 통하며 살 것이니라. 이렇게 때문에 예수 때와는 지금 천도문님이 새 말씀 선포(宣布)하고는 판이 완벽하게 다르다 벌써 천문은 생명의 진리요 길이니라. 이는 능력과 권능을 갖추었으니 이적을 폈다 거뒀다 할 수 있는 이적 운속에서 이적을 마음대도 펴니 영원불변 살 수 있을 것이니라 하는 말씀은 이젠 완전한 본연의 원위치로 복귀(復歸)되어 사차원(四次元) 공간(空間)이 하나가 되었을 때 영원(永遠)불변(不變)의 모습으로 완성의 재복귀 섭리(攝理)가 완성 되고 하나님의 한이 풀리는 세상이다.

지나간 역사를 교훈 삼아서 새로운 새 시대에 신출귀몰(神出鬼沒)한 신비(神秘)스러운 하늘의 말씀을 천도문님이 세상에 발표하였으나 세상은 기존(旣存)의 신앙(信仰)에 얽매여 듣지도 않고 알려고 하지도 않고 사차원(四次元) 공간이 존재하고 하나님의 아들딸이 8남매 계시다고 하면 성경(聖經)만 믿어오다가 진짜를 말해주면 고개를 갸우뚱거리는 현상이야 말로 천륜과는 너무나 먼 거리에서 있음을 생각할 때 새 말씀을 선포하여도 살 자가 몇 사람이나 되겠느냐 하나님이 항상 천도문님 에게 하시는 말씀이었다. 그래도 사불님은 참 부모님이 옥황이를 친자식처럼 애지중지(愛之重之) 길러 사랑하시던 그 사랑이 너무나 차고 넘쳐 한 사람이라도 더 살리려고 하는 과정을 두고 소 환란을 정하여 알곡을 창고(倉庫)에 거두어들이는 시대를 정하였는데 벌써 반세기(半世紀)가 지나가려 하고 있고 그 다음 세대는 대 환란을 정하고 그 다음 대 심판이 시작 된다는 것을 이 땅에 선포(宣布)하기 위하여 책(冊)으로 내서 알리게 되는 것이다. 아무리 무지한 인간들이라 할지라도 다 없애 버릴 수 는 없는 일 알곡이 많이 나타나기를 고대(苦待) 하는 마음 간절(懇切)하다. 만약 때가 되어 대 심판(審判)이 닥쳐왔다 하자 그 때는 나도 가자 너도 가자한들 때는 늦어 그때는 전부 알곡이 되고자 모여들 것이니 진짜 알곡은 말씀을 처음 들었을 때 천륜의 천정을 느낌으로 느낄 수 있는 자가 진짜 알곡이 될 것이다.

조물주님께서 조화자로 계실 때는 근원에 들어가서 처음 전 때 이름이 딱 있는데 천살 도는 할아버지요(남자 조물주 또는 조부님) 천살의 결백은 할머니(여자 조물주 조모님) 부부이시다. 또 조화자가 조화를 마음대로 부리시기 때문에 그때는 조화자요 원료를 완벽하게 내서 다 발효를 시켜서 발휘자요, 또 요소를 다 냈으니까 요소자요, 또한 영원불변토록 사시니까 생불이시다. 그러므로 생불자요 생생문이 당신이 나타났으니까 조화체요, 체를 갖추었으니까 조화체요, 두 분 밖에 없으니까 독재자지. 조물주로서 무불통치(統治)자다. 독재자라니까 이 세상을 따져서 독재자라고 하는 것이 아니다. 그러니까 사람은 말이지 사람의 도리를 알아야 되고 우리가 아무리 바보라도 지금은 너희들이 사물을 볼 수 있는 눈이 되어야 한다고 헛된 생각이 왔으면 버리고 그러니까 조물주님께서 당신의 강림(降臨)을 믿고 의지하는 모든 자에게 우리들을 향해서 내 식구를 내가 거두지 누구에게 맡기겠는고? 몇 년 전에부터 항상 말씀하셨다. 그럼 하나님 말씀이 얼마나 은혜롭고 감사한 말씀이야. 당신 식구기 때문에 당신이 거두지 누구에게 맡기겠는고? 천지개벽이 되어봐라. 죽게 되었을 때에는 너희를 살리시지 안 살려? 그런데도 만날 돈만 많이 안주시나? 좀 이만큼 하면 안주나? 만날 속으로는 그런 생각을 하니까 돈을 욕심내니 돈 욕심내지 말라고 하는 것이다. 그런 말씀의 뜻이라...

통계로 설명하면 조물주님께서 처음 전 때는 자리를 잡으실 때기 때문에 굉장히 웅대하게 잡으셨지. 이때에는 왜 웅장하게 잡느냐 하면 수천 억 개가 되는 공간들이 모두 무한한 형성을 발휘할 수가 있는 이러한 원료도 내야 되고 또한 그 무한정한 원료는 그 공간 하나가 굉장히 웅대하다. 엄청 크다는 거야. 이렇게 큰 웅대한 공간은 무한정한 무에 원료를 발효시킬 수가 있는 이러한 자리를 정하기 때문이요, 내가 행(생명의 근원) 속에서부터 생각하여서 또 생각해 낼 수가 있는 자리를 정하려면 이 원안에 다 들어있어야 되기 때문이야. 이때에는 생불체가 무한정하게 큰 공간이요 왜? 이렇게 큰 웅대한 공간인가 하면 이러한 공간에서 무한징한 연구할 수도 있어아 되고 지닌 것으로 무한한 무로 낼 수가 있었고 또 한 가지는 그 생불체 근원에서부터 조물주는 창설의 설계를 내어야 하기 때문에 무한정한 거대한 공간을 불변불로서 내어야 된다는 말씀이다.

이때에는 평청(산과 들)을 이룬 그 생판에 모두 지도가 깔려 붙어있고 따라서 지도같이 전류가 흐르고 돌아야 되고 분명한 맥이 완벽하여야 되고 일심정기가 일심일치를 이루어서 무한정한 지층을 쌓아 올려야 되기 때문이요, 따라서 지층을 쌓아 올려 평청을 이루어야 되기 때문이요, 평창(하늘 즉 천장)을 이루어야 만이 된단 말이지. 이때에는 갖가지 헤아릴 수 없고 무한정한 갖가지 생들이 한없고 끝없이 무로 이루어야 할 때란 말씀이요. 갖가지 생을 이루어야 만이 갖가지 과학을 발전시킬 수가 있고 그 갖가지 과학이 없다면 공간을 이룰 수가 없다. 이렇기 때문에 이 평청은 무한정한 전류와 전력이 생으로 흐르고 돈다는 말씀이다.

이것은 모두 나 (조부)와 너희 조모 (조물주 두 분. 하나님)가 무한정하게 낼 수 가 있었기 때문에. 생에서 생을 내고 그 생에서 생을 내고 갖가지 근원에 생에서 한없고 끝없이 생을 내며 지층을 쌓아 올려서 무한정한 생판들이 한없고 끝없이 이루었더라. 이것은 바로 그 설계에 맞춰서 내 자리를 완벽하고 절대(絕對) 불변(不變) 약속(約束)대로 이루어야 만이 되기 때문이다. 이때에는 한없고 끝없는 조화와 또한 그 조화에 맞추어서 조와 조직이 완벽하여야 만이 족진자유 절대 완벽을 이루기 때문이라. 이렇기 때문에 비유와 상징적으로 내가 너희 사는 혹성을 알려주는 말씀인데 이 지구 우주공간을 다하여 수천 억 개가 넘고 넘는 아주 사실을 사실대로 알려주어야 된다.

조물주(造物主)의 처음 전(前) 때

수천 억 개가 아주 넘고 넘게 이렇게 웅대하고 거창하며 거대한 자리를 잡을 때에 나는 4위 기대를 갖가지 일심정기를 뭉쳐 일심일치로서 생 기둥이 생생 천체자유 문도로서 완벽하게 세워서 조화를 지니고 나타나게 4위 기대를 세웠고 생 기둥을 4해8방4진문도로서 모두 생에 꽉 꽉 박혀 무한한 힘을 낼 수가 있는 것은 한없고 끝없이 생과 생생과 힘을 낼 수가 있는 이러한 4진 문도를 세울 때에 4해8방4진4문을 세워서 무한한 문도에 자유의 자재 원도로서 무한정한 그 설계에 맞추어 그 설계는 바로 창설의 원문인데 원문을 풀어서 근원에 완벽한 근도를 세웠기 때문이다.

이렇게 근원근도가 바로 생 기둥들이 줄줄이 줄을 잇고 쌍쌍이 쌍을 지어 완벽하게 아주 견고하고 불변불로 절대하게 창설하였다는 말씀이다. 이렇기 때문에 갖가지 생과 생이 서로 응시되어있고 생생과 생생이 서로 응시되어있고 힘과 힘이 응시되어있는지라. 이와 같이 무한정한 창설을 해낸지라. 이 자리는 아주 거대하고 거창하며 완전한 불변불로 세워 갖가지 생 기둥에 따라 불변불로 이루어놓은 것이니라. 이럼으로써 처음 전 근원근도로서 세워 이룬 것이 무한정한 조화를 지니고 나타난 것은 갖가지 생으로서 생동감이 끓어 넘쳐흐르며 또한 생생 생녹 댁도전으로서 모두 지층을 쌓아 올린 것이 바로 댁도 전이라는 말씀이 바로 생판을 말을 하는 것이요, 생생 전도 생생 진도 생생 문체도 이것은 생 기둥이 모두 줄줄이 줄을 이어서 쌍쌍이 쌍을 지어있지만 그 생 기둥마다 모두 신기한 조화를 낼 수가 있었더라.

왜? 생으로만 이루어졌는가 하면 갖가지 생들은 과학이 무궁(無窮)무지하게 나타나 있기 때문이요 과학(科學)을 내리려면 생이 없으면 절대로 아니 되느니라. 이래서 이때에는 처음 전 때에 이 평청에 무한정한 조화를 전부 이루게 하였고 또한 조화에는 생이 항상 겸비되어있고 생과 생이 합류되어있기 때문이라. 이와 같이 생으로 형성을 이루어 그 형성이 불변 절대로 나타나서 무한(無限)한 생 기둥마다 조화를 이루고 그 생 기둥에 조화를 나타내는 것 같이 생판도 기둥에 따라서 조화를 내는지라. 이와 같이 한없고 끝없이 근원에 근도에 완벽한 처음 전 때를 말함이요, 처음 전 때는 완벽한 천체(天體)자유(自由) 생생 생문생 개문도가 불변(不變)절대(絕對)하게 이룰 때요, 따라서 너희 알기 쉽게 갖가지 그 컴퓨터가 붙어 자동 설대하게 딱딱 짐 찍어내는 것과 같이 아주 촉진 촉각 자유자재(自由自在) 촉동(觸動) 빛같이 반짝이며 숫자를 내는데 여기 숫자가 아니니라.

 이 하늘의 숫자는 생으로서 나타나는 숫자기 때문에 무한한 조화다. 이와 같이 갖가지 조화가 무궁무지하게 한없고 끝없이 아주 신출귀몰한지라. 이럼으로써 나타난 모든 생판이든지 생 기둥이든지 그 활짝 열어놓은 개문 도든지 생문 생대 촉재 촉진 촉동 대독대가 모두 활짝 열린 것과 갖가지 지층을 쌓아 올려 평청을 이룬 것과 평창을 이루어 나타낸 것과 이것이 모두 무지신비로다. 이럼으로써 신출귀몰하다고 할 수가 있다는 말씀을 말함이라. 이렇기 때문에 갖가지 신출귀몰(神出鬼沒)한 것은 모두 과학을 말씀함이요 따라서 무궁 무한한 조화를 말씀함이니라. 이렇기 때문에 천체 자유자재 원도가 모두 원문직도 자유자재 한단 말이지. 이것이 없다면 안 될 상황이니라. 이렇기 때문에 이렇게 자리를 잡고 나서 행 속에 들어 우리는 핵심으로 살고 있었지. 그렇지만 핵심의 진가가 획기적으로 나타났다는 말씀이 바로 무로서 창설해낸 근원근도를 말함이라. 이렇기 때문에 근원근도에는 원 파가 있다는 말씀이라. 무한정한 원료를 한없고 끝없이 냈지. 이것은 바로 자리를 확고하고 확실하게 완벽한 그 자리를 무로 형성을 나타낸 그 창설이 무궁무한하기 때문에 획기적으로 나타났다고 하는 말씀의 참뜻이니라.

 이렇기 때문에 이 조물주(造物主)의 학문을 받는 자는 첫째 결백(潔白)해야 하고 진실(眞實)해야 하고 따라서 그 생각이 광대(廣大) 광범(廣範)해야 하고 또한 미래에 나타나는 모든 것을 추측(推測)을 해야 하고 또한 무궁무지한 조화를 분명히 확신해야 되고 또한 나(조부님)를 확신하고 너희 조모를 확신(確信)함으로써 서로가 문답(問答)할 수가 있는 것이요 또한 이럼으로써 주고받을 수가 있음에 따라 학문을 내릴 수가 있느니라. 내가 그 몸에 응시 되어있고 그 몸은 나에게 응시되어 있음으로써 서로 믿고 정하고 통할 때에 그 무한한 사랑과 정과 은혜가 내리는 법이니라. 이런 자야만이 내 생애와 공로를 받고 따라서 근원근도를 받아내는 그런 자야만이 된다. 왜냐하면 그 몸에서 역사할 수가 있어야 되기 때문이다. 항상 옆에 항상 어디 가도 동행하고 왜? 내가 하기 때문이니라. 이것은 무한정한 조화를 완전히 믿고 정하고 통하기 때문이니라. 이럼으로써 한없고 끝없는 조화를 내(조물주)가 마음대로 하기 때문에 마음대로 줄 수가 있다 이런 말씀의 뜻이니라.

이렇기 때문에 내(조물주 하나님)가 항상 기적이라고 하고 신기록(新記錄)이라고 했고 통쾌(痛快)하고 상쾌(爽快)하다고 함이니라. 이런 말씀은 분명히 따라서 이 땅에 의인 천도문이 없다면 너희 생명이 영원토록 살 수 있는 곳을 갈 수 있는고? 그렇지만 의인이 도둑같이 나타나 도둑같이 풀고 도둑같이 간다는 말씀은 인간에 대해 하는 말씀이지 나(조물주)는 도둑같이 올 필요도 없고 도둑같이 갈 필요도 없지. 그것은 왜? 인간은 눈을 뜨고도 보지 못하고 또 정신과 마음이 있고 눈이 있고 일심정기로 되어서 세부조직망을 가졌어도 내가 온 것을 알지 못하기 때문에 별안간 때가 되면 가기 때문에 도둑같이 왔다 도둑같이 간다는 그런 비유(比喩)로 한 것이다. 내가 무엇 때문에 도둑같이 오고 도둑같이 가겠는고? 너희 정신과 마음이 어둠으로서 나를 보지 못하고 알지 못하지 도둑같이 왔다가 도둑같이 가는 것 같지만 나는 떳떳이 왔다가 떳떳이 간다는 것을 분명히 알아라.

너희 정신과 생명이 완벽하다면 분명히 도둑같이 가는 것도 알고 도둑같이 오는 것도 알 것이니라. 이렇게 창설(創設)의 구조(構造)가 불변(不變)절대(絶對)하고 그 기묘(奇妙)한 유모 있게 딱딱 이루어놓은 절대적(絶對的)이 변할 수가 없단 말이지. 이럼으로써 항상 정신(精神)과 마음이 완벽한 곳에 뜻이 완벽할 것이요, 따라서 소망이 분명할 것이요, 따라서 소망이 분명하기 때문에 천지간(天地間)만물지중(萬物之衆)이 이루어진 그 뜻을 안다면 하나님을 귀하게 생각하고 그 서로 애착심이 서로 동할 것이니라. 그래서 믿음과 믿음이 있는 곳에 확실한 뜻이 있고 또한 믿는다고 말로만 하고 의심하는 곳에는 비극만 남을 것이니라. 알겠는가. 이렇기 때문에 비극은 비극(悲劇)으로 끝날 것이요 완벽은 완벽으로 끝나는데 나를 의심 없이 나를 믿음으로서 의심 없이 확신하면 확신하는 대로 머리가 명숙(名宿)하고 선명(鮮明)하고 밝아질 것이니라. 그러니까 이러한 귀함을 분명히 알란 말이다.

이 천지(天地)조화(造化)가 모두 과학(科學)으로서 딱딱 이루어졌다는 것만 알고 있으란 말이야. 이럼으로써 이러한 힘이 모두 완벽하기 때문이다. 이래서 그 수억 천개나 넘는 그러한 공간들이 모두 생존되어있고 생존(生存)하고 또한 생동(生動)하고 유형(有形)실체(實體)에서 만족(滿足)하고 흡족(洽足)하며 서로가 잘 주고 잘 받아서 문진을 통함으로써 문관을 알고 문관을 앎으로써 관문을 분명히 알 것이요 관문을 분명히 앎으로써 관직(官職)의 자유(自由)를 불변(不變)절대(絕對)하게 안단 말씀이니라.

공적(公的)의 공의(公義)를 아는 자야만이 공급(供給)에 자유(自由)를 할 수가 있는 사랑과 은혜(恩惠)로서 베풀어 낼 수가 있단 말이지. 이럼으로써 현명한 자들이야 만이 서로가 주고 받으며 또한 정과 의의로 살 수 있고 정과 의의로 삶으로서 무한한 조화에 맞추어서 아주 확실한 현인이 되어 현명(賢明)할 것이니라. 이럼으로써 그 모든 것을 맡아 주관 주장하고 자유자재하고 따라서 무한한 원도(原道)를 지켜 그 원도에 자유(自由)자가 완벽(完璧)하다는 뜻이니라. 이렇기 때문에 천문천체(天體)자유(自由) 조화(造化)를 무궁(無窮)무한(無限)하게 알자는 뜻이니라.

이렇기 때문에 하늘나라에는 공간마다 현명(賢明)한 자들이 정치하기 때문에 바르고 현명하며 또한 아주 견고(堅固)할 수 있고 무한한 조화를 내이 그 조화대로 행하고 정하기 때문에

64

그 현존(現存)의 전개(展開)가 완벽하다는 참뜻이니라. 알겠는고. 공간에 모두 살아있다는 것과 생존하고 생동(生動)한다는 뜻은 바로 무형(無形)과 유형(有形)에 나타난 모든 것을 알아야 된다는 말씀의 뜻이니라. 이러한 귀함을 너희들이 알게 됨은 바로 의인이 도둑같이 나타나서 너희를 내 생애 공로(功勞)를 가르침에 따라서 현명(賢明)한자가 되라는 참뜻이지. 지금 이때에는 아주 시간은 촉박(促迫)하고 분초를 어기지 아니하며 또한 필름성에서 필름을 지금 주일마다 감고 있다. 이것은 인간 너희들의 그 정신과 마음을 감고 전날에 잘못한 이치와 의미를 깨쳐서 좀 수행(修行)하라는 말씀의 뜻이니라. 그런데 이런 좋은 말씀을 듣고도 이행치 아니 하는 자. 듣고도 못들은 것처럼 하는 자. 믿으면서 거짓 된 자. 아무리 좋은 말씀을 듣고도 아주 행치 않는 자. 여전히 삐죽빼죽하는 자. 그 삐죽하고 빼죽하는 화면을 다 돌릴 것이니라. 그는 바로 멀지 않은 곳에 있으며 부모(父母)에게 불효(不孝)하는 자는 분명(分明)히 받게 될 일을 잘 알아라.

조물주(造物主)님은 그 생에 자체(自體)라고 하는 데에는 어마 어마한 것이 다. 무(無)와 무(無)가 그 안에 내용이 꽉 들어 있기 때문이야. 무에서 무로 들어가서 무에서 무를 내고 그 무에서 무를 내고 이럴 수 있는 능력(能力)이 있으시다. 능력을 발휘(發揮)할 수가 있지. 그래서 처음 전 때에는 당신은 체가 없으시지만 완성이시다. 이때는 천살도와 천살의 결백이다. 이렇게 명예(名譽)가 있는 거야. 그런데 그 생에 자체에서 무한한 생을 내고 그 생에서 또 생을 내고 할 수 있는 이런 무를 무한히 낼 수가 있는 능력을 갖추셨기 때문에 생의 자체라고 하는 것이다. 이러시기 때문에 지닌 것은 지닌 것대로 무요 가진 것은 가진 것대로 무다.

왜? 당신이 지닌 것으로서도 무인데 가진 것으로도 무가 되어 있어야 된다. 왜 그러냐 하면 그 무한한 생을 무한히 내놓으셨거든. 그러니까 이것을 다 내놓으시기 전까지는 이렇게 생불체 속에 행 속에 또 핵심의 진가(眞價)가 획기적(劃期的)으로 나타났더라. 이런 것은 무슨 말씀인가 하면 갖가지 무를 무한히 낼 수가 있는 능력을 갖추셨기 때문이다. 그래서 완성이시다. 완성이신데 자리를 잡으셔야 되잖아. 그러니까 핵심의 주인님이 획기적으로 나타낼 수 있는 능력이 있으신 것이니라. 이렇기 때문에 이때에 당신들은 생각을 하셨단 말이야. 생각을 하셨기 때문에 그 생각에서 나온 거야. 생각할 때가 있고 생각을 했기 때문에 낼 때가 있다. 낼 때가 있으시기 때문에 이때서부터 내는 것은 무엇을 내는가?

지닌 것은 지닌 것대로 무기 때문에 무한히 내서 무를 만들어놓고 무를 이루어놓으시고 생각해냈을 때에는 창설을 할 수 있는 능력을 발휘(發揮)하는 것이다. 그래서 창설(創設)을 하시는데 설명(說明)을 하자면 생각할 때가 있고 생각했기 때문에 낼 때가 있다 이런 것이다. 이것을 정확(正確)하게 알아들으란 말이야. 생각해냈다. 그렇기 때문에 이것을 모아 말하면 생각해낼 때가 있으셨다 이런 거야. 그러니까 이때서부터 자리를 잡기 위한 작전(作戰)의 전술(戰術)을 폈다 이런 것이지. 그것은 어떻게 펴느냐 하면 무한한 조화로 펴시는 거야. 당신들은 첫째 생의 자체 때 조화요 조화는 이제 생에서 무한한 것을 낼 수가 있는데다가 또 생에서 생생의 정기야. 생생에서 또 힘이 생생의 정기야. 그러니까 일심일치 일심정기로서 모든 것을 자유롭게 자재 원도 할 수 있는 능력을 갖추셨기 때문에 체가 없으셔도 이분들은 완성(完成)이시다 이런 말씀이니라.

오늘 내가 왜 완성이 되었을까를 이제 완전히 알려줄게 잘 들어봐라. 그리고 자리를 잡기 위해서 4위 기대를 생으로 이루시고 4해 8방4진 문도를 세워서 4해4문을 세웠다. 그다음에는 평청을 이루는 것이다. 그래서 이때에 갖가지 생으로서 나타나는 것이 전부 과학으로서 나오는 것이요. 생에서 무한한 과학을 낼 수가 있단 말씀이다. 이렇기 때문에 이때서부터 지층을 쌓아 올려서 무한정한 평청을 이루셨다. 평청(들과 산)이 있으니 그다음 뭐가 있지? 평창(천장)이 있다. 그럼 그것이 뭐지. 한 공간이 될 수가 있잖아. 집을 지으면 천장이 아니야? 그러니까 이렇게 터전과 토대(土臺)를 완벽하게 하셨단 말씀이다.

그래서 당신께서 생각을 내실 때 벌써 설계도(設計圖)를 내어서 설계도에 맞추어서 구조(構造)에 딱딱 맞고 아주 유모 있게 오물조물 이렇게 생판을 이렇게 짝 펴서 평청을 이루었다. 생판하면 평청을 이루었다고 생각하라. 생판을 지층(地層)을 쌓아 올리고 평청을 이루셨구나. 이렇게 생각해야 한다. 이것이 이때는 전부 생으로 하시는 거야. 생 속에는 생생도 있고 힘도 있고 또 조화도 있고 이렇기 때문에 촉진(促進)하고 촉동(觸動)이 나오는 거야. 그것은 무슨 말씀의 뜻인가 하면 촉진 촉도 촉동 이렇게 나오는 거야. 반짝하는 시간에 그 찬스에 짝짝 펴나가는 거야. 이래서 당신은 생태계는 당신이 이용해 쓸 수 있는 무한한 무를 내신 거야. 그래서 이것이 바로 하나님이 두 하나님이기 때문이다.

할아버지(남자 하나님)께서는 이 생판으로서 체대를 이루시고 할머니(여자 하나님)께서는 판을 이루시고 할아버지께서는 생으로 체대를 이루시고 할머니는 판을 이루어 지층을 쌓아 올린다. 이렇기 때문에 여기 학문을 배울 때 나오는 말과 떨어지는 말을 듣고서 물리를 빨리 터득해야 해! 이 말씀은 그런데 과학(科學)을 내실 수가 얼마든지 있거든. 과학을 발사(發射)한다면 안 되잖아. 되긴 된다. 모든 것을 발사하는 것이 빨라 발사한다 하지만 내신 것이지. 그러니까 창설(創設)을 하시고 나서는 이제 당신들이 이때서부터 원료(原料)를 낼 수 있는 연구를 하신 거야. 그래서 원료를 발효(醱酵)시키고 발로(發露)하고 발로가 되었으니 발휘(發揮)자라고 하는 거야. 그런데 오늘 배우는 말씀을 너희들이 연구적(研究的)으로 연구하면서 하나님 앞에 성신과 마음을 쏟으면 학문이 질대

로 막히지 않아. 착착 진행되 나가. 왜? 그 의미(意味)와 이치
(理致)를 알기 때문에. 하나님께서는 어떤 분인가 하면 내가
너희들한테 이런 말을 이제는 해도 되지만 안 해주어. 이 공
부를 이렇게 빨리빨리 알아듣게 하려면 무로 들어가서 무로
깨어 나와야 된다.

또 하나님은 무에서 무를 내고 무한히 무를 내서 형성(形
成)시키고 무한히 할 수 있는 분이기 때문에 그 무에서 그 무
를 내고 또 무를 내고 또 내서 이렇게 무가 5가지 조목으로 짝
나와 버린다. 이렇게 창설(創設)이나 이런 것 말고 당신 정신
세계로 가는 이야기야. 당신의 정신세계를 공부한 이야기를
말씀하신 것이다. 정신세계를 공부하고 보면 그 무에서 무를
내고 그 무에서 무를 내고 주 욱 무가 나가는 것이 뭔가 하면
촉진 촉도 촉동 핵(核)같이 빛같이 반짝이며 쫙쫙 입체로 펴
나갈 수 있는 이러한 도술 문을 배워야 한다는 것이다. 도술
(道術) 문을 하나님은 다 알았다는 거야. 이래서 이게 조화인
거야. 여기에 생이 겸비(兼備)되어있고 생생이 겸비 되어있고
힘이 겸비되어 있었기 때문에 무한한 정신세계를 달려가는
데 하루아침에 되는 것이 아니란 말씀이다.

하나님께서 그래서 피나는 노력에 전심전력을 다 쏟았다.
그런 말씀을 하시는 거야. 너희 인간들한테 이런 말이 먹히겠
느냐 마는 오늘 이 시간까지 누구도 못하는 말을 누구도 알지
못하는 말을 너희한테 해주면 너희 정신은 암흑(暗黑)이다. 내

가 생각하면 이런 돌멩이만도 못하다 라고도 못 비유(比喩)한다. 나무토막이라 하나? 그 정도야. 그러니 이런 사람들을 놓고 가르치려니 얼마나 답답한 일이 아니겠느냐 하는 말씀이다. 정신세계를 아주 뚫을 수도 없는 것을. 그러니까 이 말을 잘 들어봐. 천도문도 하루아침에 된 일이 아니잖아. 어려서부터 무슨 욕심이 차 한 것도 아니요 하나님 아들딸에 대해서 의문(疑問)이 나고 이런 것 때문에 했는데 하나님 아들따님이 도저히 죄를 질 수도 없거니와 흙으로 만들 수도 없다는 것을 잘 알아야 한다.

그러니까 이 모든 것이 저절로 되는 것이 아니야. 오늘은 신앙을 어떻게 해야 되는 가를 배워보자. 신앙이라는 것은 하루아침에 안 큰다는 것을 알라. 비는 것이 아니다. 절대 비는 것이 신앙(信仰)이 아니야. 신앙은 정신(精神) 공부하는 것이 신앙이요, 마음의 공부를 하는 것이 신앙이요, 육신의 행함이 신앙이다. 육신의 행함이 삼위일치가 되어서 모든 것을 건전하게 살아야 된다. 알겠어? 잡음을 잊어버리고 그래서 무에 들어가서 무를 깨어나기 전에는 거기까지 가기가 힘들어 사람이 항상 건전하게 사는 데는 진실(眞實)이 있어야 한다. 진실이 있음으로써 진실에는 항상 결백(潔白)이 따라다니고 결백함으로서 항상 사람이 온전하게 살아갈 수 있는 능력(能力)이 생기는 것이다.

마음을 잘못 먹고 기짓말을 해보라. 얼마나 괴롭겠느냐? 왜 그 마음고생을 한다. 마음 고생(苦生)할 필요가 없어. 사람이 떳떳이 살아라. 내 길이 아니면 남의 길을 보지도 말고 생각지도 마라. 자기 길은 자기가 걸어야 가야지! 그럼 자기 길을 자기가 걸어가는데 쉽게 가느냐? 천만에야. 내 길을 내가 갈 때에는 쉽게 가지지 않아? 굉장히 외로운 걸음을 걸어야 하고 고독(孤獨)한 걸음을 걸어야 하고 또 아주 남이 못하는 것을 해야 하고 남이 생각 못하는 것을 생각해야 하고 남이 이해 못하는 것을 이해해야 하고 이럼으로써 절도 있게 갈 수 있고 아주 똑바른 길을 가야 한다. 그러면 욕심(慾心)이라는 것이 스스로 없어져. 없어지기 때문에 탐낼 필요가 없고 나한테 당치 않는 것을 탐내지 마라.

남의 집에 은금보화가 많아도 내 것이 아닌 이상 쳐다볼 필요가 없어. 그런데 정신 공부하고 마음 공부하고 육신의 공부를 해놓으면 돈이 산더미만큼 쌓아놓아도 우리하고 관계가 없다. 내가 무엇으로 비유할까? 우리가 하나님 강림을 맞은 사람이 아니야? 강림을 맞았는데 뭐가 걱정이야? 하나님 강림을 맞은 사람은 굉장히 귀한 것이야. 귀함 중에 귀한 것이야. 그 귀함을 우리가 귀하게 알 때 귀한 것이지 아무리 귀해도 귀(貴)함을 모를 때에는 그것은 그자가 천(賤)하기가 그지 없는 것이야. 알아듣겠어? 나는 지금 이 지구덩어리만큼 금을 갖다 놓고 다이아몬드 보석 같은 것을 집 덩이만큼 천개 만개 짖다 놓이도 하나님 강림하고는 안 바꾼다.

너희들은 얼른 바꿀걸? 그것은 뜻이 없고 의미가 없는 거야. 의미가 없는데 뜻이 있겠어? 그것은 잠깐이야. 꿈결같이 지나가는 거야. 환상같이 지나가는 거야. 우리는 뜻이 완벽하고 이렇기 때문에 이것을 내신 하나님이 최고야. 생의 자체분이 최고야. 생의 자체에서 다 나온 것이니까 없는 것에서 있는 것을 냈다는 것은 생의 자체에서 무한한 생을 내서 무로 그렇게 한없고 끝없이 냈다는 것이니라. 그래서 나 같은 마음이면 여기서 산더미만큼 수 천 만개 놓고 하나님 강림하고 바꾸자면 나는 안 바꾸어. 그게 다 내 것인데. 바꾸나 마나 그 안에 다 들어있는 것인데 왜 바꿔? 하나님께서 나보고 이런 말씀을 하셨어. 70년도에는 산에 있는 모든 수도 인들을 불러온다. 그랬어. 산중에 모두 상통천문하고 이산이수 축지하고 하탈지리하는 사람들을 전부 데려온다고 했었다.

그랬는데 내가 그것을 그때 넘어갔으면 큰일 날 뻔했지만 나는 욕심내지 않았다. 나는 이런 말을 했어. 만약에 그런 사람은 굉장히 하나님 같단 말이야. 우리에다 대면 아는 것이 많고 도술(道術)하지 갑갑한 것이 없지. 그렇지만 나는 싫다고 했어. 왜냐하면 그 사람들은 축지(縮地)를 하고 마음대로 하시기 때문에 조부님(하나님)이 이 집을 강림(降臨)하셨으니까 조부님이 부르면 꿈결같이 축지(縮地)해올 것 아닙니까? 그런데 그 사람네들 불러다가 내가 하나님한테도 잘못하는 사람이 그 사람네 오면 그 사람네들 대우하다가 하나님 잊어버리라고요? 나는 싫어요. 나는 그런 사람늘과 하나님하고 못 바

72

꿔요. 나는 지구덩어리만큼 다이아몬드를 몇 백 개 갖다 놓아도 수백 개 하고 조부님(하나님)하고 못 바꾼다고. 하나님께서도 거기서 감동을 하신 것이다.

내 마음이 진짜 그렇고. 나는 절대 잘 알고 이런 사람 오면 전도 많이 되고 어떻게 거죽으로 생각하면 되게 좋지만 우리를 자기 발자국만 따라만 간다면 축지(縮地)를 하고 끌고 가는데 그것만 보면 굉장히 좋은데 너 무술(武術)를 되게 좋아했지 않느냐? 이제는 조부님이 저의 집으로 강림하셨기 때문에 무술도 필요 없고 다 필요 없다고 했어. 아무것도 다 필요 없다고 했어. 그러시니까 한숨을 크게 쉬시고 웃으시더라. 너희들 같으면 당장 바꿀 거야. 하나님 강림하고 이 산더미만한 다이아몬드하고 무슨 관계가 있느냐 하는 말씀을 알려주는 말이다.

인간 시조 옥황(천사장 인간시조) 이는 하늘나라에서 원죄(原罪)를 짓고 가지고 와서 땅에 와서 고릴라와 결합(結合)되었기 때문에 사람이 아니고 동물과 같은 인간이라는 거야. 존재(存在) 인이 못 된다 이런 말이야. 이런 말은 정신을 똑바로 써야지. 비는 역사가 아니야? 하늘에서 하나님의 계명(誡命)을 어긴 원죄를 지고 땅에 내려와서 타락(墮落)을 하였다는 거야. 고릴라와 결합(結合)되었으니 타락(墮落) 죄(罪) 아니야? 그래서 타락의 죄인들이기 때문에 원죄도 못 벗고 연대(連帶) 죄도 못 벗고 자기 조상(祖上)의 연대 죄도 못 벗고 자기 잡음(雜音) 죄도 못 벗고 있는 것이다. 이렇기 때문에 우리는 이런 종교(宗敎)를 딱 분리를 해야 하는 거야. 올 해운 년 1991년도에서부터는 운세가 아주 180도로 달라졌기 때문에 그것을 분별을 해야 된다.

그래서 이 세상에 모든 역사는 죽음의 역사요 왜 죽음의 역사인가 하면 죽어서 영계를 들어가는데 이제는 영계도 못 들어가는 신세(身世)가 되어버렸어. 그래서 강자(强者)에게 약자(弱者)가 죽는다고. 그래서 이것이 인간시조의 원죄야. 인간시조에 지은 연대와 인간조상이 지은 연대 죄와 자기가 스스로 불러일으켜서 죄를 지어서 공포와 두려움과 슬픔과 그 고독(孤獨)이 항상 가지고 있다는 거야. 그래서 비는 역사다. 그래서 비는 신앙이다. 우리 역사는 하나님께서 영원(永遠)불변(不變)토록 생불이시기 때문에 불변불로 살아계시고 우리가 가는 길이 열려있기 때문에 열심히 정신과 마음을 갈고닦으면 우리 원죄도 벗은 사람이요 이 방중에도 원죄를 벗은 사람도 있고 안 벗은 사람도 있다. 왜 그러냐면 자기 스스로 저지르는 자는 원죄를 지고 있는 자요 자기가 안 졌다면 원죄를 벗은 자라는 것을 알고 있어라. 이렇기 때문에 영원불변토록 살아있는 산 역사다.

그 죽음의 역사를 믿으니까 그것이 비는 역사요 산 역사를 믿기 때문에 앞으로 미래(未來)가 있고 꿈이 있고 목적(目的)과 목적관이 열려있고 이렇기 때문에 우리 뜻이 활짝 열렸다는 것을 지금 운세(運勢) 따라서 이때를 맞이했으니 잊지 말라는 뜻이야. 이렇기 때문에 하나님 강림을 맞았기 때문에 하나님을 같이 모시고 사는 때다. 이럼으로써 우리는 비는 신앙이 아니고 하나님의 무한(無限)하신 조화와 신비(神秘)와 그 아름다운 것과 찬란(燦爛)한 것과 무한정한 것과 무지신비와 신출귀몰(神出鬼沒)하신 것과 하나님께서 전부 효율(效率)을 나타내서 통쾌(痛快) 상쾌(爽快)하게 이루어놓으신 것이 통문 통설 통치 자유자재 원도인이 살아계시기 때문에 우리도 원도를 찾아서 불변불로서 갖가지 원문을 배우는 이때다 이런 말씀이다.

그래서 우리는 즐겁고 기쁜 그러한 귀함을 얻었다 이런 것이지. 그렇기 때문에 너희들은 모두 업을 바꾼 자들이다. 세상에는 하나님 아들딸이 죄를 졌다고 하지만 우리는 하나님 아들딸을 믿고 살잖아. 하나님 아들딸이 얼마나 하나님의 그 요소와 모든 조화를 지니고 나타나신 분들이기 때문에 헤아릴 수 없는 분이라는 것을 잊지 마라. 이럼으로써 살아있는 역사를 믿기 때문에 갖가지 원문(原文)을 배우고 근원(根源)의 원문과 원인의 원문과 결과의 원문과 결론(結論)의 원문을 확실히 배우고 가는 이때기 때문에 각자 각기 정신 상태를 고쳐야 하고 마음에 좋지 못한 요소를 고쳐야 하고 육신의 행함을 고쳐야 만이 영원불변한 나라로 갈 수 있다는 뜻이다. 사람은 누구나 물론(勿論)하고 신앙도 그래, 세상에는 죽음의 신앙도 용기로 가지고 살고 용기로 욕망을 채우려고 그러는 거야. 그런데 우리는 아주 하나님 강림을 맞은 사람들이기 때문에 용기가 당당하기 때문에 그 욕망(慾望)이 꽉 차 있고 항상 용기(勇氣)가 필요한 거야. 용기가 당당하고 좋은 야망(野望) 그 야망이라는 소리가 나쁜 것이야? 좋은 것을 진행해서 추진(推進)해 나가면 그것은 굉장히 좋은 야망이요 세상에는 자기를 위주해서 자기 이름을 내려고 하고 자기 모든 위치를 지키려고 하고 자기가 마음대로 권세(權勢)와 권력(勸力)을 부리려고 하기 때문에 이것은 바로 죽은 자나 다름없다는 것이다.

이렇기 때문에 이런 자들에게 채워놓은 것이 무엇 있겠느냐? 다 비었다는 것을 잊지 말라. 다 껍데기만 가지고 산다는 것을 잊지 마라. 이럼으로써 영원불변한 나라를 갈 수 있는 자, 분명히 올해 1991년도에는 내가 분명히 밝히는 거야. 밝혀놓아서 너희들이 수단과 방법을 가리지 아니하고 죽고자 하는 마음으로서 열심히 정신을 갈고닦고 정신과 마음을 갈고닦으면 육신의 행함이 바를 것이요, 정신과 마음을 갈고닦은 자야만이 존재인 이라는 것을 잊지 말라. 정신과 마음을 스스로 갈고닦아서 자기가 자기를 온전하게 세우고 온전하게 행하고 이럴 때 전개(展開)할 수 있는 능력을 갖춘다는 것을 분명히 알아야 되겠다.

이렇기 때문에 자연 스스로 하나님께서는 천연(天然)의 천륜(天倫)에 무한한 자연의 순리(順理)로서 살아오신 분이기 때문에 무한한 녹장(獨創)을 하셔서 녹장관을 활짝 여셨고 그 장

작(創作)을 내셔서 창도관을 열으셨고 무한한 생을 준비하여 갖가지 과학(科學)을 이루셨고 무형과 유형을 나타내서 갖가지 그 공간이 발견됐다는 것을 잊지 마라. 이럼으로써 무언 무한하신 그 조화님이 우리를 항상 보살펴주신다는 것을 잊지 마라. 우리가 달라고 하기 전에 하나님을 잘 받들어 모실 생각하고 그 사불님(하나님 부부와 아들딸)을 귀하게 생각했을 때 하나님께서 상관(相關)하신다는 것을 잊지 마라. 그리고 또 한 가지 하나님께서 몇 해 전에 이런 말씀을 하셨거든. 내 식구를 내가 거두지 누구에게 맡기겠는고? 이것은 무한한 사랑과 무한한 자비(慈悲)와 무한한 그 아주 천륜의 자유 그 천심(天心)의 천정(天情)으로 말씀하셨다는 것을 분명히 알고 살아야겠다.

이럼으로써 지금 이때는 때는 촉박(促迫)하고 시간은 분초(分秒)를 어기지 아니하는 이때요 따라서 하늘에서 필름성이 와 계셔 여기. 오신지가 석 달이 넘으셨는데 교체를 하셔. 먼저 왔던 필름성에서 오신 신성님들이 가시고 이번에 보름날 아침 새벽4시 15분에 오셨다 이거야. 여기 있으시던 분들은 가시고 또 새로 오셨다는 거야. 이런 소리는 너희들이 어디 가서 듣겠니? 만날 이야기책 같은 성경이 너희 생명을 살려? 이렇게 귀한 말씀은 하나님이 강림하셨기 때문에 시시때때로 이런 말씀을 듣고 사는 것이지. 이런 말씀을 들었을 때, 야, 참 세상에 알지도 못하는 소리 여기서는 우리가 보니까? 무지신 비 속에서 살고 별개 이상 세계에서 사는 것이 사실이라는 것을 잊지 말라.

이렇기 때문에 우리는 하나님께서 무한한 학문을 내놓으신 학문의 무한정(無限定)한 학문의 조화의 도술(道術)의 진문(陣門)을 우리가 어떻다는 것은 공부는 못하지만 알고는 살아야 하잖아! 그 무한한 도술을 펼 수 있는 원술의 원문이 무한정 하기 때문에 원술(元述)의 원문은 생문생술이요 또 천체(天體)자유(自由) 문도 술이요 또 한없고 끝없는 그 진과 문과 술과 무한정한 도술 진문을 마음대로 자유자재로 펼 수가 있는 능력의 권능자를 믿기 때문에 걱정과 근심이 없다는 것을 분명히 알고 살아야겠다. 이런 말씀이야. 또 한 가지 우리가 이런 귀하신 현인을 믿기 때문에 아주 현명(賢明)하시고 아름답고 찬란(燦爛)하시고 이러한 현인을 믿기 때문에 우리가 그 분을 따라야 되지 않아? 이렇기 때문에 너희 정신과 마음이 어둡기 때문에 정신과 마음을 갈고닦으면 성경(聖經)에 나오는 말씀과 같이 등불을 준비할 수 있다.

정신의 등불 마음의 등불 육신의 등불을 갖춘다면 이것이 삼위일치가 되어서 항상 건전하게 살 수 있고 건전하게 삶으로서 항상 자기를 자기 스스로 판단할 수 있는 자. 또 한 가지 항상 모든 것을 자기 스스로 분별할 수 있는 자. 분별할 수 있기 때문에 사물을 볼 줄도 알고 보고서 즐거운 것도 알고, 사물의 내용을 알 수 있는 이러한 귀한 자가 된단 말이다. 하나님께서 창조(創造)해놓으신 모든 학문의 세도에 나타난 무한정한 것을 우리가 잊지 말고 그것을 하나하나 귀하게 생각해서 연구도 하고 상상도 하고 직접 눈으로 볼 수 있는 그러한 실체 눈을 갖출 수 있는 이러한 인재(人才)가 되라는 것이다.

너희들 지금 그야말로 캄캄한 사람들을 별안간 인재가 되라고 하면 되겠니? 힘들지 너 스스로 인재가 될 수가 있어? 인재가 되기까지에는 무지가 무를 어느 정도 알아서 무로 들어간다. 무로 들어가서 무에 가서 깨어난다. 무슨 말이겠어? 무에서 깨어나니까 하나님께서는 처음 전에도 무로 시작해서 무로 끝나고 이것은 생으로 시작해서 생으로 끝났기 때문에 무에서 무로 끝났다는 것이다. 그럼 사람은 가장 작은 무를 이행을 하자. 신앙이라는 것은 처음에 아무것도 모르고 용기로 간다. 용기로 가면 차차 욕망(慾望)에 채워지거든. 용기에 맞추어서 욕망이 채워지니까 내가 성실하게 살 수 있는 능력을 갖추어. 내가 보고서 판단(判斷)할 수 있는 자가 뭔가 하면 판단이라는 것은 여러 가지를 다 우리가 눈으로 보아서 안 될 자리는 가지도 아니하며 앉지도 아니하고 보지도 아니한다. 그런 것을 다 판단이라고 한다.

내 스스로 나를 판단할 수 있는 자. 내가 나를 찾을 수 있는 자. 내가 나를 세울 수 있는 자. 내가 나를 뭐든지 분별해서 능력을 갖추는 자. 이렇게 되어야 만이 그자는 분명히 뜻이 있는 자요 목적과 목적관이 완벽한 자요 따라서 무한정(無限定)한 하나님께서 이루신 그 천연(天然)의 천륜과 천연의 원심

79

(圓心)의 천륜을 알게 되어있고 또한 천심(天心)의 천륜의 천정을 알게 되어있다는 것을 분명히 잊지 말자 이거야. 내가 또 반복하는데 우리 세상에는 어떻게 믿는다고 하였지? 옳지. 죽음의 역사에 살기 때문에 원죄에다가 연대죄에다가 조상의 연대 죄와 내가 무한히 짓는 잡음 죄가 쌓이고 쌓여서 마음대로 안 되니까 하늘에 빈다는 것을 알아라.

그래서 비는 신앙 죽음의 역사에서 비는 신앙 세상에 종교는 다 귀신에 접해 산다. 귀신을 믿고 산다. 그래서 귀신을 믿고 살기 때문에 항상 귀신과 더불어 사는 거야. 그런데 우리는 귀신에서 벗어나서 실존의 실체를 우리를 아는 거야. 실존님이 살아계시기 때문에 실체로서 장을 폈다는 거야. 산과 들과 공간을 만들어놓았으니 그것이 장이야. 이렇게 실존(實存)을 믿는다. 그 실존님 사불님을 믿기 때문에 우리는 그 사불님들이 모두 각자가 하신 일이 있어. 그럼 실존님들이 무한정하게 실체를 내놓으셨다. 실체(實體)를 내놓으셨기 때문에 당신(하나님) 아들딸 8남매(男妹)가 각자가 자기들 살 공간(空間)을 발사(發射)해서 가지고 산다.

이게 무슨 말씀인가 하면 이 공간은 여호와 하나님이라고 해야 너희들은 빨리 알아듣지. 여호화 하나님께서 이 공간이 당신 공간이기 때문에 이 공간을 발사를 하고 이 집을 지으시고 여기서 산다는 거야. 그래서 하나님과 같다고 해서 사실은 하나님이라고 하는 깃이지 진짜 하나님은 따로 계시잖아. 둘도 없이 하나기 때문에 하나님이야. 사랑님 자를 붙여서 하나님이요, 당신이 독창을 해냈기 때문에 독창(獨創)자요 또 그야말로 모든 것을 실체(實體)를 내놓으셨기 때문에 독재(獨裁)자요 독재(獨裁)녀요 그때는 두 분 밖에 없으니까 그럴 수밖에 더 있어? 그러니까 이분들은 창작(創作)을 해서 모두 내셨단 말이다.

대상은 대상(對象)답게 창작을 해내시고 또 주체(主體)는 주체답게 창작(創作)을 해놓으셨다고. 이럼으로써 이 엄청난 말씀을 너희들이 어디 가서 들으려고 해봐라. 지구덩어리 다 돌아다녀도 못 들어. 알아야 듣지? 알려주는 사람도 없거니와 그런 인도자(引導者)가 없는데 어떻게 듣는가 말이야. 이렇기 때문에 우리는 이런 건전한 믿음을 갖출 수 있는 자가 되려면 거짓말하지 말라. 남의 것을 탐내고 욕심내지 마. 잘난 체 하지 마. 되지 못한 자기 위치도 없고 명예(名譽) 권세 권력도 없는 자가 아주 교만(驕慢) 부리지 마라. 되지 못한 자존심(自尊心) 가지지 말라. 시기 질투하지 마라. 또 무한히 남 잘되는 것을 싫어하지 마. 이게 다 악에 속한 일이지 선에 속한 일이 아니라는 것을 잊지 말라.

이럼으로써 항상 욕심이 패한다는 것을 알라. 뭐든지 이 공간 안에 펴놓으신 모든 실체의 장을 보고 순리로 되어있다는 것, 아주 진실하다는 것, 결백하다는 것, 그 결백하다는 것을 잊지 말아야 하고. 이럼으로써 남을 흉보지 마라. 이런 것을 늘 그런 것을 상상하고 그것을 생각해서. 변치 않을 때에는 소나무와 대나무는 절개를 상징한다. 자기가 스스로 자기 절개를 생각하고 살고 대나무는 곧은 결백을 가지고 있단 말이니라. 또 절개를 상징하기 때문에 이것이 변치를 않는 거야. 파랗게 사철나무는 항상 불변을 상징한다. 소나무는 생기한 냄새를 풍기면서도 그 나무에서 나오는 송진이 극악생성(極惡生成)을 시킨다. 이런 진에서 나오는 것을 사람의 살에 붙이면 생살이 나오게 하고 다 이렇게 해서 뜯어내서 없애버린다.

그래서 그것을 극악생성(極惡生成)을 시킨다고 함이요. 그래서 늘 생하게 하며 변하지를 않는다. 항상 그런 것을 상상해서 살란 말이야. 그리고 사람이 거짓말을 하고 살면 항상 괴롭다는 것을 기억하라. 기억하고 또 한 가지 항상 남의 것을 보고 아주 은근히 도둑질하는 마음 가장 작은 돈이 1전을 내가 훔쳤어도 속은 괴로워. 아무리 내가 도둑일지라도 괴롭겠어? 안 괴롭겠어? 그래. 왜 그런 괴로운 짓을 스스로 해서 자기가 괴롭게 사느냐 이거야. 그런 놈이 처음에는 1전을 훔치다가 자꾸 자구 커서 큰 도둑이 되어서 그래서 바늘 도둑이 소 도둑 된다는 말이 있잖아. 속담이 그렇게 도둑질을 자꾸 해 놓으면 처음에는 괴롭다가 자꾸 이력이 나가지고 나중에는 괴로운 것도 모르고 이성을 잃어버려서 욕심(慾心)만 가득하단 말이니라.

그러니 그것이 스스로 자기가 지기 손으로 저질러서 정신을 어둡게 하고 마음을 어둡게 하고 육신이 기계체가 다 더러워지니까 옳은 소리 할 때 옳게 듣지 못한다는 것을 잊지 말고 괴롭다는 것이다. 남을 죄 없는 사람 두드려 패봐, 공포가 오지. 그래서 속담에 남을 때린 자는 오그리고 자고 맞은 자는 다리 펴고 잔다고 했다. 그 사람은 맞아서 편안한 마음이지만 때리는 놈은 괴롭지. 그런 짓을 하지 말라. 또 한 가지 인간이 말이지. 내 여자는 보기 싫은데 남의 여자는 예쁘게 보이면 욕심(慾心)을 낸단 말이야. 그것은 이성을 잃어버린 자가 그런 짓을 하지. 똑똑한 정신을 가진 자는 그렇지 않는다.

왜? 죽은 자들아 어서 무덤에서 일어나서 빨리 살아 걸어서 내 앞에 걸어오라. 이런 말씀을 하셨어. 이제 때는 임박(臨迫)하고 시간은 촉박(促迫)해서 분초(分秒)를 어기지 않는 이때를 맞이하였은즉 하루바삐 지금도 늦지 아니한즉 열심히 갈고닦아서 내 앞에 다가오라. 이런 말씀을 하셨어. 얼마나 좋은 말씀이야. 항상 푸근하게 사랑하시는 말씀 그 은혜로운 말씀 인간은 헤아릴 수 없는 말씀 이런데 너희들은 복이 너무 터져서 하나님이 선택을 해서 하나님 앞에 왔어도 눈이 멀어서 하나님을 보지 못하고 귀가 멀어서 하나님의 말씀을 듣지 못하고 있는지 없는지 너무 어둠 속에서 헤매니 하나님 계신지 알지 못하고 내(천도문)말만 듣고 살라니 답답할 것이다.

나(천도문)도 너하고 똑같애. 열심히 갈고닦아봐, 나는 죽고자 하는 마음으로 7살에서부터 오늘 이 시간까지 갖은 고생과 고역을 겪으며 세상에 내가 밥을 다 얻어먹고 살았어. 왜? 난 그렇지만 밥을 얻어먹으러 가서도 남 밥해놓은 것 거져 안 먹었어. 아주 큰집에 들어가서 문을 두드려서 그 집에 개가 무서워서 들어갈 수 있어? 사람을 끌어내야지. 내가 일을 하러 왔다고 무슨 일이든지 일을 시켜 달라고. 나 이렇게 젊은 사람이 생동감이 끓어 넘치는데 일을 달라고 했어. 밥을 얻어먹으러 왔는데 그냥 얻어먹기는 싫으니까 빨래라도 내놓으라고 그랬어? 그럼 밥만 내놔 별거 다 나오지. 그렇게 그 집을 알면 다음에 또 가서 일해주면 뭐가 안 나오겠니? 괜히 가서 밥 달라고 그래? 그래가지고 영감이 앓고 우리 큰 아들도 앓을 때 그런 고생하고 집도 없이 저기가 기차 화통에서 살았어. 갖은 고역을 다 겪으면서 살아왔다.

그렇지만 나는 한 번도 하나님을 원망을 안했다. 알겠니? 그래서 너희들 내가 한 가지 알려 줄 말이 있어. 내가 맺힌 것이 있기 때문이야. 가난한 집의 일가가 오면 잘해주어라 이거야. 있는 사람 일가 오면 그렇게 잘 안 해 주어도 있는 대로 주면 되고 가난한 일가가 오면 잘 해주어야 해. 잘못 먹고 잘못 입고 왔기 때문에 사랑하고 품어주며 잘해라 이런 말이야. 그럼 좋겠지? 그러나 사람은 맺히고 쌓인 한이 풀리지 않는다는 것만 알아라. 형제도 있어야 형제지 없으면 형제가 아니라는 것을 잊지 마라. 세상에 별놈의 고역을 겪었어도 저 영감님을 믿고 둘 다 백발(白髮)이 되었으니 이제는 해로를 한 것 아니야?

하나님께서는 처음 전을 우리가 항상 생으로 시작해서 생으로 끝났어. 그러니까 항상 생을 배워야 해. 이 근원(根源)을 완벽하게 배우자. 하나님께서 아무것도 없을 때는 처음 전 때다. 처음 전 때는 어떻게 계셨냐면 생의 자체로서 계셨다. 그 생의 자체를 감싸고 있는 것은 바로 행이다. 행이 감싸고 있었고 또 그 행을 감싸고 있는 것은 생이 모두 둘러 감싸고 있다. 그런데 이 생불체가 한공간만하게 하나님께서 당신이 응시할 공간 큰 공간(空間)을 하나 설치(設置)를 하셨단 말이야. 그게 생불체다. 이제 행 속에 생에 자체가 바로 들어있고 핵심의 진가가 바로 행의 자체고 여기는 또 생이 둘러서 응시되어있고 또 이제 여기 생불체가 큰 공간만 하게 하나님께서 생의 자체 때 이루셨다. 어떻게? 태반태도원태도로서 평청 평창을 이루셨더라.

이것은 생판을 지층같이 쌓아 올려서 당신 자리를 완벽하게 안정할 수 있는 자리를 정하셨더라. 확정하셨더라. 이때에 태반 태도 원 태도에서 당신 몸체가 될 무한한 조화와 요소로서 진가로 계신다. 이때에 아주 무한정한 귀한 조화를 당신이 첫째 지니고 조화를 낼 수가 있다. 이럼으로써 당신께서는 몸체가 없었다. 체(體)가 없지만 조화자요 따라서 조화를 낼 수 있는 무한정한 자요 당신은 당신을 알아서 갖춘 자요, 당신께서는 미래와 꿈이 확고한 자요 희망이 꽉 차 있는 자요 따라서 목적과 목적관이 완벽한 자요 무한한 공간의 궁창(穹蒼)의 궁극(窮極) 의 목적이 당신의 하나님의 뜻이라는 것을 확실히 아는 자요 이러시기 때문에 이때에 생생생 정기는 정신을 내놓으시고 생생 생문 생정기는 마음을 내시고 최고의 핵심이 생에서 그 정기가 있는데 그 정기가 생생이다.

그러면 생생에서 음양(陰陽)을 내시고 생생생 생문생에서 불토를 내셔서 생명의 근원을 내셨다. 공기의 근원을 내셨다. 이렇게 갖가지 모든 것을 갖추어 놓으시니까 이것이 무더라. 왜 무냐? 정신에서 한없고 끝없이 낼 수 있기 때문에 무요 마음에서 한없고 끝없이 펴기 때문에 무요 또한 천지간(天地間)만물지중(萬物之衆)을 모두 음양 지 이치로서 무한정하게 만들어내기 때문에 이분은 바로 음양이 있어야 되는 거야. 음양의 이치로서 모든 것을 창조해 낼 수 있는 분이야. 이래서 이것이 무요 이럼으로써 생명을 갖춘 분이기 때문에 무요 이럼으로써 무한정한 아주 무를 지니고 계시게 되었더라.

이제 이렇게 다 갖추어서 두 분(하나님)이 즐거워하시며 만족하고 흡족하고 흠뻑 하고 계시지만 이렇게만 계실 것이 아닌 것을 아시기 때문에 생각할 때가 있었고 생각해 내실 때가 있었다. 생각해 내시니까 이때는 당신이 무한정하게 무로 내놓을 수 있는 태반 태독 원 태독을 아주 이루신 것이다. 이렇게 하고 본즉 지닌 것은 지닌 것대로 무인데 가지고 있는 것을 무한히 내놓고 보니까 이것이 바로 획기적(劃期的)으로 나타났더라. 핵심의 진가에서 획기적으로 나타난 것이 바로 생대계더라. 이 생대계가 완벽하게 나다났기 때문에 생대계의 중심은 불록조 불랙조 불천조 불천넥조 불불넥조 생생생문 천체불불 천체토넥토독댁도 이게 이 안에 갖가지 학문으로서 제도로 딱딱 무한정하게 무로 이루어놓고 본즉 당신은 그리 울 것이 없더라.

왜냐하면 무한정하게 원료를 준비해 낼 수가 있는 능력을 갖추었기 때문에 무한히 생태계에서 권능을 베풀 수가 있는 자가 되었더라. 체가 없는데도 자유자재할 수 있는 자가 되었 다는 거야. 이렇기 때문에 나는 완성이지. 주체는 주체답게 완 성이요 대상은 대상답게 완성이더라. 주체도 무요 대상도 무 기 때문에 무한정하게 낼 수 있는 이러한 귀함을 무한정하게 무로서 간직하였지. 이때는 생태계를 완성시켰기 때문에 이 때에 내가 큰 자리를 정해야 되기 때문에 창설을 시작하였느 니라.

나는 이때에 창설하기 위해서 설계를 내고 그 설계도에 맞 추어 구조에 딱딱 맞고 유모 있게 아주 불변절대하게 내 약속 대로 딱딱 이루어 내놓았지. 이때에 평청을 이루는데 여호화 하늘새 이 별성 혹성 이 지구 우주 공간을 다해서 수천 억 개 만치 비유와 상징적으로 내가 하는 말씀이니라. 비유와 상징 적으로 이렇게 거대한 웅대한 그 거창함을 이제 창설하기 시 작하였지. 이때는 나는 (남자 하나님)생으로서 4위 기대를 세 우고 따라서 4해4문을 세워서 무한정한 4해8방4진문도를 세 우고 너희 조모(여자 하나님)는 생판으로서 지층을 쌓아 올려 평청을 이루고 나는 평창을 이루었지. 이럼으로써 무한정한 평청과 평창을 이루고본즉 아주 거대한 웅장이 불변절대하였더라. 이렇기 때문에 그 4해8방4진문도가 아주 보기만 하여도 엄청나고 아주 신기록이고 그야말로 내 눈으로 헤아릴 수 없이 그 폭이 넓고 완벽함이 너무 찬란하였더라.

이럼으로써 그 생태계에서 내서 모든 창설이 아주 무한정하게 이루어놓은 그 귀함이 아주 완벽하더라. 이렇기 때문에 나는 이때에 너무 좋아 어쩔 줄 몰랐지. 그렇지만 나에게는 조화를 지니고 있고 조화를 낼 수도 있고 조화를 펼 수 있는 이러한 조화자기 때문이지. 이래서 그 창설의 그 웅대한 거대한 거창함이 아주 헤아릴 수 없고 상상할 수 없이 아주 완벽하였더라. 이렇기 때문에 나는 이때에 내가 나는 나(하나님)대로 창설하였고 너희 조모(하나님 배우자)는 조모대로 평청을 이루어 생판으로 지층같이 쌓아 올려 이루어놓은 그 거대한 장들이 웅대하게 아주 이루어놓은 것을 본즉 모두 통문하고 통설하고 통치자유 할 수 있는 능력(能力)이 절대 완벽하였더라.

이럼으로써 무불통치자요 또한 무언무한한 자요 신비롭고 찬란한 그 창설이 너무 너무 아주 귀하고 귀중하게 모두 결정체로 이루어진 무한함이 완벽하더라. 이렇기 때문에 바로 천연의 원심에 천륜에 천륜적으로 이루어놓은 그 아름다움이 찬란하기 때문에 갖가지 생판에 모든 정기가 흐르고 돌고 맥이 뒤고 맥박이 모두 마디마디 마다 뛰고 또한 그 마디미디기 모두 조화를 이루었고 생판 한없이 모두 조화를 이루었더라. 이럼으로써 이렇기 때문에 아주 그 빛같이 찬란하고 영롱함이 완벽이더라. 우리는 몸체는 없지만 이름은 완벽하지. 내 명예는 천살도요 너희 조모님 명예는 천살의 결백이니라. 여자는 아름다운 미를 가지고 있기 때문에 정표를 불변절대하게 지니고 있고 나는 나대로 천살도기 때문에 불변절대 약속대로 되어 딱 아주 확정되어있는 그 중심의 천륜에 천정에 자유를 알아야 된다. 이것이 바로 천심의 천륜에 천정에 완벽(完璧)하다는 것을 잊지 말라.

이럼으로써 천지자유를 자유롭게 자재할 수 있는 이러한 모든 능력을 갖춘 자기 때문에 수없는 공간을 발사해 헤쳐서 아름답게 공간을 이룬 모든 창조(創造)의 창극(蒼極)이 아주 변치 않는 법이니라. 알겠니? 이렇기 때문에 나는 그 하나하나가 모두 통쾌 상쾌하고 그 효율이 너무너무 찬란한지라. 천연의 원심의 천륜이요, 또 천심의 천륜의 천정이요 완벽하다. 이게 생태계에 나와 붙은 거야. 천심이. 천심의 천륜의 천정이다. 발로는 저절로 되어 발휘되니까 요소로 발사를 하잖아? 그리고 여기서는 무한정한 생의자체는 계시지만 요것만 있지 다른 생이 있겠니? 행에 생이 둘러있는 것만 있고 생의자체만 있고 이 두 가지 밖에 더 있니? 이때는. 핵심의 진가가 이 안에 있고. 그런데 하나님은 없는데서 있는 것을 발견했다. 무한히 냈다는 거야. 근원의 주인이 있으니까 갖가지 생을 내고 또 내고 보니까 무가 되었다는 것이다.

이러한 생이 있음으로써 갖가지 과학(科學)이 이루어지고 그래서 생으로 시작해서 생으로 끝난 거야. 생 공기 생 바람 여기도 생이 따라다녀. 어디에도 생이 안 따라 가는 것이 없다. 생이 정하고 통한다는 거야. 힘이 발사한다. 힘이 발사 해 내잖아? 생동하니까. 그러니까 학문을 받아서 이렇게 힌트만 주면 천도문이 하나님 말씀을 받아서 살을 붙여내는 거야. 지금 하늘 말로만 살을 붙여봐라. 어떻게 하겠니? 도대체 못하지. 냉노이내이스라이낼로 이러면 저게 무슨 말인가 하지. 생문생동 자유 한다. 이러면 알겠어? 와이라이랠로래스래매내 하면 저게 무슨 말이야? 이게 또 하늘과 땅과 주고받으면서 서로가 모든 장이 살아있다는 거야. 살아있기 때문에 생동감이 끓어 넘쳐. 모든 힘이 합해있다는 것 아니야? 밀고 당기고 그래서 자석은 그냥 당기는 힘도 센데다가 밀어서 치면서 진동(震動)을 하는 것을 고정시키고 자력은 입체처럼 구불구불하면서 여기서 발사를 한다고. 딱 당겨서 붙이는 힘이 있으면서 입체로 구불구불하며 짝 번개같이 밀고 나간다.

그런데 자석이 당긴다는 것은 어떻게 알아? 자력 덩어리로 되어 있다. 진공 덩어리로 되어있지. 하긴 자석과 자력이 박혀 있으니까. 이치와 의미가 어긋나지 아니하면 그는 곧 진리니라. 이렇게 말씀하신다. 그래서 우리는 천문학을 공부함으로써 참 부모님(하나님의 큰 아들딸)을 의지하는 마음으로 살면 항상 기쁘고 즐겁게 살 수 있는 인간이 한 번 되어 봐라 이런 거야. 사람이 가장 작은데서 큰일이 일어나고 또 근일이 일이

나면 감당을 못하는 것이 사람이니라. 큰일이 일어나면 감당을 해야 하는데 못해. 그러니까 가장 작은데서 항상 조심하고 항상 기쁜 마음으로 살아야 한다.

이 세상에 오늘 이 시간까지 어느 의인도 발견 못하고 풀지 못하고 성현도 발견 못하고 풀지 못하고 그렇지만 너희 엄마(천도문)는 그래도 그것을 다 발견해서 풀어냈잖아. 이렇게 해주어도 못 믿겠어? 아무리 못 믿어도. 근원이 확실히 밝혀지고 생명이 밝혀지고 공기의 근원이 다 밝혀졌는데 왜 하나님 말씀을 못해? 부끄러울 게 뭐 있어? 둘째 날에 가서 하나님 아들딸을 생육하고 번성하셨는데 그래서 생육하고 번성하는 것이 땅에서 번성하는 것이 아니고 죄 없는 청결한 공간에서 생육하고 번성해서 충만 하는 것이 당신의 뜻이라는 거야.

인간은 쇠심줄보다 더 질기기 때문에 너희들 잘되라고 그러지. 얼마나 좋아. 하늘나라 가면 누이 좋고 매부 좋은데 내가 혼자 가려면 억울하잖아. 그러니까 가는지 안 가는지 내가 그런 힘이 없으니까 모르겠다만 하나님께서 하시겠지. 당신 식구는 당신이 거두시겠지? 누구에게 맡기겠는고? 그런 소리 하면 이런 소리 하신다. 그래 맞다. 내 식구를 내가 거두지. 맨 사탄이고 맨 악별성인데 어디다가 맡기겠니? 그렇게 말씀하시는데. 그래서 사람은 정신과 마음을 갈고 닦으면 육신의 행함이 바르다. 왜? 육신은 정신과 마음에 기계체기 때문에 마음이 밝고 육신이 밝으니까 그러니까 항상 즐거운 생활을 하지. 누가 뭐라고 해도 나는 하나님 찾았으니까 나는 천국이다. 그런 거야. 남자가 술을 먹고 그래도 술 먹지 말라고 하고 그래도 계속 먹고 마시면 너는 계속 마셔라. 아무리 말해도 안 들으니까 나야 안 먹으니까 천국이로구나. 생각을 하라.

하나님께서 가지고 있는 행은 어떤 것이라고 했지? 생생 생 녹 태 녹 행이다. 이것이 바로 이쪽에 와서는 핵심은 두 분이 들어있는 행 속에 획기적(劃期的)으로 진가로 이렇게 생불체를 이루시고 이제 핵심은 행 속에 들어있다. 중심이라 이거야. 중심이 주인이라 이것이지. 이렇게 들어있고 그다음에 핵심의 진가 할머니(여자하나님)는 태반 태도 원 태도를 이루어 지층을 쌓아 올린 태반 위에 안정되어 계시게 하시고 할아버지(남자하나님)께서는 생불체를 이루셨다. 그다음에 가지고 있는 것을 가지고 이용해 쓰셔야 할 것이 아니야? 그것이 바로 핵심의 진가가 획기적으로 나타나셨다. 그러니까 행 속에 이렇게 있는데 여기서 가지고 있는 생불체를 이루셨단 말이야. 그러니까 이것이 획기적으로 나타났더라. 여기 전부 다 들어가. 지닌 것과 가진 것이. 공부해보니까 만날 배우는 것. 내가 너희들이 연구도 안 하고 그러면 배운 것을 그대로만 하기 때문에 전진자유가 안 되는 것이다.

그래서 너희들한테는 아가, 아가 어서 오너라. 어머니 우리 어머니 만날 그런 것 외우듯이 근원을 외워서 대가리에다가 넣어 놔라. 이것이 핵심이야. 가지고 있는 행 속에는 불복조 불랙조가 다 들어있다고 했지. 그러니 행이 있어야 하지. 생태계가 곁에 있지 어디 있겠니? 그러니까 자리를 당연히 잡아야 할 것 아니야? 그러니까 평청 평창을 이루고 웅대 웅장한 거 창하게 이루었다는 거야 창설을 하셨다. 알겠지? 그러니까 창설을 그렇게 이루었으니까 무한정한 도를 하신 것 아니야? 하나님도 정신일도를 하는데 하지 못한 인간이 거져 가져가려고 하면 그게 되겠니? 금을 캐려면 그야말로 금전구덩이를 캐든지 아니면 흙을 담아서 일던지 모래를 일던지. 모래에서 나오는 사금이 있단 말이야. 또 토금이라는 것이 있단 말이야. 또 쇠줄을 타고 들어가는 금이 있단 말이야. 그것은 남포 터트려서 그것도 어디 금덩어리 나오는 줄 알아? 노다지라도 철분이 끌어안고 있지. 그렇게 힘든데 너희들은 하나님이 피나는 노력해서 피골이 상집하고 전심전력을 다 쏟아 이루어놓으신 것을 갖다가 또 생소한 말씀이 새롭게 전개 할 수 있는 너희들인데 공부 안하고 연구도 안하니 어떻게 해 먹겠니? 이 답답한 것들아. 그러니까? 공부하며 연구하며 착착 진행돼 나오니까 재미가 있는 것이다.

　무한히 날생(生) 한없고 끝없이 낼 수가 있기 때문에 날 생이라고 하고 또 자체(自體)라고 하는 것은 무한히 무를 한없고 끝없이 생산해 낼 수 있는 능력을 갖추신 데에다가 조화를 지니셨기 때문에 없는데서 있는 것을 무한히 내신다. 이런 말이야. 그러니까 이제 너희들이 외울 때에도 이렇게 생각하면 되는 거야. 하나님은 생에 자체라고 하면 생의 자체에서 무한히 생을 냈거든. 그렇지만 생의 자체만 있고 아무것도 없어. 보이지 않고 있는 것이 아니야. 그렇지만 당신은 생의 자체에서 무한히 무로다가 내실 수 있는 능력을 갖추어놓으셨기 때문에 조화자라고 하는 것이야. 벌써 조화하면 여기는 갖가지 모든 생과 갖가지 생생과 갖가지 힘이 합류되어 있는 거야. 그러니까 도술(道術) 문을 펴려면 어떠한 무한한 경문(經文)이 있어야 되는 거야. 경문이 없으면 어떻게 도술 문을 피겠니? 그리고 벌써 하나님께서 아까 내가 알려준 것 같이 행이 이렇게 타원형(橢圓形)으로 진설이 불리고 찬란한 것이 크다는 거야. 그 안에 생의 자체가 있는데 이분이 바로 핵심이야. 할머니는 태반 태도 원 태도를 이루시고 할아버지는 생불체를 이루시는 거야. 그럼 벌써 평청을 이루려면 사위기대를 생으로 이루셔야 되고 또 4해8방4진문도로 생으로 이루셔야 된단 말씀의 뜻이다.

그러니 갖가지 생과 갖가지 생생 과 갖가지 힘이 모두 서로 응시되어 있어야 된다. 이렇기 때문에 벌써 4해8방 4진문도를 이루셨기 때문에 4해4문을 이룰 수가 있다는 거야. 이게 통계(統計)의 말씀이다. 4해4문을 이룰 수 있기 때문에 당신은 이때서부터 행 속에서 타원형 속에서 생각할 때가 있었다고. 생각했으니 낼 때가 있다. 낸다는 것은 이런 창작을 낼 수가 있다는 거야. 그렇기 때문에 무한히 내고 보니까 이것이 바로 태반(胎盤) 태독 원(圓) 태독(胎毒)이라는 것을 이룬 거야. 그러니까 핵심(核心)의 진가(眞價)가 획기적(劃期的)으로 나타냈더라.

　벌써 생태(生態)계를 나타냈다는 거야. 벌써 이것을 할 때에
는 평청 평창하면 아 생판으로다가 평청 평창을 이루셨구나.
얼마나 재미가 있어. 그러니까 평청에는 전류(轉流)가 흐르고
돌겠구나. 갖가지 맥(脈)이 튀겠구나. 이럼으로써 갖가지 매
개체(媒介體)가 아주 유모 있고 아름답게 딱딱 마디마디가 서
로 컴퓨터같이 붙어 있겠구나. 이렇게 연구하는 사람은 생각
해. 천도문 같이 이렇게 생각해. 평청 평창하면 아, 그렇지. 전
부 지층(地層)을 쌓아 올리는데 그 생판 하나하나가 전부 생
(生)으로 힘을 내며 거기 전류가 흐르고 돌며 맥이 튀며 마디
마디에 컴퓨터에 때와 모든 시간과 이런 모든 것이 딱 맞겠구
나. 이렇게 생각하란 말이야. 생의 자체하면 생의 자체에서 없
다고 해도 이 안에는 있는 것이로구나. 있기 때문에 무한히
무를 낼 수가 있는 것이구나. 그러니까 지닌 것도 무요 가진
것도 무시로구나. 그 무는 가지고 있는 것은 이용해 쓰시기
위해 하셨구나. 이러면 이것은 갖가지 과학이요 갖가지 과학
의 진문이요 이럼으로써 갖가지 원문(原文)이 나와 있겠구나.
그 원문 한없고 끝없이 다 다른데 아주 핵심의 원문이 있고
근도의 원문이 있고 이 공간만한데서 원료가 끓을 때 그 원문
이 또 있어. 그렇게 체계 조리로 이루셔서 일획도 일점도 더
하고 덜함이 없이 완벽한 천륜으로 이루어놓으셨기 때문에
내 말씀이 바로 완벽한 성서(聖書)라는 것을 잊지 말라.

그리고 완벽한 성서이고 천연(天然)의 원심(圓心)의 천륜(天倫)이 바로 하나님의 근원(根源) 근도 원 파를 낼 수가 있구나. 그럼 근원 근도 원 파를 낼 수가 있구나. 이럴 때는 아 벌써 생 공간을 이루어서 동서남북 모든 바다가 전부 원료로 끓고 있겠구나. 이렇게 생각해봐라. 그 원료가 갖가지로 있으니까 상상을 하면 원료(原料)의 소리를 듣고 막 또 움직이는 것, 생동(生動)하는 것도 보고 생동감(生動感)이 끓어 넘치는 것도 보고 그렇게 해야 그게 재미가 나서 공부하는 것이지. 너희는 어떻게 소경시집 가듯이 보지 못하지. 듣지 못하지. 알지 못하지. 그렇게 공부(工夫)를 하니까 암담(暗澹)하고 무지(無知)한 거야. 그럼 벌써 이렇게 알라 이거야. 나오는 말과 떨어지는 말을 들어서 입체로 알고 처음에는 근원에서 통계로 알고 그다음 근도에서는 아주 입체로 알고 이러면 공부가 빨리 진행(進行)되고 전진(前進)자유(自由) 되어서 자꾸 연구(硏究)를 하면 거기 딱 되어있다니까.

그러면 그것을 정신과 마음을 쏟아야 되지 저절로 안 되는 거야. 하루 종일 잊어버리고 먹는 거나 알고 돈 버는 데에만 골몰(汨沒) 하다가 저녁에 갑자기 와서 하려니 되겠어? 안되지. 정신(精神)이 흐물흐물하게 푹 썩어버렸어. 그게 쌩쌩하게 신선도(神仙圖)를 내야 하는데 썩어버렸으니까. 얘들은 일을 하면서 외우고 생의 자체에서 행이 나왔는데 여기 와서 생불체 행이 타원형(楕圓形)으로 획기적(劃期的)으로 나타났단 말이야. 그럼 생농감(生動感)이 끓어 넘치고 눈이 잠이 오다 가고 발딱 떠지지. 안 그렇겠어? 이게 성서(聖書)지 어떠한 것이 성서야? 인간이 왔다 간 귀신 역사가 성서야? 성경이 성서야? 이것은 영원히 살아있으니까 성서지. 성서는 아주 신선(新鮮)하고 아름답고 청결(淸潔)하고 그리고 아주 불변(不變)불로 있고 아주 찬란(燦爛)하고 힘이 있어서 생동감이 끓어 넘치고 또 한 가지 생물(生物)들은 모두 움직이고 요새 타전(打電)으로 쳐들어가는데 밑에서는 발사해 올리고 위에서는 타전치고 또 침(針) 바람이 다 찌르고 그런데 안 올라오게 되어있어? 그래서 성서야. 그러지 않으면 성서(聖書)가 필요가 없다.

공기(空氣)를 불로에서 저장(貯藏)을 해놓았다. 그러니까 유형(有形)실체(實體)에서는 여기서 발사 해내어. 불로에서 생공기를 발사 해 낸단 말이야. 불래 에서는 생(生) 산소(酸素)를 발사(發射)해낸다. 그러니까 이 공간(空間) 안에 산소가 차 있고. 학교에서는 어떻게 가르치는 거야. 하나님이 만들었으니 만든 분의 말씀이 맞지. 그럼 여기 불록조 에서는 갖가지 진공(眞空)도 나오고 갖가지 바람도 나오고 불랙조에서는 탄소(炭素)가 나오더라. 진짜 탄소가 여기서 나오는 거야. 불랙조에서 이렇게 우리가 아무리 바보라도 이렇게 생각해보란 말이야. 하나님께서 창조(創造)해 낸 그분이 알지 인간이 알겠어? 그럼 그분이 말씀하시는 것을 명심(銘心)해서 깨달으며 들어야지. 그런데 오갈 때가 어디 있어? 이런 것을 부아서 너희들이 내가 그전에 이런 말을 했잖아. 벼룩이 뛰어야 방바닥

에서 뛰고 수달피가 가야 물속에서 기어간다고 했다.

갖추었기 때문에 여기는 당신 몸체가 될 정자(精子)요 유전자(遺傳子)요 할머니는 난자(卵子)요 유전자요 이것을 지니고 있단 말이야. 음양(陰陽)이 여기 합해있는 거야 전부. 그러면 하나님하고 하나님의 아내는 어떻게 살겠어? 정신(精神)도 통(通)하고 마음도 통하고 생명(生命)도 통하고 여기 다 통하니까 천연(天然)으로 되어있는 천륜(天倫)의 조화(造化)로다 서로 보고 즐긴단 말이야. 그 낭만(浪漫) 속에 쾌락(快樂)이 나온다. 그 낭만 속에 쾌락을 즐기고 그 쾌락이 아주 완벽(完璧)하단 말이야. 이렇기 때문에 천지(天地)자유(自由) 조화를 당신임의대로 자유롭게 자재(自在)함으로써 원도한다. 원도라는 말씀은 통치(統治) 자유자재(自由自在) 원도한다는 거야. 통치했기 때문에 모든 것을 자유롭게 원도한다. 이 모든 것이 완벽이란 말이야. 그런데 인간은 더러운 육신을 통해서 낭만(浪漫)을 즐기고 쾌락을 즐기니 이것이 거죽의 사람이지 속의 사람이냐 말이야. 우리는 이성을 굉장히 소중하게 생각해야 해! 원심이 여기 되어 있고 또 그 원심의 관이 불변절대 약속대로 이루어졌느니라.

이렇게 말씀하시거든. 그러면 그 귀함이 한없고 끝없이 되어 있는데 그것을 알 자가 몇 사람이나 되겠는가? 이런 말을 하면 사람마다 못 알아들어. 이게 이 세상에도 속해있는데 피나는 노력에 피골(皮骨)이 상집(常執)한 데기(代價)가 부한

도 하게 무로다 형성(形成)되어서 형상으로 나타났다는 것을 잊지 말아야 하고 또 무형의 실체와 유형의 실체가 합류되어서 힘은 서로 상통(上通)자유(自由)하고 성분(成分)과 요소(要素)와 조화는 동화일치 한다. 동화일치 작용한다. 또 모든 것은 아주 완벽(完璧)절대(絕對)라는 것을 잊지 말아야 하고 또 우리가 세상에 종교가 아니요 세상에 종교는 빌고 빌어도 원죄도 벗지 못하고 타락 죄도 벗지 못한다. 원죄와 인간(人間)시조(始祖)가 지은 연대 죄와 따라서 조상의 연대 죄와 그리고 자기 짓는 죄를 벗어날 수가 없다는 것을 잊지 말아야 한다.

하나님의 강림(降臨) 말씀 선포(宣布)

그리고 세상에 믿는 종교는 모두 악별성의 종교라는 것을 알아야 하고 무당이나 박수 이런 종교는 귀신을 믿는 종교다. 크게 나누면 성현들을 믿는 것도 귀신이요 아브라함을 믿는 것도 귀신이요 모세를 믿는 것도 귀신이다. 그 모든 선지자들이 죽은 뒤에 믿었기 때문에 그것은 귀신이라는 것을 잊지 말라. 그리고 또 우리 종교는 비는 종교가 아니요 비는 종교가 아니기 때문에 직접 하늘에서 강림(降臨)을 하셨기 때문에 강림의 말씀의 선포(宣布)를 하여서 무한히 인재(人才)가 될 수 있는 자가 되어야 하지만 그럴 수가 없기 때문에 참 부모님(하나님의 큰 아들딸)을 믿고 의지함으로써 모든 것을 절도(節度) 있게 신기(神技)롭고 찬란(燦爛)한 뜻이라는 것을 잊지 마라. 우리는 공부(工夫)하는 곳이요 하나님이 강림하셨기 때문에 천주의 그 새 말씀이 천연(天然)의 천륜(天倫)으로 이루어진 그 독창(獨創)의 내용을 우리가 배웠고 창자(創作)에 그 창도관에 무한(無限)함을 배웠고 그 무에 무한함을 배웠다.

이럼으로써 무에 생에서 생의 무가 나타나서 그 형성과 형상을 이루었다는 사실을 알고 있기 때문에 독창 독창(獨創)관 창도 창도관 이런 것이 무한도 함으로서 그 무에서 무를 내놓은 것이 다 약속대로 절대 불변되게 나타남이 완벽이라는 것을 분명히 잊지 말아야 한다 말이야. 이렇기 때문에 하나님보고 달란 말 하지 아니하여도 하나님께서 그 사람의 정신과 마음에 따라서 복을 많이 주시고 또 절도 있는 생활에다가 진실하고 결백(潔白)하고 완벽(完璧)하다면 복이 넘치도록 주시는 분이 바로 사불님(하나님 부부와 아들딸)이라는 것을 잊지 말아야 한다. 우리 집에서 사불님을 아무리 믿어도 비양심과 헛된 마음과 정신으로 믿는 자는 제물(祭物)이 된다는 것을 분명히 알아야 하고 또 하나님께서 모두 우리를 상관(相關)하신다는 그 말씀의 깊은 의미(意味)를 이제는 너희들도 파악(把握)할 수 있는 자가 되어야 하는데 그것을 파악을 못하기 때문에 할 수 없이 그 말씀을 다시 하노니 잘 들어보라 이런 말이야.

내 식구를 내가 거두지 누구에게 맡기겠는고. 이 말씀이 세상과 하늘과 분리(分離)되어 있다는 사실을 사실(事實)대로 말씀하기 때문에 이것을 분명히 잊지 말라 이 말이야. 이렇기 때문에 천지간만물이 다 무언무한하게 무로다 아주 한없고 끝없이 향상되어서 놀라운 기적(奇績)을 전부 나타낸 것은 하나님께 전심전력을 다 쏟아서 무한한 효율(效率)을 나타내셨기 때문에 그게 아주 무지신비하고 또 무한한 신기록이면서

102

도 아주 신출귀몰(神出鬼沒)하다. 이런 것을 분명히 우리는 알고 살 때에 하나님을 생각할 수 있는 자가 될 것이요 그 참 부모님을 생각할 수 있는 자들이 될 것이니라. 이렇기 때문에 지금 때는 완벽한 소 환란인데 나는 하나님의 살아있는 역사(歷史)가 모두 학문(學文)이요 학문의 모든 진도가 한없고 끝없이 추진(推進)되어서 무한한 아주 학 박사를 너희들을 만들 수가 있지만 너희가 하지 아니하기 때문에 항상 헛되고 헛된 꿈같이 없어진다는 것을 잊지 말라. 또 한 가지 나(하나님)를 안다면 너희 천도문을 알 것이요 천도문을 안다면 너희가 스스로 행(行)할 것이요 행함으로써 무한한 사랑의 은혜(恩惠) 자가 될 것이니라.

이럼으로써 풍성한 마음이 항상 그 마음에서 싹트고 따라서 그 놀라운 화해(和解)작용이 생동감(生動感)이 끓어 넘쳐흐를 것이니라. 이것은 바로 인간에 사는 도리요 또한 인간이 바른 생활할 수 있는 자들이 분명(分明)함으로서 완벽한 온유(溫柔)하고 겸손(謙遜)하지 못하더라도 그 참됨이 영원(永遠)할 것이니라. 이 말씀의 뜻은 아주 깊고 깊은 의미기 때문에 그 의미를 파악을 할 수 있는 절대자(絕對者)가 되려면 죽고자 하는 마음으로 열심히 정신과 마음을 갈고닦고 육신의 행함이 올바르며 거짓된 정신과 마음을 쓰지 말라는 것이야. 알아듣겠어? 거짓된 정신과 마음을 쓰지 않았을 때 헛된 믿음이 없고 참된 믿음이 있을 것이요, 또한 참된 사랑이 무한하기 때문에 그 결과(結果)가 결론(結論)으로 딱딱 끊은 것 같이 정지

103

(整地)정돈(整頓)으로 되어있을 것이니라.

이렇기 때문에 천지지간만물지중(天地之間萬物之衆)이 모두 음양(陰陽) 지 이치(理致)로 이루어진 그 사실을 사실대로 뉘우치고 깨달아서 알 자들이 알 거란 말이야. 아는 자가 되었을 때 이것은 알곡이 될 것이니라. 알곡이 되었을 때에는 안 간다고 안하고 간다고도 안하고 그렇지만 나는 너희를 데리고 갈 수 있는 사명(使命)이 너에게 있고 너희 모친은 너희를 인도(引導)하는 사명이 있기 때문에 그 인도를 받아서 열심히 갈고닦으면 불변(不變)토록 살 수 있는 재생(再生) 문이 활짝 열릴 것이니라. 그 재생 문에 도달(到達)하면 재생할 수 있는 이러한 청결(淸潔)자가 된다. 재생 문에 들어서면 그 무한정한 자가 되지만 그렇게는 못되지만 너희가 너희를 반성하고 너희가 너희를 뉘우쳐서 깨달으면 코 골고 잠자던 잠이 깨어날 것이요 따라서 코 골고 잠자던 잠이 깨어났을 때에 무한도 하게 나타나면 만족(滿足)하고 흡족(洽足)하고 흠뻑 할 것이니라.

왜? 편안한 안식(安息)이 정해져 있기 때문에 걱정과 근심이 없는 자가 됨이요 아무리 죄를 많이 졌다 할지라도 회개(悔改)하는 자가 깨닫는 자요 회개함으로써 광대(廣大) 광범(廣範)한 정신과 마음을 가졌기 때문에 항상 천도문이가 자극을 주어서 가르치는 목적에 달성(達成)할 수 있는 인재가 될 것이요 그 목적을 달성치 못하는 자는 나는 나를 알지 못하고 나에게는 미래와 꿈도 없고 희망도 없다. 이럼으로써 목적과 목적관이 없는 자기 때문에 그자는 뜻이 없는 자니라. 이것을 분명히 너희가 알아야 된단 말씀의 참뜻이지. 사람은 올바른 진리(眞理)에 들어섰을 때 그 진리를 알고자 하는 자에게는 진리를 주고 또 연구하고자 하는 자에게는 연구를 주고 깨달으려고 애쓰는 자에게는 깨닫게 해준단 말이지. 이런 말씀의 그 깊은 뜻을 아는 자야만이 자유(自由)자요 자재 원도 자가 되려면 무한한 그 정신과 마음이 무로 낸다.

 너희들이 아무리 무지(無知)하고 미개(未開)할지라도 너희 정신은 한없고 끝없이 욕심이 많아. 탐내고 욕심내는 것. 시기하고 질투하는 것, 남을 헐뜯는 것. 이런 것만 머리에 꽉 박혀 있기 때문에 항상 그 눈에는 살기가 등등하고 화해할 수 있는 그런 마음이 되지 않는다. 너무 좁고 짧기 때문에 그러나 천도문에 교육을 잘 받아서 이행하는 자는 복이 있나니 천국이 내 것이기 때문에 너희 것도 될 수 있다는 말씀은 무슨 말씀인가 하면 재생 문에 들어와서 생불체 가까이 오면 너희는 육신은 다 녹아서 산화되고 없어지고 너희 정신과 마음은 다 나가 산화되어 없어지고 다시 생불체 속에 태어날 때 그는 점지로 나타나기 때문에 다시 신성으로서 변화(變化)를 일으켜서 무한도한 그 요소 조화를 지닐 것이요, 또 무한한 과학의 진문 술을 알 것이요, 그 과학(科學)에 문도를 알 것이요, 따라서 과학의 철학(哲學)을 알 것이요, 학문(學文)의 철학을 알 것이요, 생문(生門)을 알 깃이요, 생생 문을 알 깃이요, 생생 문도의 진도를 알 것이요, 전진자유 문도를 알 것이요, 따라서 원문을 풀어서 본문을 낼 수 있는 자가 될 것이요, 따라서 본문에서 원리와 논리를 펼 수 있는 자가 될 것이요 이렇기 때문에 그 본질의 질서(秩序)를 유지(維持)할 수 있는 능력자(能力者)가 됨으로써 권능(權能)을 자유롭게 자재 원도 자가 될 것이니라.

이것은 바로 귀한 말씀의 뜻인데 나를 확신하고 나를 믿고 의지하는 자는 복이 있나니 천국이 내 것이기 때문에 너희 것도 될 수 있다. 이런 말씀이요 천도문이가 어떠한 말씀을 하시더라도 이 땅에는 도둑같이 나타나서 도둑같이 풀고 도둑같이 천주(天主)의 새 말씀을 선포(宣布)하고 도둑같이 갈 것이니라. 이것은 왜 지금 이때를 맞이해서 너희를 준비(準備)시키는 때요 준비함으로써 영광(榮光)이 될 것이요, 따라서 영광도를 누릴 것이니라. 알겠느냐. 말씀 속에 살면서도 뉘우치지 아니하고 깨닫지 아니한 자는 복이 없다 이런 말이야. 복이 없은즉 자기가 자기를 다듬고 청결치 못한 자가 어찌 복이 있겠는고? 정절(貞節)을 굳게 지켜서 그 정절을 굳게 지킬 때에는 그 정절(貞節)을 굳게 지키는 그러한 사랑과 은혜(恩惠)를 생각해서 열심히 공부하고 열심히 공부하면 저 하늘나라에 가면 그것이 다 새로 탄생(誕生)할 때 기억(記憶)이 남아서 너무 바보가 되지 않을 것이니라.

이럼으로써 천지(天地)조화(造化)를 또 임의(任意)대로 자유(自由) 할 수 있는 자가 되고 생진을 침을 생문을 열어서 생술을 쳐서 그 진(陳)에 따라 문을 펴고 문에 따라 술(術)을 펴고 술에 따라 자유로운 자재 자가 된다는 것을 잊지 말아야 되겠다. 저 하늘나라 천지락에 가면 너희들은 무조건 갑로 진을 준다. 그럼 그 갑로 진에서 항상 갑로 진을 쳤다 거둘 수 있는 자기 몸에 임해있기 때문에 한다 이거야. 이것은 재생 문에서 재생하고 난 다음에 갑로 진을 준다 이거야. 갑로 진을 주면 무한한 이적(異蹟)을 펴면서 살 것이요 답답한 것이 없이 한없고 끝없이 자유자재 할 수 있는 능력자(能力者)가 될 것이니라. 천도문을 모독(冒瀆)한 자는 복이 없느니라. 천도문을 모독(冒瀆)한 자는 그 죄가 무한정(無限定)하기 때문이요 도둑같이 이 땅에 나타나서 도둑같이 영계를 풀고 도둑같이 욕새별을 풀어서 모두 심판을 했기 때문이요 무언의 세계가 다시 원점으로 돌아와서 있기 때문이요 또한 천주의 새 말씀을 낱낱이 발견하여 너희들에게 가르치기 때문이요 모든 고뇌(苦惱)와 곡경(曲徑) 속에서 그 시련 속에서 극복(克服)하고 한 번도 나에게 후회(後悔)치 아니하고 원망(怨望)치 아니하고 항상 자기가 하늘 앞에 어떻게 해야 잘 하겠는가? 이런 생각만 항상 하고 효도의 정신과 마음을 변치 않았기 때문에 너희들이 다 못 가도 나는 천도문이를 데리고 간다.

이렇기 때문에 항상 지금 이때에는 종말(終末) 자가 종말(終末)을 마치고 종말 자가 맺고 끊은 듯이 정지(整地)정돈(整頓)을 하여서 잉게도 풀고 외적에 이 세상도 풀고 가는 것은 하나님은 무엇을 하고 조모님(하나님 아내)은 무엇을 하고 참 아버지(하나님 큰 아들)는 무엇을 하고 참 어머님(하나님 큰 딸)은 무엇을 하고 이런 역사의 살아있는 역사(歷史)의 자유(自由)를 자재(自在)하게 너희들에게 모두 전해주셨기 때문에 그때 책임은 인간의 책임(責任)도 있기 때문에 너희 책임이라는 것을 분명히 깨달아라. 또 너희를 욕하는 말씀의 뜻은 극한 소리와 그것이 극한 소리지만 너희는 쇠심줄보다 더 질기다고 해. 천도문의 말이. 너희들이 쇠심줄보다 더 질긴 사람들이 고치라 하니까 그렇게 안 고친다 말이지. 그러니까 욕도 해보고 때린다고도 해보고 좋은 말로 교훈도 가르치고 좋은 말로 반성(反省)문도 열라고 하고 여러 가지로 놓고 가르치심을 그 인도자의 입장을 알지 못하고 너만 잘났다고 떠드는 것이 바로 무지하고 미개하다는 것을 알고 살아야 한다 이거야. 이렇기 때문에 항상 천도문의 말씀은 너희는 나를 알려면 사불님께 먼저 효도(孝道)하고 먼저 모든 전심전력(全心全力)을 바치면 자연히 나를 알게 될 것이니라.

　이런 말씀은 항상 천도문이 하는 말씀이 아니겠느냐? 이것은 바로 항상 은혜를 베풀 수 있는 은혜를 준비해야 해. 그것은 바로 공적의 사랑을 준비해 놓아야 만이 그 공의(公義)를 알아서 공급(供給)할 수 있는 능력(能力)의 자유(自由)를 한없고 끝없이 안다 이거야. 내가 너희 정신 속에서 말할 수가 있고 너희 정신 속에서 아무개야 부르면 예하고 대답(對答)할 수 있는 이런 머리가 되어있어야 한단 말이지. 너희 머릿속에 내가 어떻게 들어가겠니? 너무 어둡고 너무 암흑이고 너무 엉뚱한 생각하고 너무 도둑놈 심보인데 그 도둑놈 심보에 내가 어떻게 해? 난 못해. 그렇지만 너희 모친 천도문은 어쨌든지 가르치려고 애쓰는 심령의 뜻을 너무 모르기 때문에 나는 너희들은 정말이지 너무 가르쳐도 안 듣는 자는 알 바가 없다. 이렇기 때문에 굉장히 소중한 말씀을 소중하게 들어라.

오늘도 조부님께서 하시는 말씀이 성전에 들어가니까 천도문아 어서 들어오너라. 하시고 얼마나 걱정과 근심이 많은고? 이런 말씀 하시고 어서 멀지 않아 너를 데리고 갈 때가 온 것 같구나. 빨리 가자. 이런 말씀을 한결같이 하신다고. 그 열 분이 다 하시고 이쪽에 또 하나님 후손들이 이쪽 상에 도인들이 후손들이 다 이렇게 말씀하신다고. 그러니까 때는 임박(臨迫)한 것 같아 때는 임박한데 너희는 옛날이나 지금이나 그 자리에서 벼룩처럼 뛰니 어떻게 가? 알아듣겠어? 내가 너희들이 얼마나 되었나? 알면서도 야단을 쳐보면 빼죽해가지고 오기를 가지고 있고 오해를 가지고 있고 이런 자들이 어떻게 가겠니? 나를 크게 생각한다면 이 땅에 성현(聖賢)도 못 풀고 의인(義人)도 못 푼 것을 풀었으면 알아 봐야지. 또 이 세상에 유명(有名)한 학자(學者) 박사(博士)도 알지 못하는 것을 알았으면 얼마나 너희들이 잘 하지는 못할망정 그래야 쓰겠느냐 이런 말이야. 이치에 어긋나고 이치에 맞지 않는다. 이런 말이야. 안 가는 것이 아니잖아. 하나님께서 거짓말은 안하신다.
너희들이 그야말로 오늘도 이런 말을 했지만 이 세상 교회는 돈이나 버는 교회니까 교인들이 차를 사가지고 차 가지고 왔다 갔다 하지만 우리는 너희들을 만날 데리러 다니면 기름 값을 내는 거야? 도대체 너희들이 도대체 너무 생각이 없는 사람들이야. 나는 이런 생각을 했어. 좀 정신이 미친 사람들이 아닌가? 이런 생각도 해봤어. 비가 오고 눈이 오고 차가 못 들어올 때에는 너희들이 각자가 올 생각을 해야지. 그러다가 차 나가서 사고 나면 그때는 감당을 누가 할 거야? 지금 눈이 많이 와서 우리 집은 산속인데 차가 못 나간다고. 앞뒤가 산속이라 차가 나갈 수가 없다고. 어떻게 하느냐고 의논을 해봐야 한다고. 이 눈이 턱 녹아서 떡 눈이 되가지고서 붙어가지고 밀어도 잘 나가기나 해? 그래서 어제도 서울 못 나간 것이야. 그래서 내가 어제 걱정이 되게 되었다.

나간 것 같기도 하고 못 나간 것 같기도 하고 어쩐 일이야? 하고 그랬더니만 안 갔어요. 하니까 내가 마음을 푹 놓았지. 이렇게 일일이 하나님께서 우리 홍액수 같은 것을 막아주어요. 그날 가면 틀림없이 사람 죽고 큰일이 날거야. 그 차를 못 가게 하려고 바퀴를 푹 박아놓았잖아. 그것을 하루 종일 파내고 고치느라고 못 간 거야. 그러니까 다시 들어와서는 별일이 없었지. 그렇게 다 봐주셔. 무당이 그렇게 봐줄 수 있어? 누구도 못 봐주어. 여기 이 집은 큰 아들 취직이 안 되고 하니까 자발적으로 기도를 막하니까 걱정 말아라 된다. 그래 되었잖아. 다 급할 때는 그렇게 다하고 그런데 사람이 누구나 물론하고 그런 것쯤은 예를 지켜야 한다 이거야. 그러니까 뭐든지 우리 집에 너희들은 중심식구야. 그럼 중심식구가 될 수 있는 이러한 사랑 자가 되어서 은혜를 베풀 수 있는 은혜 자가 되어야 하지 않겠느냐?

 아주 사람이 너무 빼죽 삐죽하고 너무 좁고 짧은데서 항상 큰 변고가 일어나. 변고가 일어나면 나중에 감당(勘當)을 못하면 나중에 이성을 잃어버려. 그런 것 절대로 하지 말라는 거야. 항상 이것은 귀가 아프도록 째지도록 말했지. 알았어? 나야 욕먹으러 온 사람 욕을 직사하게 먹어도 괜찮다만 나를 욕하면 너희들이 얻어맞으니까 그게 걱정이 되어 그런 것이지. 욕하는 입이 더러워 그렇지 욕먹는 사람은 괜찮아. 그 욕하는 그 주둥아리가 더럽지. 욕하고 꽁하고 멸시하고 무시해도 저가 다 받는 것이지 내가 받는 거야? 저가 스스로 만들어서 저가 받는 것이지. 나는 아무 죄도 없으니 받을 거나 뭐 있니? 그런 것은. 너 잘못한 것을 잘 못한다고 지적하는 것이지 자기가 스스로 저질러 스스로 죄를 짓고 그렇게 하고 또 여기와 말씀 들으면 내가 왜 그랬지? 내가 잘못했네. 스스로 뉘우쳐야 할 것이 아닌가 말이다.

 정서는 공적을 알아야 해. 이런 국가의 공적 말고 우리가 소소하게 사는 공적(公的)을 알아야 해. 또 공의(公義)를 알아야 해. 높고 낮음이 없이 평청한 것을 알아야 해. 또 공급(供給)의 자유를 알아야 해. 그러면 사람이 온유(溫柔)하고 겸손(謙遜)해져, 천지이치 그 법도의 범률 또 사람이 사는 이치와 의미 인간이 사는 법도 법률을 알아야 해. 그것은 인간이 사는 이치와 법률이 뭐냐 하면 그 법이 있어. 엄숙해. 우리가 지키려면 상하도 분별해야 하고 예의예지도 알아야 하고 내가 어느 좌석에 가면 어떤 예를 차려서 옷을 예를 갖추어서 모든 수저 드는 법, 눈뜨는 법, 말하는 법, 듣는 법, 모든 것을 알아야지. 거기에 어긋나면 법률에 걸리는 거야. 법률에 걸리면 그는 죄인이야. 징역을 가야지. 그런 상하를 분별하고 고하 고지를 알아야 된다. 낮은 것과 높은 지형을 알아야 한다.

예의예지. 거기에는 헤아릴 수 없는 예와 법도가 얼마나 엄청나? 명심보감 상하를 배우고 소학 상하를 배우면 벌써 사서삼경(四書三經)이야. 성서(聖書)와 같은 거라는 거야. 그렇게 다 알고 나야지 그 가정이 자식들 잘 길러 교훈(敎訓)을 잘 가르치고 여자는 여자답게 가르치고 남자는 남자답게 가르쳐서 그 분위기 조성이 풍성(豊盛)하게 화해(和解)작용으로 사랑으로 은혜(恩惠)로운 집안으로 된 집안이 정서적(情緖的)인 집안이야. 정서(情緖)라는 말만 들었지 정서가 어떠한 것이 정서인지 알고 귓구멍에 들어가야지 알지 못하고 정서야? 내가 왜 이런 말을 하냐면 그 정서라는 말을 꼭 뚫어 주느라고 한다. 이제서부터 정서를 지켜. 정서를 지키려면 너는 너를 알 수 있는 자가 되어야 한다.

그러니까 내 말씀의 참뜻을 깊이 이행할 수 있는 자가 되어야 한다고. 하나님도 전심전력(全心全力)을 다 쏟아서 피골(皮骨)이 상집(常執)도록 연구(硏究)해서 아무것도 없는데서 있는 것을 나타냈는데 보이지도 않으며 없단 말이야. 두 분만 행속에 계셨단 말이야. 그 행이 조화지만 또 이생을 지니고 있어도 몰랐다 이거야. 그렇지만 핵심의 진가가 획기적(劃期的)으로 나타났다. 그러니까 바로 하나님께서 없는 것에서 있는 것을 낸 거야. 그러니까 여기서 갖가지 원료가 갖가지 안나오는 것이 없이 다 나왔지. 그럼 탄소가 없으면 식물이 어떻게 살겠니? 탄소는 식물의 생명인데. 또 힘은 힘대로 생동하는 것이 생동인데 힘의 생명이 무엇이겠어? 생이다. 생에서 생생 생생에서 힘이 일어나 생동(生動)한다.

사람도 생명(生命)이 어디서 나니? 생생 에서 다 나온 것인데 그래서 천심(天心)이 바로 천심(天心)의 천륜(天倫)의 천정(天情) 그래 하나님은 천연(天然)의 원심(圓心)의 천륜(天倫)이요 이것은 핵심(核心)이 지니고 있는 것이다. 또 여기는 천심의 천륜의 천정이다. 이것은 천륜적으로 서로 연결(連結) 연관(聯關) 지어서 서로 사랑과 사랑으로 묶어져서 서로 은혜와 은혜(恩惠)를 베풀어서 진가를 나타내는 것이 바로 하나님의 그 천정(天情)이라는 거야. 하나님은 한 가지도 우습게 생각하지 않아. 다 소중(所重)하게 생각해. 하나님은 생으로 시작(始作)해서 생을 끝냈다는 거야. 이런 것을 분명(分明)히 우리가 알고 살자 이런 거야. 야단을 하면 천도문이 얼마나 속이 상하면 저러실까? 나를 믿는다면 천도문을 끔찍이 생각할 거라고, 왜야 욕이나 먹고. 얼마나 웃기는 거야? 이게 사람들이야? 때릴 수가 없으니까 욕이나 하는 것이다.

창조(創造)에서부터 유형실체의 창설(創設)에서부터 창조 창조에서부터 창극(蒼極) 이렇게 공의(公義)로서 이루어놓은 공적(公的)의 내용이 바로 공의(公義)다. 공의기 때문에 높고 낮음이 없이 항상 공급(供給)해낼 수가 있다. 이분이 말이지 그 지나온 역사가 너무 한없고 끝이 없으니까 무라고 무! 하나님은 지금까지 젊은 분이신데 우리는 100년도 못 먹고 늙었어. 벌써 50 ~60세만 되면 늙어서 얼굴이 쪼그라지고 자신이 없어지고 용기(勇氣)가 없어지니 욕망(慾望)도 없고 진퇴(進退) 되어 있어. 성 쌓고 남은 돌이 되어서 발길에 차여서 쓸데가 없게 되었어. 사람이 늙었어도 자기 본분을 결백(潔白)하게 지켜서 자기 진실을 잊지 않고 자기의 모든 것을 자유 하는 사람이기 때문에 남들이 늙어도 저분은 오래 살아야 할 분이다. 이렇게 말하고 늙었어도 그 사람을 보면 믿어지고 믿음이 오고 이런 것이 바로 신앙(信仰)이야. 그런데 나는 나를 갖추어야지 갖추지 않는 데는 오지 않아. 절대. 나를 안 갖추어 놓았기 때문에 항상 공포(恐怖)와 두려움 외로움과 슬픔 항상 끝없이 오고 있는 거야. 그리고 용기가 없고 욕망(慾望)도 없고 용기가 없는 사람이 어떻게 욕망을 채울 수가 있느냐 말이야. 그런 사람들은 첫째 미래와 꿈이 없기 때문에 희망(希望)이 없다. 목적과 목적(目的)관이 없기 때문에 뜻이 없는 사람들이다.

지금 하나님 살아서 생존해 계셔서 우리보다 더 젊으신데 그것을 한 번 그 내용을 한 번 생각해보려고. 이런 말씀 어디서 들어 보았느냐? 들어도 못 본 소리야. 이 소리는 어디 가도 못들은 소리야. 하나님 살았다고 있기만 했지 살아있어도 어떻게 살아서 어떻게 계신 이치(理致)와 의미(意味)를 모르는데 그게 무슨 주가 되겠어? 이 세상에 주라고 세계적(世界的)으로 외치고 다니는 사람도 이런 말 한마디도 못하는데 아무리 촌 할머니라도 볼 줄 아니까 살아 계시다는 것을 증거(證據)하잖아. 너희들은 몰라 그렇지 촌 할머니가 사실(事實)은 너희들 못하는 일을 다 해왔어. 그 농촌(農村)에서도 벼를 보고 어떻다는 것, 그래도 너희들 보다는 더 잘 알아. 먼저 산 사람들이 지혜(智慧)도 있고 그런 것이지. 내가 촌 할머니야? 너희가 나한테 시대가 떨어졌지 내가 너한테 시대가 떨어졌니? 솔직한 말로 내가 난체 한다고 해보자. 내가 촌 할머니야? 아무리 너희들한테 아는 체를 안 해도 사물을 볼 줄 알고 사물(事物)을 분별(分別)할 줄 안다.

세상의 소소한 것을 상관하지 않아. 그러니까 편안한 마음에 안식(安息)이 되지. 하나님 살아 계시다는 것을 생각해도 아, 이분은 정말 조화인데 생전 못 듣던 소리를 이렇게 듣고 사니 이렇게 좋을 수가 있나? 생각해보라고. 왜 인간적(人間的)으로만 생각하고 있느냐 이거야. 별개 이상(理想)세계(世界)에 맞추어서 조화(造化)를 지니고 조화를 가지고 무한한 자유와 자재 할 수 있는 능력의 권능(權能)을 베푸시는 그러한 분이 살아계신 분을 이 무지한 인간이 믿는다는 것만 생각해도 감사(感謝)하지 않아? 만약(萬若)에 없는 것을 있다고 하면 그것은 거짓말이지만 살아계시는데 어떡해 해? 이런 생물(生物)이 증거(證據)하고 화학(化學)이 증거하고 생명(生命)의 근원(根源)체가 증거하고 안 증거 하는 것이 없이 다 증거 해 나타났는데 태양(太陽)이 아주 천지(天地)를 밝게 광명(光明)으로 밝혀주시지.

땅에는 어머니 사명으로 무한한 사랑을 베푸셔서 삐틀어지고 이런 것을 똑바로 해주시지. 중력(重力)의 힘이 얼마나 많아. 자력 자석 또 거기서 발사하는 힘, 여기는 갖가지 힘이 층으로 이루어져. 공기 바람 또 태양과 달 여기는 기체 아주 갖가지 힘이 합류(合流)화 되어서 있는 것이 바로 하나로 말해서 중심(中心)으로 되어있다. 이렇게 한데 합류 되어서 발사하는 힘에 의해서 이게 붙들어진단 말이야. 자력(磁力)과 자석(磁石)이 한두 가지가 아니고 헤아릴 수 없는 자력 헤아릴 수 없는 자석 헤아릴 수 없는 공기, 공기 근원이 있잖아. 생생생 생문생이 불토의 근원인데 그게 불토에서 한없고 끝없이 작용하니까 그 다음엔 공기가 불토에서 무한한 공기를 품어내지. 불태에서는 산소를 품어내지. 그것을 받아서 불로가 가지고 있지. 또 불로 불래 에서 공기를 품어내니까 생 공기 생 바람을 층을 착착 이루어서 하지. 이럼으로써 이 모든 힘이 합류화 되어있어. 그리고 생 공기에서 발사하는데서 항상 힘이 자유하시는 거야. 그래서 공기에서 기체(氣體)층이 나와. 기체로 층을 이루시고 왜? 그래가지고 비틀어지는 것을 자연 천연의 기체가 붙들어 주고 왜 이런 것이 다 증기(證據)로 나타났는데

116

왜 살아계신 하나님을 믿으면서 만날 비극(悲劇)에 쌓인 사람처럼 고민(苦悶)하고 살아야 해? 나는 오늘 아침에 들어가 뵙는데 그렇게 놀랍고 찬란할 수가 없어. 그러니까 마음이 늘 새롭지. 내가 이렇게 늙은 것은 너무 옛날에 고생도 많이 한 데다가 20년 동안 잠을 안 잤으니 늙을 수밖에 더 있니? 너희 같으면 다 죽었을 것이다.

이번에는 무슨 일인지 잠 한번 실컷 자봤다. 계속 잠이 쏟아져서 날이 새도록 자는 거야. 아, 그래서 자고 일어나 머리가 둔탁해지는 것이 아닌가 하고 관찰을 해보니까 그렇지는 않아. 계속 며칠 저녁을 그렇게 잤어. 그러니까 피로는 좀 풀리더라. 솔직한 말로. 그런데 어제 저녁에 와서 또 그렇게 잤단 말이야. 아, 큰일 났네. 내 정신이 암흑(暗黑)이 되는 것이 아닌가? 아주 겁이 펄떡 났단 말이야. 잠을 너무 자서 아, 그래서 사람들이 묶어가도 모르겠구나. 그래서 내가 돌아다니고 그래도 우리 식구는 잠들면 영 모르네. 모르는 것이 불만이었었는데 잠자면 그 꼴이 되니까 죽은 거야. 아이고, 내가 밤새껏 죽었다 살아났네. 그런 생각을 하니까 억울(抑鬱)한 생각이 나. 자면 죽는 거야. 죽는 것. 그러니까 사람이 생명(生命)은 영원(永遠)하고 생명체는 영원하지만 이 지상에 생명체(生命體)는 영원(永遠)하지 못하다. 내가 한 가지 알려주어? 하늘에 생명체는 영원하다. 왜 영원할까? 그 생명체의 그 생명에 맞추어 생명체가 존재하기 때문이다.

생 그 생명(生命)에 맞추어서 생명체(生命體)가 존재함으로써 늙지도 않고 아주 만날 젊은 그대로 변치 않고 그것을 또 비유하자. 참대처럼 만날 파란 거야. 참대는 절개를 상징하고 절도(節度)를 상징하는 거야. 그리고 역시 생명체는 그 하늘에 생명체(生命體) 분들은 이제 불토에서 오는 힘, 불토 불태 불로 불래 생 공기 생 바람 이것을 다 지니고 있어. 그러니까 생 전 죽는 것을 모르지. 꼭 적어놓아라. 힘은 생명(生命)이 뭔지 알아? 사실은 생에서 생으로 시작해 생으로 끝났는데 힘은 어떤 것이 생명인가 알았더니만 생이 힘의 생명(生命)이다. 생은 힘의 생명이다. 내가 다시 반복하는데 하늘에 생명체는 왜 영원하지? 존재하기 때문이다. 또 힘은 왜 영원하게 살지? 생 때문이다. 그렇기 때문에 영원(永遠)하다는 거야. 우리 이런 것을 생각해봐. 인간은 겨우 생 공기 생산소를 맡고 살고 있다. 이런 것을 말씀함이라.

왜 그럴까? 그것은 죄를 지은 댓가를 받는 거야. 그래서 100년 못사는 것이 인간이라고 하고 그것은 또 왜 그러냐? 인간이 항상 그 복잡(複雜)한 생각만 하고 살거든. 편안(便安)한 안식(安息)을 정할 수 있는 그러한 체(體)가 못 되어있어. 소소한 먹고 사는 돈 때문에 그렇게 된 거야. 그 돈을 누가 내었어? 옥황이도 그 돈을 낼 줄은 몰랐는데 차차 오면서 이 동물(動物)이 자꾸 개방(開放)되어서 처음에는 괴물(怪物) 그다음엔 동물(動物) 그다음엔 그 동물 때를 벗어나서 생겼는데 지금 와서는 차차 이것 동물 때를 벗어버리면서 돈이 생긴 거야.

그 돈은 악별성(옥황이의 후손 옥황상제)이 냈기 때문이야. 그래서 그 돈은 괴로움이다. 돈은 공포도 주고 욕심도 주고 또 괴로움도 주고 죽음도 주고 즐거움도 줘. 때로는 그 즐거움을 주는 것은 조그맣고 항상 돈은 욕심(慾心)을 주는 거야. 탐내는 욕심을 주는 거야. 그리고 돈에 노예(奴隷)가 되는 것이 왜 그러냐면 돈의 용기(勇氣)가 차 있다. 그러니까 돈의 욕망(慾望)을 채우려니까 괴롭다.

그 다음 도둑놈 다 돈으로 된다. 돈에 애착심(愛着心)이 있는 자는 마음이 좋지 못한 사람이다. 마음이 안 좋은 사람은 돈의 애착심(愛着心)이 있지. 마음이 좋은 사람은 아무것도 모르지만 돈에 애착심이 없어. 돈이라는 것은 인간이 먹고 살려니까 돈이 필요하긴 필요하지만 너무 돈에 애착심이 있으면 그 사람은 정신이 항상 세상으로 살기 때문에 세상 정신이지. 그러니까 항상 괴롭고 어떻게 해야 속이나? 어떻게 해서 돈을 벌어야지 이런 연구만 하는 사람이기 때문에 좋은 마음이 되려고 해도 오지 않아. 항상 나쁜 마음만 꽉 차 있어. 그러니까 그게 좋을 턱이 있어? 그게 깊고 넓을 턱이 있어? 또 한 가지 그게 좁고 짧지. 아주 굉장히 단순하고 직선적(直線的)이고 앞으로 이 돈을 내가 훔쳐서 가지면 마음이 괴롭지. 괴로운 데다가 그것하고 동일체(同一體)가 뭔가 하면 거짓말이야. 사촌(四寸)이야 거짓말과 돈은. 이렇게 하면 거기서 나쁜 마음이 싸이 터. 그리고 공포(恐怖)아 두려운이 아. 남한테 터무니없는 거짓말을 해봐라. 괴롭지. 이 말이 밝혀지면 어쩌나 한다고.

왜 그렇게 살아? 나처럼 깨놓고 살고 그냥 악살하고 털털하게 와작 깨버려. 그러면 괜찮아 그런 것으로 거짓말해서 생기는 것도 없고 거기서 뭐 있는 것도 없는데 폭발(暴發)을 해서 없애버리란 말이다.

돈 욕심(慾心) 많으면 자기가 죽어서 가지고 가? 가지고도 못가는 돈을 왜 그렇게 욕심(慾心)을 내나. 자기 분수(分數)에 맞게 해! 그러면 자기 갈 때까지는 돈이 풍부히 생겨. 그 무슨 말인가 하면 돈이 욕심이 없는 자. 돈을 모를 때 돈이 생기는 법이지. 그게 바로 운인 거야. 돈을 모를 때 돈이 생긴다. 그럼 그때에 돈을 잘 간수(看守)해야 해. 그때 그냥 있다고 만 파장(波長)으로 써버리면 오지 않아. 그래서 돈이 올 때에 그것을 잘 정지(整地)정돈(整頓)을 해서 잘 간수(看守)해야 만이 그 돈이 가지를 않지. 쓸데만 딱 쓰는 것이지. 돈을 아무데나 쓰면 그 집은 돈 운이 다시는 오지 않는다는 거야. 알았지? 돈에 대하여. 돈은 인간을 괴롭히며 돈은 죽음을 갖다 주는 것이요 돈은 아주 구렁텅이에다가 넣는 것이요. 공포와 두려움과 외로움과 고독(孤獨)과 슬픔을 주는 것이요 돈은 사람을 미개(未開)하게 만드는 것이요 돈에 노예(奴隷)가 되는 것이요 그래서 돈에 노예(奴隷)라고 하는 것이다.

돈을 정정당당하게 벌어. 정정당당(正正堂堂)하게 버는 것은 결백(潔白)한 정신과 마음으로서 떳떳이 벌 때 그 돈이 오래가고 그 돈은 항상 지니고 있기 때문에 그 복(福)은 나가지를 않

아. 이놈에 세상은 그렇다 이거야. 그럼 우리는 업이 바뀌어져서 굉장히 좋은 업이 왔지만 자기가 받아서 이행(履行)하는 자야만이 편안(便安)한 마음에 안식(安息)이 돌아오지. 자기 마음이 평탄(平坦)하지 않은 자는 항상 지옥문에서 사는 거야. 왜 지옥(地獄)문에서 살아야 해? 그 지옥문에서 사는 마음이 얼굴이 젊어질 수가 없어. 늙어버려. 그리고 항상 괴로움이 마음속에 꽉 차 있어 옳지 못한 것을 만들어서 금은(金銀)보화(寶貨)나 되는 것처럼 여기에 싸고 싸서 보관을 하니 그게 생전 없어지겠어? 그러니까 그게 항상 괴로움이야. 훌훌 털어. 내가 아무리 나쁜 것을 만들어서 가슴에 품었어도 그것을 폭발(暴發)을 시켜 훌훌 털어버리고 살면 그것처럼 즐거움이 없단 말이다.

만날 돈 가지고 불만(不滿)을 터트리면 이 얼굴이 쪼그라져 늙어서 나중에는 죽음이 와. 그것만 알아. 역시 우리 공장을 해보니까 너희 심정을 다 알았는데 역시 사람은 사람이라는 것을 느꼈어. 그러니까 앞으로는 그런 좁고 짧은 생각을 하지 말고 광대 광범한 뜻을 생각하란 말이야. 광대(廣大) 광범(廣範)한 뜻이 있기 때문에 우리는 미래와 꿈이 확고(確固)하고 희망(希望)이 꽉 차 있고 목적(目的)과 목적관이 분명하기 때문에 그 뜻이 완벽이라는 것을 잊지 않았을 때 엉큼한 마음은 없어지는 거야. 항상 엉큼한 마음이 없어졌다 또 있었다. 항상 돌변했다 돌아왔다 돌아갔다 항상 ㄱ것을 불만(不滿) 품고 살면 그것은 젊어질 수가 없는 거야. 그것은 늘 늙어질 것이고 따라서 그놈의 사업은 번창(繁昌)하지 못해. 추진력이 없어. 세상에도 사업하는 동업자(同業者)들은 옳게 하는 자들은 네 것 내거가 없이 한 푼이라도 속이지 않아. 그래서 그 회사가 영원(永遠)히 번창(繁昌)을 하지. 사람을 자꾸 속이려고 먼저 그렇게 하면 거기서부터 괴로움이 오지. 공포(恐怖)가 오지. 두려움이 오지. 이렇게 된다.

그러니까 항상 괴롭단 말이야. 그러니까 일이 항상(恒常) 안 되지. 세상에는 그렇게 해도 되는지 모르겠는데 그렇게 하면 절대(絕對)로 안 된다. 또 외부(外部)와 내부(內部)가 딱 맞아야지 모든 일이 제대로 순리(順理)로 풀려. 너희들이 정말 순리로 산다면 존재 인이야. 존재 인이 안 될 수가 없어. 사람으로 태어나서 사람의 본분(本分)을 지켜서 바른 생활을 했을 때 그는 편안한 마음에 안식이 돌아오는 법이지. 그렇지 않으면 편안한 마음에 안식이 돌아오지 않아. 자기가 다 자기 사명은 자기가 만들어가지고 하는 거야. 하나님 주시는 것을 받을 수 있는 인간이 되려면 그것까지 어렵다. 지금 나한테 어떠한 운이 왔다는 것까지 알려면 그것은 힘들고 그러니까 항상(恒常) 운(運)이라는 것은 항상 오는 것이 아니라는 거야. 운이 와서 돈을 벌면 사람이 건방져져. 난체를 해. 돈이 많으니까 사람들이 알아주거든. 그러니까 저 잘났다고 뽐을 내거든. 그게 바로 자기가 모자라다고 자랑하고 다니는 거야. 내가 이렇게 모자라요 바보예요 봐 주세요 봐 주세요, 이런 것과 똑같은 것이다.

그래서 하늘에 사는 나라에는 돈이 필요 없다. 왜 돈이 필요 없을까? 하면 거기는 항상 생명체(生命體)가 모두 항상(恒常) 존재(存在)하시기 때문이야. 현명(賢明)하시기 때문에 현인(賢人)이라고 하고, 현인이 되려면 정신(精神)이 밝고 마음이 맑고 깨끗해야 하고 육신(肉身)이 바른 생활을 한다. 정신과 마음에 기계(機械)기 때문에 육신이 움직이는 행위(行爲)나 행동(行動)이나 예의(禮儀) 예지(叡智)나 질서(秩序)나 법이나 법도(法度)나 법률(法律)이나 또 한 가지 사람이 사는 이치와 의미를 알면 예의(禮儀)와 예지(叡智)를 알기 때문에 이자는 바로 현명한 자라는 거야. 집안 교육을 못 배운 자는 아무리 학문을 배운다 할지라도 자기 몸 써서 행하지 안 해보고 그것을 부닥쳐 아니했기 때문에 힘들어. 그게 바로 어떤 것인지 알아? 사람이 옷을 입어도 자리를 보아서 예를 차려야 한다는 말씀이 있지? 하나님 교단에 한 번씩 올 때는 깨끗하게 입고 청결(淸潔)하게 하고 오라는 거야. 예배 볼 때 한복 입고 오라고 그렇게 얘기를 해도 안 입고 또 이런 옷도 입어도 깨끗하게 입고 예배 볼 때에는 늘 기도(祈禱)하는 사람이 아니니까 깨끗하게 청결하게 입고 올 수 있는 옷이라도 입고 와야 하는데 그저 집에서 만날 입던 것 그대고 입고 앉았고 그게 뭐야? 그게, 그게 동물이야. 동물이 사람이 될 수는 없는 것이다.

인간만 아주 천정을 베푸시는 줄 알아? 식물(植物)은 더 천정을 베푸시는 거야 왜? 절두(節度)가 있지 절기 따라서 딱 딱 소생(蘇生)하고 잎 피고 꽃피고 열매달리고 아주 스릴 있게 하신다고. 인간들은 지금 소생(蘇生)하는 때인지 잎이 피는 때인지 꽃이 피는 때인지 열매가 열리는 때인지 모르는 것을 요만한 것 바늘 끝만도 앞을 모르는 걸. 그러니까 동물이지. 하늘에는 그런 것을 다 아시고 영원(永遠)하게 사시는 세상, 불변(不變)절대(絶對)하신 세상, 약속(約束)의 세상, 끝내주지. 시간과 공간을 초월(超越)하는 세상, 원래는 때와 때에 맞추어 시간과 공간을 초월 하신다. 이러는 세상이야. 이렇기 때문에 불변절대 하시다는 것을 잊지 말라. 인간은 1초도 앞을 내다보지 못하고 돈으로 한 세상을 살았기 때문에 돈은 바로 어떤 것인가 하면 돈은 사람을 괴롭히다가 죽는 것. 또 욕심(慾心)내고 탐(貪)내는 것을 갖다 주는 것. 실망(失望)을 갖다 주는 것. 피곤(疲困)한 것을 갖다 주는 것. 또 한 가지 폐인(廢人)을 만드는 것, 돈이 다하는 거야. 왜 그럴까? 돈은 옥황(玉皇)상제(上帝)가 돈을 내놨기 때문에 역시나 원 죄인이 원죄를 받아야 되고 타락(墮落) 죄인이 그 타락의 그 본분(本分)을 받아야 하기 때문에 타고난 운명(運命)철학(哲學)을 잊지 마라. 여기에는 모든 죄가 합류(合流) 화 되어있다. 돈에 합류 화 되어있다. 돈의 노예(奴隷)가 되면 그 죄(罪)가 합류(合流)화가 되어있어. 그러니 어떻게 할 거야? 그러니 편안(便安)한 마음에 안식(安息)이 오지 아니하더라.

편안한 마음에 안식이 오려고 해도 올 수가 없어. 그 환경은 그렇기 때문에 인간은 환경(環境)의 지배인(支配人)이다. 하늘 나라에는 환경(環境)의 권위자(權威者)다. 이리니 되겠어? 지금 하나님 강림(降臨)하셔서 수 십 여년이 되었는데도 그래도 하나님을 모르는 걸. 하나님을 알면 편안(便安)한 마음에 안식(安息)이 돌아오기 때문에 아주 늘 기쁨과 즐거움이 항상 얼굴이 희색(喜色)이 만면(滿面)하다. 이렇게 얼굴에 편안함을 띄우고 그다음에 늘 웃음을 띄우면 눈이 선(善)하고 얼굴이 평화롭고 그렇기 때문에 아주 돈과는 상관(相關)이 없는 자가 되려면 여기는 힘이 들지. 그러나 자기가 그것을 만들어만 놓았다면 그때는 돈이 오지 말라고 해도 올 것이요, 욕심(慾心)을 안 부려도 될 것이요, 이런 것이야. 그러면 돈이 많이 오면 뭐해? 없는 사람 특별히 이런 애들이 가장 되어서 그런 집에 주어. 난 돈 많으면 요런 조그마한 애들이 가장(家長)이 되어서 사는데 주고 싶어. 공부하라고. 난 큰사람들은 주고 싶지 않아. 그런 돈을 갖다가 이름이야 나거나 말거나 그런 애들이 누구를 맡겨서 쓰도록 이렇게 하면 그것 얼마나 좋은 거야?

하나님께서는 처음 전 때에 타원형(橢圓形) 같은 그 형은 왜 행이라고 하느냐하면 행과 생(生)과 핵(核)이 합류(合流)되어 있고 이 타원형(橢圓形)은 약간 게루무르 하면서도 둥근형인데 이 형은 무한한 생을 다 감싸있다. 그 행이 저장(貯藏)되어 있는 그 타원형이 바로 생이다. 행과 생과 핵과 생생과 생 힘과 또 그 갖가지 생을 전부 저장해서 있는 그 무의 행이 절대 불변하고 약속(約束)대로 이루어놓은 힘이다. 행 속에 핵심이 들어있는 깨지. 이때는 무한한 무를 지니고 살 때지 그 무는 바로 행 속에 모두 저장(貯藏)되어 있음이니라. 이렇기 때문에 첫째 핵심은 조화(造化)요, 따라서 조화로 살 때에는 체(體)가 없을 때요, 또한 행과 생과 핵과 갖가지 생이 저장(貯藏)되어 있을 뿐이지. 이때는 아무것도 없고 보이지도 않았을 때지. 이렇기 때문에 조화는 바로 주체와 대상이 일심(一心)일치(一致) 일심정기로서 완벽하기 때문에 바로 지니고 있는 조화든지 가지고 있는 조화든지 무한정한 조화 중에 조화요 또한 행중에 행이요 생중에 생이요 핵 중에 핵이요 따라서 갖가지 생중에 생이니라. 이 갖가지 모든 것은 완벽(完璧)하지만 우리 두 천살(두 하나님)들만 핵심(核心)으로 있었다.

아무것도 없을 때니라. 이렇기 때문에 갖가지 모든 것은 불변(不變)불이지. 이때에 행 속에서 만족(滿足)하고 흡족(洽足)하다. 이때에는 우리 명예(名譽)가 바로 천살도와 천살의 결백(潔白)으로서 살 때란 말이지. 이렇기 때문에 항상 즐거움과 기쁨과 아주 아름다움 속에서 체가 없지만 조화를 무한히 낼 수가 있을 때지. 이때에 우리는 두 천살들은 생각을 할 때지. 생각할 때에는 아주 무한정한 무를 생각해냈더라. 냈기 때문에 아주 핵심의 진가를 낼 때지. 이때에는 너희 조모는 생판을 내서 태반 태도 원 태도를 이루고 나는 4위 기대를 세워놓고 그 4위 기대는 무한한 생으로서 이루었느니라. 이때에 너희 조모는 4해4문을 세워서 무한정한 생판들을 세우셨지. 이때에 나는 또한 생불 체를 이루어서 아주 완벽한 절대한 불변불로 생불체를 이룰 때지. 그 생불체는 신설선과 빈설선으로 세부(細部)조직(組織)으로 되어있고 또한 진설이 훨찍 불려

있음으로써 신설분과 빈설분으로 활짝 피었더라.

이 4해4문은 아주 완벽하게 네 구멍이 뚫려있고 나팔같이 되어있어서 숨 쉬는 것 같이 심장(心臟)을 가지고 있는 것 같이 막이 쳐 있고 위에는 생불체도 타원형(橢圓形)인데 그 위에는 꽃같이 열렸다 닫혔다 하였지. 이때에 빈설 선으로 진을 쳐서 신설분이 활짝 피었더라. 이때에는 이것을 완벽하게 불변절대하게 생각을 할 때가 있었고 생각하였기 때문에 낼 때가 있었음으로써 완벽한 천살의 결백(潔白)과 천살도와 이와 같이 만족(滿足)하고 흡족(洽足)하며 서로가 서로를 사랑하며 즐겼을 때니라.

이때는 정신의 내용과 음양(陰陽)의 내용과 마음에 내용과 생명의 내용이 딱 분리되어서 아주 무로서 되어있고 천연(天然)의 천륜(天倫)에 무한(無限)도로서 그 원심(圓心)에 핵심(核心)으로 되어있을 때지. 이럼으로써 생불체를 큰 공간 만하게 이루었을 때에 아주 태반태도원태도와 생불체가 안정되어서 완벽할 때에 그 행은 조심 조심 소리 없이 벗어날 때에 조용히 벗어져 도로 생 속으로 다 돌아가는지라. 이렇기 때문에 이것이 핵심에서 진가를 나타냄이지. 이때에 너무 그 통쾌함과 상쾌(爽快)함이 완벽하고 즐겁고 기쁨이 무한정(無限定)하였더라.

이럼으로써 그 무한도한 무한을 신출귀몰하고 아주 무지신비하게 나타난 생명체에 그 조화가 아주 조화 체를 이룰 수가 있는 능력을 갖출 때지. 이때에는 생생생 생 정기는 생 정기로 정신을 이루었고 생생 생문 생 정기는 마음을 이루었고 근원의 핵심의 그 생생에서 음양을 냈지. 이러고 본즉 나는 정신(精神)과 마음을 완벽하게 내어놓았지. 이렇기 때문에 너희 조모는 마음과 생명(生命)을 완벽하게 내놓았더라. 이렇기 때문에 무한한 핵(核)을 내고 또한 그 화학(化學)의 비슷한 광선(光線)을 내었지. 이렇게 하고본즉 행 속에 들어있는 생들을 모두 낼 수 있는 자유로운 자재할 수 있는 능력을 갖추었기 때문에 이때에는 태반 태독 원 태독을 이루어 너희 조모는 생판으로 태반 태독 원 태독을 이루었고 그 생판으로 평청을 이루어 태반 태독 원 태독 평청을 이루어놓았고 이럼으로써 무한도한 갖가지 생을 내놓은즉 생불체가 완벽하더라.

이럼으로써 그 생불 체는 바로 핵심(核心)의 진가(眞價)를 나타냄이지. 이렇기 때문에 이때에는 서로가 서로를 무한히 사랑하며 또한 무한히 감싸주며 그 사랑의 매개체(媒介體)가 완벽 절대하더라. 이 모든 것은 불변(不變)불이기 때문이지. 이때에는 정신과 마음과 음양과 생명과 모든 것이 완벽함으로서 갖가지 근원의 생을 내서 태반 태독원 태독을 이룬 뜻을 잘 알라 이런 말씀이지. 이 무한한 조화를 조화대로 조화를 부리고 조화로 펼 수 있는 능력의 권능 자가 되었기 때문에 이때에는 조화(造化)자니라. 왜 조화 자냐하면 핵심의 진가를 획기적으로 나타냈기 때문이지. 갖가지 생을 내어 그 원료들이 살아 생동한즉 생동감이 끓어 넘쳐흐름으로써 모두 살아 있기 때문에 과학 진문으로서 이룬 그 자비(慈悲)와 철학(哲學)이 불변절대하단 말이지. 그 불변 절대함이 완벽이란 말이니라.

이래서 원료가 스스로 발효(醱酵)하고 스스로 발로(發露)한즉 서로가 원동력(原動力)이 되어 갖가지 원료가 무로서 나타나서 발로(發露)한즉 발휘(發揮)되었더라. 이래서 이때에는 발휘(發揮)자라고 함이니라. 이렇기 때문에 원료(原料)를 발사한즉 그 발생에 따라 확산(擴散)되고 확산에 따라 분류되고 분류에 따라 그 분리(分離)자유(自由)가 모두 생동을 지니고 생생문을 활짝 열 수 있는 능력이 완벽하였지. 이렇기 때문에 생불 체에서 벗어나면 체를 갖추어 생생 생문을 열고 생생문이 바로 체를 갖춘 것이니라. 이렇기 때문에 그 핵심의 진가가 획기적으로 나타났기 때문에 생도가 모두 생산해내는 분류가 완벽하고 생생 생문 통대가 형태를 만들고 생생 문에서 모든 것을 선을 펴 그 선에 따라 층과 층면이 완벽한지라. 이것은 바로 생생 통대가 형태(形態)를 내고 따라서 생생 문도가 선을 편즉 그 층면이 완벽하였더라. 갖가지 생태계를 풀려면 한없고 끝없은즉 이것만 적고 그만두도록 하여라.

발사하면서 생 공간을 이룰 때다. 핵심의 진가를 획기적(劃期的)으로 나타난 것이 조화(造化)자고 그 전에는 조화야 이제 생불 체를 획기적으로 나타냈을 때에는 조화자요. 그 다음에 생생 문에서부터 생 공간을 이룰 때에는 조화 체요 아무리 바보라도 생명(生命)의 근원(根源)이 밝혀지는데 말을 못해? 정신과 마음이 어디서부터 나온 것도 알고 그리고 지금 때는 왔기 때문에 성경 놓고 말하면 만날 성경 뭐? 이렇게 말하는 사람도 많다고 지금. 생명(生命)은 영원(永遠)하지만 생명체(生命體)는 영원하지 못하잖아. 그러니까 그게 다 돈 때문에 그렇게 된 거야. 돈이 원수야. 그리고 자기 운명(運命)철학(哲學)대로 살아야 하는데 지나친 욕심(慾心)을 내니 그게 되겠어? 안 되지. 그래서 원수(怨讐)와 싸우다가 세월(歲月)만 다 간다.

정신 속에 하나님이 어떻게 그 사람 정신하고 주고받겠는가를 생각해보라. 절대 그것은 절대 안 된다는 것만 알고 있어라. 하나님하고 통하기까지는 정말이지 피나는 노력(努力)을 했기 때문에 피골(皮骨)이 상집(常執)하고 전심전력(全心全力)을 쏟았기 때문에 무한한 진리를 발견할 수 있다는 것을 알라. 아무리 피나는 노력을 하고 피골이 상집하다할지라도 생각지도 아니한데 하나님이 생각하게 해도 생각지 않을 때에는 그대로 둘 수 밖에 없는 거야. 잘 들어야 한다. 또 한 가지 상상치 아니하는데 어떻게 무한한 것을 보여주는가 생각해보란 말이야. 뭐든지 하나님 말씀을 들었으면 듣는 대로 이행할 수 있는 자야만이 이행할 수 있는 능력(能力)을 갖춘 자야만이 전개(展開)할 수 있는 권능(權能)을 베푼다는 것을 잊지 말란 말이다.

내가 오늘도 목사가 설교하는 말을 듣고서 정말 너의 엄마 설교가 명 설교더라. 설교라는 것이 쉬운 줄 아니? 설교할 것 다하고 공부할 것 다 가르치고 너희들이 잘못했기 때문에 지적하고 사실은 여기는 뭐 비는 교회가 아니라 이거야. 너희는 앞으로 희망이 차 있고 모든 것이 완벽하기 때문에 완벽(完璧)을 가르치는 자가 아주 미개(未開)한 것들을 가르치려니 얼마나 속이 터지겠어? 때릴 수도 없고 욕한다고 해서 그것을 갖다가 한 두 사람이 그런 것도 아니야. 내가 욕쟁이라고 너희들이 생각하지만 너희들이 그것이 큰 죄를 졌다는 것을 알고 있어라. 너희들 그래 좋은 말을 듣겠어? 좋은 말을 해서 들으면 왜 욕을 하겠어? 좋은 말씀을 해서 잘 듣고 이행하는 자에게는 복이 있나니 천국(天國)이 내 것이기 때문에 너희 것도 될 수 있다고 분명히 말씀을 하셨어. 나로 인해서 너희들이 천국을 가는 것이지 너희가 도(道)도 안하고 천국(天國)을 갈 수가 있는가 말이다.

여기 앉아있는 사람들은 하나도 못가. 그따위 마음 가지고는. 좋은 말이 안 나오는 걸 보면. 오기(傲氣)만 잔뜩 가지고 있으니 그 얼굴에 살기만 뻗쳐있고 또 그 오기(傲氣)에서 나타나는 모든 좋지 못한 행실이 항상 생활로 전진자유하고 그런데 어떻게 하나님하고 분리(分離)되어있지 하나가 될 수 없다는 것을 잊지 마라. 알겠니? 그리고 또 한 가지 이 땅에 종말(終末)을 마친 사람이라는 것을 분명(分明)히 알았으면 그저 종말(終末)을 마친다. 이렇게만 생각할게 아니야. 거기는 피땀

이 어리고 거기는 남이 못 걷는 길을 걷고 남이 생각지 못한 것을 생각하고 남이 이해치 못하는 것을 이해하고 남이 가르치지 못하는 것을 가르치고 모든 것을 갖추어서 나타난 나야. 뭐 거저 쉽게 목사처럼 성경이나 보고 나타난 사람인 줄 알았어? 사람은 누구나 물론하고 오늘 이 시간까지 많은 사람들이 예수를 주라고 믿고 왔지만 예수는 주가 아니라는 것을 알아야 하고 오직 사람의 몸에서 탄생했다는 것만 알아라. 오늘 아침에도 내가 티브이에서 목사 말씀 하는 소리를 들었지만 내 귀에는 하나도 들어오지를 않아. 사람이 항상 자기(自己)를 위해서 기도(祈禱)하고 자기를 위해서 살려고 노력했지. 하나님을 위해서 한 번 헌신(獻身)을 해 보았어? 보이지 않는 그 신출귀몰(神出鬼沒)하신 하나님을 보고서 느끼고 깨달을 수 있는 이러한 정신(精神)과 마음을 준비해서 육신(肉身)의 행(行)함이 바를 때 오직 하나님은 너희들하고 같이 할 수 있는 것이니라.

　나나 너희나 사람의 모양은 똑같이 생겨났지만 우리는 사람이 아니야! 하나님은 말이지 불변(不變)절대(絶對)하고 불변(不變)불(不)이고 변할 수가 없단 말이야. 천지지간만물지중을 모두 거느리고 다스리고 사랑할 수 있는 능력(能力)을 갖추셨기 때문에 모든 것이 생명을 지니고 생동하기 때문에 생동감(生動感)이 끓어 넘쳐흐른다는 것을 분명히 잊지 말라. 하나님의 사랑은 무한정하게 헤아릴 수 없는 무요, 무에서 또 신출귀몰(神出鬼沒)하고 무지신비하다. 불변절내 악속사유 또 한

가지 무형(無形)실체(實體)를 무한히 내놓으셨어. 그래서 하나님은 원심의 태반태도원태도의 원심, 원심에서부터 천륜을 이루어서 사랑과 사랑을 맺어서 천하 만물을 다 사랑으로 이루어놓았기 때문에 근원 근도 원 파라고 했어. 근원의 근도의 원파, 근원 근도 원 파가 어딘지 알아야지. 아무리 유명하고 아무리 잘 믿었어도 근원 근도 원 파라고 하면 듣지를 못해. 알아야지 그렇지만 너희들은 근원 근도 원 파라고 하면 생(生) 공간(空間)이라는 것을 분명히 알고 있어라.

그러면 생 공간은 어떻게 되어서 어떤 실체를 펴서 갖가지 장을 펼치신 그 장의 이치를 알란 말이야. 장이 어떤 것이야? 갖가지 모든 형성을 이루어서 그 형상이 나타나서 완벽하게 불변절대하게 아주 약속대로 자유자재하는 자재 인이요 원도 인이요 원도자요 원도하면 벌써 한 공간을 자유 할 수 있는 능력이 되어있어야 만이 그야말로 현존(現存)하고 전개(展開)하고 자유(自由)하고 자재(自在)할 수 있는 능력자(能力者)라는 것을 잊지 말라.

하나님은 이모든 갖가지 모든 공간의 궁창(穹蒼)의 궁극(窮極)의 목적이 모두 하나님의 뜻이지만 당신은 무한한 천체(天體)를 자유 할 수 있고 하나님의 아들인 참 아버지도 천체를 자유하시고 하나님의 딸인 참 어머님도 천체(天體)를 자유 하신다. 이러시기 때문에 모든 것은 인간이 눈에는 보이지 않지만 보이지 않는 눈을 뜰 수 있는 실체의 눈을 가져야 하고 또 영적의 세계를 볼 수 있는 영의 눈을 뜰 줄을 알아야 하고 유형(有形)실체에 또한 유형의 눈을 떠서 꿰뚫어 볼 수 있는 정신을 갖추라 이런 말이야. 내가 괜히 욕을 하고 하겠어? 너희들이 다 잘못함으로써 지적(指摘)을 하는 것이다.

중심식구가 앞으로 많은 사람이 들어올 때 먼저 온 사람이 20년 30년 믿어서 만날 그 타령이라면 그 뭐가 어떻게 되는 거야? 그 흉이 바로 내게로 떨어지기 때문이야. 가르쳐서 이행치 않는 자는 다 제물(祭物)이 될 것이니라. 알겠니? 그렇기 때문에 항상 중심체(中心體)를 원망(怨望)하고 오해(誤解)하고 꽁하고 자기 가슴에 딱 손을 얹고 생각하면 내가 이러고 이런 것을 잘못했구나. 천도 문께서 가르치시는 무한한 조화를 가슴에 지니고 사불님의 정신과 마음은 우리 사상으로 되어야 겠구나. 왜 이런 것을 생각을 못해? 너희들이 인간세상에서 노는 사람이야? 여기에 들어오면 원죄가 벗겨진다는 소리 못 들었어? 우리 집에 와서도 원죄를 벗는 사람이 있고 못 벗는 사람이 있다는 것을 분명히 알라.

내가 성령을 내려서 그 원죄를 벗겼지만 다시 그 원죄를 지을 수 있는 요소를 가지고 있기 때문에 그는 제물이 될 수밖에 없다는 것을 분명히 알고 살아야 한다. 그런 것을 생각해서라도 성령을 내리는 것도 이런 교회처럼 거저 성령이 내렸어? 딱딱 내 이번에 성령 내린 것은 원죄를 벗길 수 있는 작전(作戰)의 전술(戰術)로서 너희들을 원죄를 벗겼다 이렇게 성령을 내렸지. 내가 언제 함부로 성령을 내린 사람이야? 성령이 뭔지도 아무리 유명(有名)한 사람도 몰라. 그것을 알고 살자 내 말은. 그러니까 오늘 아침에도 내가 목사가 말하는 목사님 말씀을 들으니까 너 엄마(천도문)가 정말 명 설교를 하더라. 너희들은 그래도 나를 보는 눈이 없어. 나를 생각할 수 있는 마음이 없어. 나를 항상 같이할 수 있는 정신이 없어. 천국에 가도 나를 통해야 가지. 나를 안 통하면 어떻게 가겠어? 그럼 이렇게 새롭게 들어오는 사람들이 너희 하는 행동이 좋지 못하기 때문에 자연히 같이 합류된단 말이다.

그래서 앞으로는 한사람, 한사람 들어오면 조심하고 그런 좋지 못한 마음을 지니지 말라 이거야. 여기는 악별성이 우리를 항상 엿보고 있단 말이야. 세상은 악별성이 하나님이기 때문에 귀신이 엿보고 있고 우리는 귀신과 상관이 없기 때문에 악별성이 우리를 항상 엿본다고. 악별성은 실체요 살아있는 거야. 숨 쉬고 살기 때문에 모든 교회가 하나님을 믿는다지만 악별성을 믿는 거야. 옥황상제를 믿는 거야. 옥황상제가 누구냐 하면 알아나 들어? 하나님 종을 믿는다 이거야. 먼저 온 사람이 나중 되고 나중 온 사람은 먼저 된다. 이것이 내용이 있고 뜻이 있는 말씀이다. 그게 왜 그럴까? 나중 와서도 빨리 깨닫는 자와 먼저 와서도 깨닫지 못하는 자와 이게 딱 분리되어 있어. 세상에 성경에도 그런 말이 있지? 먼저 들어왔어도 태만(怠慢)한 정신 말씀을 안 듣고 교회 와서는 예배 보는 겻처럼 하고 나가서는 멋대로 행동(行動)하고 나중 들어온 자는 다

른데 다니다가 여기오니까 신비(神秘)한 말씀이 많고 하니까 정신을 바짝 꽂고 열심히 공부하기 때문에 그 사람은 나중에 왔어도 먼저 된 사람이 되었다 이런 말씀이다.

이렇기 때문에 항상 맑고 깨끗한 정신을 가져야 한다 말이야. 그래서 1초에도 하나님께서 주시는 것은 우리 정신이 똑바른 정신 똑바른 마음 딱 들어온다고. 그렇지만 악별성이 주는 정신은 하나님이 주시는 것과 영 달라. 어떻게 주느냐? 비몽사몽간에. 어떻게 줄까? 정신이 약간 희미하면서 혼미하며 이렇게 계시도 받고 예언도 받는 거야. 그리고 귀신이 주는 것은 어떻게 주냐 하면 종이 주는 것은 악별성이 주는 것은 정신(精神)이 혼미(昏迷)한데 주어. 그리고 귀신(鬼神)이 주는 것은 인반 신반이라서 죽은 사람 마음이나 살아있는 마음이나 똑같기 때문에 아주 우리 어두운 정신에다가 희미(稀微)하게 주는 거야. 그것을 알아야 해. 그래서 설교(說敎)할 때 잠을 왜? 재우느냐 하면 하나님 말씀을 듣지 못하게 하는 거야. 우리가 말이지 잠자는 것을 우리 집에도 와서 잠잘 때가 있어. 그 시험을 쳐. 그것이 한 달을 가느냐? 두 달이 가느냐? 1년이 가느냐?

운세에 맞추어 운이 오고 인간은 운명철학에 그 사람이 그 때를 모르지만 그 사람이 운명철학에 어느 달에 가면 너는 병신이 되고 어느 달에 가면 좋은 일이 있고 어느 달에 가면 아프고 이런 것도 다 운명철학에 다 나와 있어. 얼굴을 보면 그런 것은 그 사람의 대대손손(代代孫孫)이 조상으로써부터 좋은 일에 덕을 쌓은 복(福)이 한사람으로 모이고 모여서 어느 대에게 한사람으로 온다는 것을 알라. 그래서 그게 운이다. 형제지간에도 형제를 모르는 자들이 있어. 나는 그것을 느끼고 깨달았기 때문에 없는 집 일가가 오면 잘해주라는 것이다.

조부님(하나님)은 천지간만물지중을 이루어놓을 수 있는 능력을 갖추신 분이다. 원료는 원료대로 근원을 만들어놓으시고 생명은 생명대로 근원을 만들어놓으시고 이런 것을 창설(創設)의 창조(創造)를 이루어 놓으셨다고 한다. 그런 것을 보면서 우리는 항상 하나님을 두렵게 알고 또 두렵게 생각해야 해! 두렵게 생각함으로써 내가 항상 억제해서 참을 수 있는 인내를 길러야 한단 말이야. 우리는 하나님 실체를 내놓으신 실존님을 믿기 때문에 실존, 아주 왜 실존(實存)이라고 하냐면 존은 존재(存在)하시고 모든 것을 자유 할 수 있는 주인이기 때문에 실존 이렇게 실제 있다. 실제 계시고 존, 모든 것을 아주 여긴 여러 가지 존재하시기 때문에 모든 것을 귀하게 사랑하시고 또 사랑하시는 분이야. 그래서 사랑이 끓어 넘치는 분이시다.

왜? 하나님께서는 사랑을 창조(創造)해내서 천륜을 이루셨기 때문이야. 이런 것을 잘 알아야 하고 그 원심에는 천연(天然)의 원심의 천륜은 바로 근원근노의 원 사라는 것을 알아야 하고 천심은 천심의 천륜의 천정으로 이루어졌다. 왜 천심으로 이루어졌냐면 그 천심은 바로 무한히 사랑하시고 거두시고 간직하시고 모든 것을 다 거느리고 다스리고 사랑하신다는 말씀의 뜻이야. 이렇기 때문에 인간의 모든 올바른 사람은 상관하시지만 나머지 인간을 상관치 않으신다. 이것은 예수 믿는 사람이 들으면 기암(奇巖)을 할 소리야. 인간을 하나님이 상관을 안 해. 천문교회만 상관을 해. 그것을 알아야 해. 상관하시고 사랑하시고 베푸시고 이런 것은 천문교회만 해. 왜 안 하느냐? 그것은 하나님 맺히고 쌓인 것이 있어서 그래. 맺히고 쌓인 것은 바로 당신의 수족 같은 종이 아주 지구에 내려와서 하늘 새 혹성(지구)에 와서 고릴라와 결합을 했기 때문에 타락이야. 또 이 혹성을 욕심내고 탐냈기 때문에 하나님 맺힌 것이다.

그렇게 해서 욕심(慾心)을 내고 이렇게 해서 인간(人間)시조(始祖)는 바로 원죄(原罪)를 불러일으킨 거야. 그 원죄도 하루 아침에 일으킨 것도 아니고 수 억 년 동안 하나님 속을 그렇게 썩였어. 수 억 년 동안 욕새 별에서. 그럼 하나님 궁에서 속 썩인 것 나와. 욕새 별에서 속 썩인 것 따지니까 수 억 년이 된다는 거야. 그럼 그렇게 수 억 년 동안 속을 썩여서 사람 만들려고 그렇게 애를 썼어도 이 탐내고 욕심내는 것은 아주 없어지지 않아. 하나님도 욕심내고 탐내는 것이 있다. 잘 들어봐. 하나님은 그게 사실은 욕심이 아닌 거야. 이렇게 행 속에 들어가서 체(體)가 없을 때에도 당신은 여기서 생각하고 생각해 내서 독창(獨創)을 이루고 독창 관을 내시고 또 창작을 하셔서 창도 관을 이루시고 창설(創設)하셔서 창조하시고 창극을 이루시고 이런 것을 하시려고 하니까? 많이 당신이 많이 만족(滿足)하고 흡족(洽足)하고 흠뻑하고 통쾌(痛快)하고 상쾌(爽快)하고 통치(統治)자유 될 수 있는 능력을 발휘(發揮)한 그런 탐냄과 욕심(慾心)이야. 그렇게 이어서 종도 그렇게 했어야 했는데 다 만들어놓은 셋째 아드님 여호화 하나님 집인데 이 공간(지구)이, 이 공간을 뺏으려고 욕심(慾心)내고 탐(貪)낸 것이다.

그러면 하나님께서 보내실 때에는 얼마나 속이 썩어서 보냈겠는가를 생각해보라고. 그것도 참 부모님(하나님의 큰 아들 딸)이 자꾸 보내려고 애를 쓰셔서 보내신 거야. 그게 이렇게 지구에 와서 타락(墮落)까지 한 거야. 그리고 항상 하나님은 욕심(慾心)이 없으신 분이고 사랑만 있으시다. 그것은 무미한 것이다. 당신의 연구대상이 탁상이기 때문에 연구를 자꾸 하셔서 무한히 한없고 끝없이 내놓은 것이 이것이 바로 당신이 이루고자 하는 마음이 당신의 하시는 소망을 하신 거야. 그게 욕심이라고 하는 것이야. 내 말은 그런데 하나님은 그러셨는데. 나는 그런 마음이 자꾸 의문이 나거든. 하나님이 무미하면 그게 하나님이야? 무미하면 사랑도 없고 아무것도 없잖아. 그래서 나는 진리를 발견하고도 어른들 앞에서 또 의논을 해야 해. 의논을 하고서 맞는가? 안 맞는가? 나 혼자 독단(獨斷)을 하는 게 아니야. 너희늘은 너 넷내로 하지만 나는 내 멋대로 안 해. 내 상부에 전부 층층시야가 계신데 내가 왜 내 마음대로 해? 발견해서 또 성전(聖殿)에 들어가서 다 고하고 당신이 생애(生涯)가 그렇다는 것을 내가 답을 듣고야 해. 내 멋대로 하면 그게 내 세상이라는 거야? 그게 아니잖아. 나는 나대로 층층 시야에 살고 너희는 나한테 좀 잔소리 듣는 것도 싫어하지!

작전(作戰)의 전술(戰術)이야. 그래서 이런 유형(有形)공간(空間)이 나왔어? 안 나왔어? 나왔지. 유형(有形)공간도 나오고 무형(無形)실체(實體)도 나오고 그러니까 우리가 항상 똑바른 정신으로 살잔 말이야. 행도 굉장히 큰 거야. 타원형(橢圓形)같이 둥근 그런 안에 핵심(核心)이 들어있는 거야. 이것을 왜 자꾸 들으라고 하냐면 들어서 너희들이 알아야 할 문제야. 우리 식구만 알게 아니야. 세상 사람도 알아야 하는 거야. 이 사실을 하나님이 계신지 안계신지 보이지도 않고 들리지도 않는다. 생태기를 정확하게 배우자고. 하나님께서 행을 정하시고 두 분이 바로 체는 없고 정신의 내용과 마음의 내용과 음양(陰陽)의 내용과 생명(生命)의 내용과 또 핵의 내용과 또 광선(光線)의 내용과 이런 것이 다 포함되어서 합류(合流)로 사실 때에 이때는 행 속에서 아주 조화(造化)로 사실 때다.

당신들은 조화 중에 조화요, 핵(核) 중(中)에 핵(核)이요, 따라서 또 광선 중에 광선(光線)으로써 되어있다. 이렇기 때문에 합류일치 일심일치 또 일심정기가 일심동체로서 따 핵심으로 사실 때는 조화로 살 때지. 조화로 사실 때에 당신들은 당신들을 아시기 때문에 나는 나를 알았지 하는 말씀이고 나에게 미래와 꿈이 확고(確固)하지. 하시는 말씀은 희망(希望)차 있다는 말씀이요 목적과 목적관이 분명하지. 하는 말씀은 모든 것을 아신다는 말씀이야. 이렇기 때문에 나에게는 뜻이 있지. 이렇게 조화 때에 벌써 당신들은 당신을 다 갖추신 분이기 때문에 능력(能力)이요, 권능(權能)이요 이때에 행은 얼마나 큰지 아는고? 이 행은 행과 생과 핵이 있을 때지. 이 타원형(橢圓形)은 크기가 아주 이천시 전부 다해서도 그보다 더 크다. 이런 행 속에 들어 살 때에는 아주 굉장히 생각했지. 생각을 했기 때문에 생각해 낼 수가 있었지. 생각해냈기 때문에 무언하고 무한한 무를 준비(準備)한 것이니라.

갖가지 무를 준비하여서 그 무에서 무를 한없고 끝없이 낼 수가 있을 때니라. 이렇기 때문에 이때서부터 너희 조모는 평청을 이루시고 그 평청은 바로 지층(地層)같이 쌓아 올린 생판에 자유가 기묘(奇妙) 있게 딱딱 절대(絕對)하게 체계와 조리로서 무한정(無限定)하게 쌓아 올린 그 생판들마다 조화를 무궁무한하게 내고 부릴 수가 있는 이러한 능력이지. 이때에 너희 조모는 4해4문을 생으로 세웠고 나는 4위기대를 먼저 세운 후에 너희 조모가 4문을 세우고 평청을 이루어 무한한 조화를 낼 수가 있더라. 모든 생판들이 조화를 낼 수가 있더라. 그 생판에 조화들은 아주 인간다운 신설 빈설 선으로서 세부와 조직으로 되어있고 세내 조직이 완벽(完璧)한지리. 이렇기 때문에 불변불로서 무한을 낼 수가 있지. 너희 조모는 나에 원동력(原動力)이요 따라서 나의 일심이요 일치요 정기(精氣)니라. 이럼으로써 동체지. 나는 평창을 이루어 눈부시게 갖가지 없는 것 없이 평창의 정기와 실록 신선 설랙조를 이루어서 갖가지 모든 정기가 흐르고 돌며 그 맥(脈)이 완벽하고 맥박(脈搏)이 뛰는지라.

조화의 정신(精神), 마음, 음양, 생명, 힘을 내셨다.

이럼으로써 그 매개체(媒介體)가 아주 핵심을 내는지라. 이렇기 때문에 갖가지 실록 대녹 천체를 자유 할 수 있는 조화를 무한히 낼 수가 있었지. 이때에 생불 체를 낼 때지. 행 속에서 생각하고 생각해낸 것이 모두 무 이니라. 무기 때문에 이때는 행 속에서 핵심이 벗어날 때지. 이럼으로써 나는 무한히 무를 내어서 갖가지 모든 것을 마음대로 자유자재 할 수 있음으로써 태반태도 원태 도를 이루었지. 이때에 행이 소리 없이 조심, 조심 갖가지 그 행이 조화가 무궁무한한데 그 조화가 모두 행 속에 들어가는지라. 행을 거두어서 행 속에 들어가고 갖가지 준비한 무의 생은 생대로 모두 행 속에 거둬가는 지라. 이렇기 때문에 이때에는 한 공간만한 거대한 공간만한 생불 체를 완벽하게 이루었지. 이렇기 때문에 생에서 무한한 무를 낼 수가 있고 그 무에서 무를 낼 수가 있었다. 이런 말씀의 참 뜻이니라.

이생은 한없고 끝없이 신출귀몰(神出鬼沒)하기 때문에 무지 신비롭다는 말씀이지. 이렇기 때문에 조화 때는 정자(精子)유전자(遺傳子) 난자(卵子)유전자(遺傳子)가 될 내용이 모두 꽉 채워있지. 이런 것이 없다면 어찌 유형실체 공간이 존재할 수가 있을까? 한번 생각해보라. 이 모든 것을 다 신출귀몰(神出鬼沒)하게 효율(效率)을 나타내고 본즉 너무 찬란(燦爛)하고 귀한지라. 모두 진설(珍說)이 활짝 피어 아름다움을 나타냈고 그 신설선과 빈설 선에서 너무 찬란하고 영롱한 빛을 나타냈기 때문에 신설분과 빈설분이 활짝 피었더라. 이것은 너무너무 찬란한지라. 행 속에 벗어난 후에는 그 행은 근원의 생을 감싸 저장시켜있고 그 행은 무한한 조화를 나타냈기 때문에 그 행에 조화는 한이 없고 끝이 없는지라. 이것은 바로 내가 준비하여놓은 근원에 무다.

이렇기 때문에 행에서 벗어난즉 생불체 속에서 살 때에는 바로 조화 자(者)요 조화여(女)요 이럼으로써 생생 생 정기는 정신을 내었고 이래서 정신의 조화요 정신의 요소요 정신의 조화다. 생생 생문 생 정기는 너희 조모가 냈기 때문에 바로 마음이니라. 이 마음은 무한한 조화를 낼 수도 있고 부릴 수도있고해서 조화요, 음양은 바로 근원에 생생에 정기로서 냈기 때문에 음양을 내어 음양에 조화를 조성할 수가 있지. 조성함으로써 천륜(天倫)을 낼 수가 있지. 바로 천연(天然)의 천륜의 그 무한한 조화는 헤아릴 수가 없는 것이니라. 음양(陰陽)이 없다면 어찌 사랑과 즐거움과 기쁨과 만족과 흡족(洽

足)하고 그 찬란(燦爛)한 조화(造化)를 이룰 수가 있겠는가를 생각해보자. 이렇기 때문에 정신과 음양은 내(하나님)가 냈고 마음과 생명은 너희 조모(하나님 아내)가 내신 것이지. 이렇기 때문에 생명의 근원은 생생생 생문생에서 바로 불토라는 것이 나타났기 때문에 그 불토는 바로 공기를 저장(貯藏)해서 공기 근원(根源)으로서 발사해 낼 수가 있지. 불태는 생생 생문 토댁 전도가 생생 문을 열므로써 그 생문에서부터 발사(發射) 해 내는 그 생산소가 불태에 가득히 저장되어 작용되고 있음이니라.

이럼으로써 그 생명은 귀중한 것이지 생명과 산소는 가장 귀한 것이니라. 따라서 그 저장되어있는 불토에서부터 발사 해 내면 불로가 생 공기를 모두 흡수(吸收)하고 또한 흡수함으로써 무한히 공급(供給)을 해낼 수가 있다 이런 말씀이지. 이렇기 때문에 공기와 산소는 한없고 끝없이 발사해내고 공기는 주체요 산소는 대상이지. 이렇게 서로가 공의롭게 되어있는 공적의 자유가 공급해 낼 수가 있다 이런 말이지. 무한히 내놓을 수가 있는 것이 불토에서 발사하면 생 공기 생 바람이 합류되어서 생명에 바로 공기와 서로 합류일치 되어서 발사 됨이니라. 이렇기 때문에 압력과 기체와 모든 것을 낼 수가 있다 이런 말씀의 참뜻이니라.

이것이 바로 체가 없지만 이렇게 와성으로서 조화로 살 때 와 조화자로 살 때가 다른지라. 이때에도 체는 없지만 우리 그 조물주는 아주 흠모하며 정신과 마음으로 서로 흠모하고 서로 사랑하고 그 조화로서 주고받는 진지함이 정말로 만족하고 흡족한지라. 이럼으로써 그 흠모하는 그 정신과 마음이 일치 일심정기로서 자유 되는 모든 것을 어찌 다 헤아릴 수 없다는 것을 생각해보자. 불변불로서 흠모하는 것과 흠모하니 흠뻑 하는 것과 아주 만족한 것과 흡족(洽足)한 것이 아주 무한한 무로도 무지. 이렇게 오랜 세월(歲月)을 지내면서 생각하고 생각해내서 무로서 형성과 형상이 존재할 수 있고 형성과 형성이 동화일치하고 생물은 생물대로 동화일치 작용하고 천지조화를 임의대로 낼 수가 있지. 이때에는 지닌 것은 지닌 것대로 무로서 모든 것을 음양(陰陽)의 이치(理致)로서 그 의미(意味)로서 법도(法度)로서 법률(法律)로서 되어있다.

왜? 법과 법률이 들어가는가 하면 음양을 냈기 때문이다. 그 음양을 내서 사랑의 고하고지를 알아야 하고 체계 조리를 알아야 하기 때문이지. 이런 것이 모두 나와 너희 조모가 낸 것이지. 너희 조모는 조모대로 나를 흠모하고 사모하며 흡족하며 흠뻑 하며 만족하며 또 이렇게 서로 조화로서 주고받는 그 사랑은 헤아릴 수가 없었다. 이런 말씀이지. 이것은 바로 그 천살도와 천살의 결백이 모두 눈부신 핵과 같은 것이요 또한 갖가지 조화는 정신도 조화요 마음도 조화요 음양도 조화요 또한 생명도 조화요 공기 산소가 다 조화니라. 이것은 모두 무한한 신비로운 것이요 신비다. 우리가 생불 체에서만 서로 조화로서 흠모(欽慕)하는 것과 사모(思慕)하는 것으로 즐길

것이 아니라. 모든 것을 창설해 낼 수가 있어서 독창(獨創) 관을 내고 이룰 수가 있는 조화로서 모든 것을 자유하기 때문에 지닌 것은 지닌 것대로 무요, 가진 것은 가진 것대로 무라는 말씀은 갖춘 것을 가졌다고 하는 것이요, 이용해서 써야 되기 때문에 갖추어야 되지 않겠는가를 생각하여보잔 말씀의 뜻이니라.

너희들이 이 무지들아 너희가 아는고? 왜 천도문이가 어떤 분인가를 한번 생각해보란 말이지. 천도문이 하시는 말씀이 사불님을 알면 스스로 너희들이 나를 알 것이니라. 이런 말씀의 그 깊고 깊은 것과 넓고 넓은 것과 높고 높은 것을 한번 헤아려보면 스스로 반성(反省)하고 회개(悔改)하고 뉘우쳐서 반성문이 활짝 열렸으니 바로 회개할 것이요 뉘우침을 흠뻑 함으로써 자연히 모든 살아가는 이치와 의미를 알 것이니라. 이런 뜻이니라. 알겠니? 이렇게 딱 해놓으셨잖아. 그러니까 당신 자리는 안정(安定)하는 것이지. 그래야 또 생불체 하나를 이루니까 그것을 가지고 이용하셔야 하잖아.

그런데 인간들은 욕심을 어느 정도 내야지 욕심을 아주 흠모하고 사람들이 욕심을 흠모하고 돈을 흠모하더라고. 도대체 왜 돈을 흠모하는 거야? 돈을 흠모하면 자연히 욕심이 생기는 거야. 정신과 마음이 조화요 음양도 조화요 힘도 조화요 갖가지 조화를 다 맞추어 주셨어. 그러면 우리가 오향정기를 타고났는데 우리가 지구를 닮아서 둥글게, 둥글게 생겨서 여기다가 비 오면 눈썹을 이렇게 세우셔서 나게 하면 비가 오면 골이 생겨서 냇가로 흘러내려 가게 하고 속눈썹을 세워서 눈 다칠까 봐 티도 안 들어가게 만들어놓고 코도 좋지 못 한 것이 들어간다고. 콧구멍에 나팔이 있고 이 안에 또 나팔이 있어요. 그러면서 수염을 전부해서 세워났지. 귀도 먼지 들어간다고 귀마개를 전부 해놓았단 말이야. 얼마나 기묘(奇妙)하게 우리 몸뚱이가 과학(科學)으로 이루어졌는지 모른다.

염탐(廉探)하려고 알아보려고 오는 사람은 가버려라. 귀신 붙은 사람이 오면 여기 못 견뎌. 그러니까 나는 사람 많은데 망신 잘 주는 사람이야. 난 욕 먹을 것을 각오한 사람이다. 사람을 만들려니까. 사람 많은데서 망신을 주면 인사 잘못하면 많은데서 가르치면 그 사람이 창피해서 다시는 안하는 사람이 많아. 그런데 태만(怠慢)한 정신은 아무리 망신(亡身)을 주어도 나를 원망(怨望)만 하지 행치는 안하면서 자기 잘못한 것을 생각을 못해. 항상 자기를 반성하고 뉘우쳐 회개할 수 있는 자가 되어봐라 이거야. 어제 저녁에 하나님께서 이런 말씀을 하셨다.

계속 이렇게 오셨는데 이제 여기 먼저 오신 그 도인(道人)님들이 선관님들이든지 내가 너희들 교훈 가르치는 것은 끝났다. 하늘에서 오신 선관님은 나이가 없는 분이야. 무한도로 사시는 생불이야. 그래서 선관님들 이분들이 어제 있던 분은 어제 상 받으시고 하늘로 가신 거야. 가시고 여기 오신 분이 또 이 집을 이 판문점을 지키고 계시는 거야. 여기다가 하나님께서 강림을 하셔서. 악별성이 분주하니까 그리고 누가 매복(埋伏)하고 있냐면 산신(山神)들을 매복시키려니까 안 되어가지고 천사(天使)님들이 전부 이 집을 매복(埋伏)하고 있어. 그전에는 산신(山神)들 도인(道人)들을 시켰는데 이제 딱 변경되었어. 먼저 행사 때서부터 전부 신성님들이 매복(埋伏)하고 있는 거야. 그 사람들도 다 천사(天使)들도 신성(神聖)이다.

그러니까 그분들이 여기 매복하고 다 계시다. 그래서 앉아서 수 천만리를 보시고 서서 한없고 끝없이 내다보시는 분들이야. 너희들이 내 말을 확신(確信)한다면 너희 믿음도 확실(確實)히 컸을 거야. 뭐 그럴까 봐? 저 정신이 어두운 것은 생각지 못하고 저 정신이 어두워서 조화를 조화대로 이용해 못 쓰는 거야. 너의 정신과 마음도 이용해 못쓰니 육신이 행해져? 안행하지. 가시고 지금 오신 나이가 없는 생불들이 조부님(하나님)을 모시느라고 와계시고 또 신성님들이 와계시고 당신 자손들을 다 후손들을 데리고 와서 계시는 거야. 갔다가 왔다가 하시고 나는 조부님이 도망가시지 않나 하고 늘 이러니까 늘 내 곁에 계시고 또 그렇다고 한 군데만 가만 계시는 분이 아니야. 왔다 갔다 활동하시는 분이야. 생 공간에. 이 생 공간이 얼마나 먼지 당신이 가도 1시간을 가신데요, 여기 지금 이 궤도를 벗어나 저 궤도를 가시는 것은 1초에 가시고 짝 가신다.

조부님(남 하나님)과 조모님(여 하나님)이 이런 말씀을 하셨어. 야, 천도문아 네 그러면 이제 때가 다 왔느니라. 세상은 전쟁만 하다가 불쌍한 인간들이 초개같이 죽어버리고 인생이 어떻게 생각하면 가련(可憐)하지만 옥황이 용녀가 만들어놓은 그 죗값을 인간이 모두 받고 있다 이런 말씀이야. 우리 집에 다니는 가정 식구들도 평탄하지 않다는 거야. 이러니 어떻게 저 찬란한 곳에 갈 수 있겠니? 부지런히 갈고닦으라고 해라. 누구누구 이렇게 말씀하시는데. 어쩌면 그렇게 미개(未開)한지 어둠에 깜깜 이야. 그러니까 누구나 물론하고 마음먹기에 달려있다. 마음을 잘 먹음으로써 그 마음의 빛이 광명(光明)으로 나타날 것이니라.

마음의 빛이 광명으로 나타나면 그 영광이 영광도로 변할 것이라고. 이제 어떻게 하냐면 지금 기도도 안 하고 말씀도 선포도 안 하고 이렇지만 천도문은 그것 때문에 걱정치 말라는 거야. 인간이 살면 몇 사람이나 살겠니? 사는 자는 바로 현명(賢明)한 자야 된다. 이런 말씀이야. 무조건 성으로 데려간다 할지라도 생불 체 들어가면 그 재생이 어렵다는 거야. 그러니까 너희 정신과 마음을 헛되게 먹지 말고 항상 맑고 깨끗한 마음을 가지고서 살라. 의심하지 말라. 내가 살아있고 내가 만들어놓은 창조물(創造物)이 전부 생동(生動)하고 있지 않느냐 말이다.

그래서 생은 힘이 생명이야. 그리고 그 무한한 생의 생명은 바로 조화인 거야. 아주 근원의 조화 그 근원의 조화가 얼마나 귀하냐 말이야. 내가 접데 테이프를 받았는데 책이 나왔어. 생태기 생태계가 아주 구체적으로 나왔어. 이거 이제 다시 수정해놓으면 책이 되는데 어느 사람이 어느 과학자 어느 학자가 이 소리를 아니라고 할 수 없다고. 내가 학문으로 받으면 하늘의 말씀으로 (왜이나이내스라이낼래매) 이러면 그 무슨 말인지 알겠니? 그런데 당신은 분명히 독창을 하셔서 독창 관을 내서 모든 원료를 내놓고 인간이 그 못 돼먹은 인간도 다 살게 만들어놓으셨다는 거야. 근원(根源)이 없으면 원인(原因)이 어디 있고 원인이 없으면 결과(缺課)가 어디 있고 결과가 없으면 결론(結論)이 어떻게 지어져 있느냐? 그러니까 그 결론은 무형과 유형이 서로 조성(造成)하면서 이 세상을 유지해 나가는 거야. 무형실체, 실체 힘이 실체로 살아있다. 생명을 지니고 살아서 생동(生動)한다.

이럼으로써 생동감(生動感)이 끓어 넘쳐흐르고 유형실체 모든 생물이 다 동화작용 일치하고 힘은 다 서로 상통자유하며 조성하고 인간은 상대를 조성하면서 인격을 나타내고 자기 인격을 지켜서 모든 것을 현인으로 살아야 한다 이거야. 너희들이 괜히 발 끄트머리를 따라가? 옳은 자들은 듣기 싫은 소리를 해도 차분히 앉아서 자기가 무엇을 잘못했는지 반성을 하고 다시는 그것을 회생하지 말아야지 이렇게 생각하고 있다고. 여기서 나가면 문 앞에서 싹 잊어버리고 언제 봤더냐? 세상으로 다시 돌아가니까 만날 도로 묵이야. 그러니까 사람이 그 모습이 모든 것이 자기 내적으로 모든 것이 저지른 것이 육적에 살색으로 다 나타나는 거야. 그리고 눈에서 다 나타나고. 그래서 아는 자를 속이지 못하는 거야. 그래서 진실(眞實)만이 통(通)할 수가 있다.

진실(眞實). 순리(順理) 정연(井然) 자유자재 원도 자 진실한 곳에 결백이 있고 결백한 곳에 뭐든지 순리가 따르고 순리가 따르는 곳에 모든 법도가 이행하고 전개(展開)할 수 있는 능력자(能力者)가 되는 것이지. 눈 감고 아옹(阿翁)하고 속으로 다 해 먹고 앉아서. 구강(口腔)은 혓바닥 다 들어가지. 그래서 정신의 표현이나 마음의 표현이나 이것은 구강(口腔)으로 표시(表示)를 해낸다. 또 한 가지 왜 그럴까? 우리는 정신일도(精神一到)를 하는 자들이요 정신일도를 해야 만이 하나님과 주고받을 수 있다는 것을 분명히 잊지 말아야 한다. 왜냐하면 우리가 정신을 잘 써야 되고 마음을 잘 먹어야 된다. 정신을 잘 쓰고 마음을 잘 먹음으로써 일심정기가 일심일치로 이루기 때문에 정신일도(精神一到)가 된다. 이렇게 하면 육신의 정기(精氣)까지 다 들어간다. 내적(內的)의 정기 외적의 정기가 다 들어가기 때문에 이렇게 우리가 정신을 잘 부릴 수 있는 우리 그 정신(精神)의 원문(原文)자가 되어야 한다.

정신의 원문자가 되어야 만이 그 원문이 굉장히 남이 생각지 못하는 것을 생각해야 하고 남이 이해치 못하는 것을 생각해야 하고. 남이 그 아주 아무것노 모르는 섯을 우리는 알아야 하고 생각지 못하는 것을 생각해야 하고 남이 이해치 못하는 것을 생각하고 이해할 때 항상 정신과 마음이 광대 광범(廣範)함으로서 그 무한한 정신에서 원문으로 원문에서 원리로 원리에서 논리로 이렇게 펼 수가 있다는 거야. 우리가 정신을 잘 부릴 수 있는 능력을 가지란 말이야. 정신을 잘 가다듬어서 잘 먹으면 우리가 정신을 부릴 수 있는 능력이 생긴다. 그럼 무한한 정신세계를 알 수 있다는 거야. 그래서 정신의 원문이다. 이렇게 말하는 거야. 정신을 잘 부림으로써 정신의 요소를 아주 잘 응용해 쓸 수 있는 그러한 정신을 내라 이거야. 그럼으로써 그 정신에서 나온다. 나옴으로써 원문이라는 것은 무한히 정신세계를 넓히기 때문에 그 정신(精神)세계(世界)를 알 수 있다.

이럼으로써 그 원문에서 원리를 낼 수가 있다는 거야. 원리를 낸다는 것은 원문에서 그 원리를 내놓기 때문에 보이지 않는 것을 느낄 수가 있고 또 그 보이지 않는 모든 것을 이행할 수 있는 이러한 능력이 생긴다는 거야. 이럼으로써 용기를 북돋아 주는 거야. 용기를 북돋아 줌으로써 마음에서는 본문을 낼 수 있는 사람이 된단 말이야. 본문은 어떤 것이냐? 굉장히 광대 광범(廣範)하고 웅대 웅장하고 그 평청 평창하고 이러한 거대한 이치와 의미를 깨달았을 때 사물의 주인이 될 수가 있고 만물의 근원의 이치와 의미를 깨달을 수가 있다. 이럼으로써 무한한 학문자가 된다는 것을 알아야 하고 이럼으로써 본문에서 뭐를 펴느냐 하면 논리를 편다.

논리를 펴면 유형실체에 곧 형성(形成)이나 형상(形狀)이나 형성이 이렇게 장을 내려 핀 것과 형상이 존재하는 것과 모든 것을 상하를 분별하고 고하 고지를 알아서 모든 것을 자유자재 할 수 있는 능력을 갖춘 자기 때문에 원문도 내가 낼 수 있고 본문도 내가 낼 수 있고 원리도 내가 낼 수 있고 논리(論理)도 내가 낼 수 있고 본질의 질서를 유지할 수 있다. 본질의 질서는 어떤 것을 말하느냐 하면 갖가지 모든 것을 천연으로 이루어진 것이 아주 쉽지 아니하고 생명을 지녔기 때문에 살아서 활동하고 자기 자리에서 자기 위치가 당당하게 그 명예를 나타내면서 아주 완성으로 일획도 일점도 더하고 덜함이 없는 불변불로다가 지속연속으로서 생동하기 때문에 생동감이 끓어 넘치는 이치와 의미를 깨닫는다. 이런 말씀이야. 앞으로는 학문으로 배워야 한단 말씀이야. 이럼으로써 천지간만물지중이 음양 지 이치로 이루어진 사실을 사실대로 알아서 내 본능을 지켜서 이행할 수 있는 능력자가 되라는 말이야. 내 말은. 올해는 91년도기 때문에 이런 말씀이야. 이런 말씀이 있잖아. 항상 화평하게 살아라. 화평한데서 모든 포근한 분위기가 있고 화평(和平)은 편안(便安)한 것을 말한다. 그럼으로써 분위기가 포근하다.

이것이 자꾸 연결 지어서 연결(連結)되면 연관(聯關)으로 되어있기 때문에 무한 도라는 것을 우리는 분명히 알아야 되겠다. 이런 말씀이야. 이게 무슨 말씀의 뜻인가 하면 항상 하나님께서 최초(最初) 전(前)에서부터 무를 내놓으셨기 때문에 그 무에서 무가 나왔기 때문에 우리도 그 무를 이행하여야 한 단 말이야. 그 무를 현존(現存)함으로써 모든 것이 완벽하다는 것을 잊지 말라. 아주 질서(秩序)와 정연(井然)과 조리(條理)와 단정(端整)과 그 완벽(完璧)성을 잊지 않을 때에 우리가 술에 취해 몸을 이성을 잃어버리지 아니하고 또 입으로 구강(口腔)으로서 그 좋지 못한 담배의 니코틴을 이 세부(細部)조직(組織)에다가 힘살에 전부 주어서 아주 좋지를 않아. 그러면 그것은 나의 생명(生命)을 재촉하는 것이다. 이런 것도 모른다는 거야. 그것을 그런 행동을 일절 안한다는 것을 잊지 말라. 우리는 옳지 못한데 가지 아니하며 옳지 못한 것을 듣지 아니하며 옳지 못한 자리에 갔더라도 옳은 소리를 해서 인도(引導)할 수 있는 자가 되어야 하고 따라서 옳지 못한 것은 버리고 옳지 못한데서도 좋은 것이 있으면 내가 가져야 하고 옳지 못한데 가서 같이 합류되어서 하면 못 쓴다 이런 말씀이다.

자기 정신과 마음이 흔들이는 짓은 하지 말자. 천연(天然)으로 이루어진 그 천륜(天倫)의 자유의 그 본문(本文)의 본질(本質)은 질서를 유지하시고 아주 변치 않는단 말이야. 불변불로다가 변치 아니하고 지속연속으로서 아주 질서를 지켜 이행한다고. 아주 자연 스스로 이런 것을 생각하고 깨닫는다면 어찌 좁은 마음이 일어나고 짧은 마음이 일어나겠는가를 한 번쯤 헤아려 보아라. 이런 거야. 뭐든지 배우지 않았을 때에는 몰라서 아주 무지(無知)하겠지만 배우면서 무지한 것은 그것은 사람이 아닌 거야. 그것은 사람의 도리(道理)를 지키지 아니하기 때문에 사람이 아니라는 것을 잊지 말라. 그래서 정신을 내고 들이는 것은 못하겠지만 자기 정신을 어쨌든지 맑게 할 수 있는 것은 정신세계야. 정신세계를 광대(廣大) 광범(廣範)하게 펴려고 노력을 해. 그런 관념(觀念)이 있어야 된다는 거야. 그런 관념이 사상으로 꽉 들어가 맺혀있어야 한다.

  그럼으로써 그 정신은 항상 밝은 대로 이행(履行)하기 때문에 정신은 항상 아름답고 찬란한 거야. 그 정신은 아름답고 찬란하다. 왜? 그 정신은 조화다. 정신(精神)은 첫째 조화(造化)다. 그 조화를 펼 수 있는 능력자(能力者)가 바로 존재(存在)인이라는 것을 잊지 마라. 또 한 가지 마음도 조화(造化)다. 그러면 정신과 마음이 조화지. 그 사이에 끼어있는 음양도 조화(造化)라는 것을 잊지 마라. 항상 조화에는 생이 따라다니고 아주 무한한 생소한 과학(科學)을 전진(前進)자유(自由) 해 내놓는다는 것을 잊지 말라. 우리 정신세계를 무한히 펴면 아주 과학을 무한히 낼 수가 있어. 그리고 마음에 세계를 아주 광대 광범하게 펴면 아주 완성자요 그렇게 완성자는 못 되더라도 우리가 정신과 마음의 세계를 펼 수 있는 이러한 존재인이 되려면 정신의 관념과 마음의 관념이 아주 사상으로 박혀서 사람이 옳지 못한 것을 행하지 않기 때문에 그자는 항상 편안한 마음에 안식을 정한다는 것을 잊지 말아야 하고 정신의 마음과 마음의 본문(本文)을 이행할 때 아주 자유자가 된다는 것을 잊지 말라.

그것은 근원을 닮아서 그 근원을 표시해내는 것은 바로 우리 정신과 마음이다. 이럼으로써 항상 우리 사는 데는 원리와 논리로 펴서 겸손(謙遜)하게 살아라. 사람이 정서적으로 살아야 하고 정서(情緖)적으로 가르쳐야 되는데 툭하면 욕이나 퍼대고 이러는데 어떻게 정서(情緖) 자가 되겠느냐? 이렇게 말하는 사람이 있는데 정서 자가 어떤 자가 정서 자냐? 정신의 세계를 광대 광범하게 개방을 시킬 수 있고 추진(推進)자유 할 수 있고 이래야만이 되고 또 본문의 무한한 그 아주 자기 본능(本能)을 지켜서 아주 수려한 자. 그 수려한 자가 되어야 한다. 그 수려(秀麗)한 자가 되려면 뭐를 알아야 수려(秀麗)한 자가 되지 알지 못하는 자가 수려하겠어? 이럼으로써 원리(原理)와 논리(論理)를 펼 수 있는 능력을 갖춘 자는 자유자다. 왜 자유자냐? 그자는 어디 조건에 걸린 데가 없어. 잘못한 일이 없기 때문에 남한테 헌신하는 마음. 남을 사랑하는 마음. 남을 은혜(恩惠)를 하는 자. 사랑하고 남을 거두어주고 부모의 심정을 지니고 은혜 하는 자가 어찌 나쁜 자가 될 수 있는 자가 되겠는가 말이야. 너희들처럼 혼자 먹고 혼자 먹지 마라. 그것은 피가 되고 살이 안 된다. 항상 넓고 깊은 마음을 가져야 한다는 것을 잊지 마라. 온전한 자가 되라. 많이 배우면 배울수록 순수하라. 많이 배웠기 때문에 안다 이거야. 많이 배우면 배울수록 소박하라.

소박하여야 만이 그가는 온유(溫柔)겸손(謙遜)한 자요 따라서 그야말로 정서적으로 능력을 갖춘 자기 때문에 미친 자가 되지 않아. 여자나 남자나 한 여자를 지키고 한 남자를 지켜야지. 여자가 죽었다고 금시 장가가면 그 남자는 타락(墮落)자다. 왜 타락자냐? 이 사람 건드리고 저 사람 건드리고 그랬으니까 자기 그 진액(津液)이 다 빠지고 거기다가 그 정신이 헛들어지기 때문이야. 그것이 온전치 못한 자다. 어떻게 그런 자가 정서(情緒)란 말이야. 정서가 어떻게 되어서 정서냐 말이야. 정서 자는 자기 마누라 죽으면 3년 전에는 장가갈 생각 안 해. 눈망울도 안 꺼졌는데 장가가려는데 정서자야? 그는 바로 죽은 자지 산자가 아니니라. 어찌 하늘 문을 열어있는데 그 하늘 문을 바라고 갈 수가 있고 하늘에 법도를 지켜 이행하겠느냐 이런 말씀이다.

어찌 천지지간만물지중이 천연의 이치와 의미로 딱 불변불로 본문의 질서를 유지하는데 자기 신분을 그렇게 더럽히면 더러운 사람밖에 안 되는 거야. 깨끗한 사람이 못되고 더러운 사람이 되는 거야. 너희들이 그렇다고 장가가지 못하는 것도 아니요 시집가지 못하는 것도 아니다. 자기들이 지은 죄를 다 값을 수 없다면 하나라도 지켜가야 할 것 아니야 이런 말이야. 원리를 이러한 천문(天文)의 원리(原理)를 알고 천주의 새 말씀을 새롭게 듣고 이행치 못하는 자가 어찌 살기를 바라겠는가? 이런 말이야. 천지가 울 때가 있다. 왜 천지(天地)가 울겠는가 말이야. 너 귀에는 안 들려도 내 귀에는 천지가 밤낮 우셔. 하나님이 우시고 할머니가 우시면 하나님은 천문학(天文學), 할머니는 지리학(地理學), 우시니까 천지(天地)가 우시는

160

데 그 천지가 우시는 것을 너희들이 알아? 왜 우시겠어? 피땀 흘려서 피골이 상집도록 남들이 자는 밤에 잠을 자지 아니하고 애써서 모든 것을 갖가지 과학(科學)과 학문을 발견해서 주면 그 중심체 천도문이를 고맙게 생각하고 은혜(恩惠)를 베풀어도 신통(神通)치 않은데 그렇게 하면 쓰겠어? 조부님 조모님은 슬프시다. 고 하신다.

내가 또 이렇게 늘 학문(學文)으로만 너희들한테 말을 해봐라. 공부 배우지 못한 사람들은 저게 무슨 말인가 하고 알아나 듣니? 이것을 해명해도 잘못 알아듣는데. 여기 원문(原文)을 해명하려고 해도 한없고 끝이 없어. 본문을 해명하려고 해도 한없고 끝이 없어. 그러니까 정신세계를 개방(開放)시키고 정신세계를 넓히고 정신세계가 무로 펴진다는 거야. 천연의 자유가 천연으로 이루어진 천륜(天倫)이 완벽한데 어찌 나를 속이고 뭐든지 될 수가 있겠는가 말이야. 나는 지금 너희들을 죽이려면 얼마든지 죽여. 내가 손가락 까딱 안하고 정신과 마음을 딱 먹으면 탁. 우리 상징적으로 말을 해보자. 너희 개미를 한 마리 죽인다고 해보자. 그까짓 개미 탁하면 죽지? 또 그런 것과 같이 너희들이 어디가 잘 난 데가 있어? 너희들이 정신세계를 밝게 해서 밝게 펴고 아주 놀라운 기적(奇績)을 나타내서 그야말로 흠모(欽慕)할 수 있는 그런 효율(效率)을 나타냈다면 내가 너희들을 존경(尊敬)해. 이것은 들을 때만 나타나고 듣고 나서는 다 까먹고 그게 사람이야? 우리 정신은 항상(恒常) 살아있다.

정신이 살아있음으로써 마음도 살아있고 마음도 살아있음으로써 생명도 살아있고 생명은 어디서부터 왔어? 하늘에서 주기 때문에 살고 있잖아. 생명이 살고 또 모든 것이 살아있어. 사람이 근원과 근본을 지키는 자는 복이 있나니 천국이 내 것이기 때문에 너희 것이니라. 또 요새는 이런 말씀을 하신단 말이야. 복(福)이 있나니 그 복(福)은 내 것이기 때문에 너희 것도 될 수 있느니라. 자, 있느니라. 소리와 될 수 있다는 소리가 어감이 다르단 말이야. 이게 벌써 말씀이 다르단 말이야. 그만치 하늘과 땅 차이야. 지금 때는 이 말이 아이고, 무조건 도(道)도 안하고 가겠구나! 이렇게 생각하면 안 되지. 정신과 마음을 갈고닦아야 한다. 인간은 환경(環境)의 지배인(支配人)이다. 환경에 지배를 받는 것이 인간이요, 하늘사람들은 자유(自由)자기 때문에 환경(環境)의 권위자(權威者)다.

내 말 한가지로 이 지상에 살아도 어느 곳에 가든지 어느 좌석(座席)에 앉든지 답답하지 아니하고 서로 학문으로 문답(問答)할 때는 학문으로 문답하고 모든 이치(理致)와 의미(意味)가 어긋나지 아니하면 그는 바로 진리(眞理)자라고 내가 항상 말을 했지. 그렇게 들으면서도 공부 안하는 속은 무슨 속 아지냐? 그런데도 듣지 않는 것은 무슨 심통(心統)이야? 좋게 자꾸만 가르쳐도 안하니까 이제부터 나는 소소한 말을 안 한다. 학문만 말할 거야. 가르치는 것도 학문으로만 할 거야. 그러면 답답할 것이다. 아주 내가 저런데 사람이 몇 천 만 명이 모인데 가서는 학문으로 하지만 너희 같은 애들한데는 학뷴으로 하기가 싫어서 거저 알아듣게 쉽게 말하지만 하도 그래서 다음 주 에서부터 학문(學文)으로만 하면 답답한 것이 많을 것이야. 그럼 안 풀어줘. 그럼 뭘 알아. 정신세계를 개방시키라는데 원문으로 개방시키면 그다음 원리를 낼 수가 있다는데. 정신세계를 개방시키면 원문(原文)을 낼 수가 있다는 거야. 그럼으로써 마음의 본문(本文)을 개방시킴으로써 마음이 논리(論理)로 낼 수가 있다는 거야. 어디 인간이 정서? 어느 내 앞에 감히 그런 말을 하고 있어? 정서 자는 진노(震怒)할 때 진노하고 욕할 때 욕하고 때릴 때 때리고. 왜? 그때그때 상황(狀況) 따라 하는 거야. 알기나 하고 욕쟁이라고 해라.

얼마나 모르면 욕쟁이라고 하니? 욕하는 것만 듣기 싫다고? 너희들이 어디 잘나서 내 앞에서 까불어. 나가서는 흉보고 실컷 와서 좋은 말을 가르치면 고맙다고 못할망정 집에 가서 속삭거리고 웃고. 저것들 때문에 자꾸만 욕만 배웠다고. 잘 배운 놈도 틀리면 엄마(천도문)한테 지독(至毒)하게 맞는 줄만 알아라. 내가 피땀 흘려 공부해서 공부를 가르치면 고맙다는 말은 못하고 그런. 진짜 바로 가르치는 나보고는 욕쟁이라고 해? 앞으로 너희들 필름 보면 기가 막힐 것이다. 내가 하나하나 기억(記憶)해놓았어. 어떻게 쓰느냐 하면 환희 봐라. 이렇게 해서 요기다가 땅 찍어서 낸다. 내가 볼 때에는 똑같이 사랑하지만 그런 것은 용서(容恕) 안 한다.

하나님 모독(冒瀆)한 것은 용서(容恕) 안 하고 날 욕한 것도

163

용서 안하고 딱딱 가위표 거서 밑에다가 도장(圖章)을 꽉 찍어 놓아. 그러니까 내가 아무쪼록 너희들 필름 보면 망 직할 것이다. 사람이 살아가는데 옳게 살려고 애쓰는 사람이 있는 줄 아니? 그저 돈 많이 벌려고 욕심내는 것밖에 없어. 그래서 못돼먹은 것은 자기가 못돼먹었지 내가 못돼먹었니? 나야 가르치느라고 똥만 싸고 욕만 실컷 먹는다. 훈장(訓長) 똥은 개도 안 먹는데 하도 타가지고 나와서. 내가 훈장(訓長)에 비유하겠어? 저런 것들을 가르치느라고 내 똥이 새까맣게 나올 때가 있어. 에이 못돼먹은 것들. 너희들은 정서(情緖)로 사니? 나는 정서로 살 수 있는 능력(能力)이 있다 만은 너희들이 살 수 있어? 말해보라.

내 앞에. 사람 만드는데 목적이 있는 것이지 몽둥이로 안 맞은 것을 다행이라고 여겨라. 내가 간밤에 받은 것이 있는데 비몽사몽간에 받았는데 나는 날 새워서 새벽에 받았는데 그렇지 않으면 한밤중에 받은 것을 말하랴. 새벽 2시 3시 5시에 받는 것이 딱 정확(正確)한 거야. 그래서 내가 상에 올리는 것도 낮에 올리는 거야. 귀신은 밤에 올려야 받지. 받는데 보니까 너희들이 하나하나 마귀들이더라. 이 마귀들이 하나하나 나한테 쏘는데 대단하더라. 대단한 마귀들이다 모두. 이러니 내가 요런 마귀들한테 조건을 잡히면 무리를 일으키며 대들 거야. 저 입들을 보라고 얼마나 썩은 입인가? 저 입들이 썩고 썩다 고름냄새 나는 입들이 모두 앉아서 난체하고 너희들이 하나하나가 냄새나고 내 좋을 게 뭐 있어? 욕심 냄새 논 냄새 아주 쿠린 냄새만 잔뜩 나는 것들이. 그렇게 난체하면 되겠어? 조그마한 것들도 그래. 욕심(慾心)이 더 있고 덜 있고 그래. 욕심이 차 있으면 고린내가 나는데 그래도 내가 너희들 놓고 말씀을 하는 거야. 절대로 나한테 잘하려고 하지 마라. 앞으로도 한 번 잘못한 사람이 다시 돌아오지 아니한다. 하나님한테 잘해 이제. 나는 바라지도 않아. 믿지도 않아. 하나님한테 잘해. 그러면 나를 알 날이 올 것이니라. (와이내나.) 지금 천도문아 내가 너무너무 분개(憤慨)해서 하는 (하나님) 소리다. 이렇게 말씀하신다.

왜? 조부님(하나님)이 얼마나 분개하면 설교하다 말고 나오셔서 야단을 하시겠어? 꼭 내 말 같지? 내 눈을 보아라. 내가 하는 말인가? 거지 발 싸게 같은 것들이 모여서 무엇을 하는지 모르겠어. 저속은 다 썩어있어 가지고 내 품으면 그런 소리는 듣기 싫어가지고 안 들으려고 하고 저 잘못한 것은 생각지 아니하고 바보 연놈들 너희들이 나처럼 되어 봐라. 얼마나 사랑하겠니? 얼마나 잘 통하겠니? 너희끼리 몰래 해? 몰래 해도 다 알고 있는데 환장을 하겠다. 이러니까 너희들은 매 안 맞는 대신 욕이나 꽉 처먹어라. 소림사에서 발자국을 띠는데 띠는 데마다 돌이 쑥쑥 들어갔데! 그렇게까지 가르치려면 그 스승이 매도 때리기도 하고 발로 차기도 하고 다 배웠을 때에도 얼마나 시험을 많이 뜨는데 물에 가서 2시간 3시간 두 무릎 꿇고 합장 배례(拜禮)하고 앉아 있으라고 하면 앉아 있어야 한다. 아주 거기는 춥기나 여간 추워? 대문밖에 앉아서 참회(懺悔)하라면 참회하여야 해. 그렇게 공부하는데 너희들은 얼마나 쉽게 해? 아주 좋게 풀어놓으니까 그런데도 욕 안하고 되겠어? 인간인데. 그래서 조그마한 애들을 많이 갖다가 기른 다는 거야. 그런 것을 한번 생각해보란 말이야.

그 발자국마다 음폭, 음폭 들어가게 그렇게 돌이 들어갔으 니 얼마나 도(道)를 했겠어? 그럼 그것이 저절로 되느냐고? 선생 입이 마르고 닳도록 선생 정신이 마르고 달토록 다 그렇 게 가르치는데 어쩌면 너희는 그렇게 무지(無知)하냐고. 너희 들이 욕한다고 하면 내 더할 거야. 세상에 알지 못하는 욕을 더 할 거야. 연놈들아 배가 툭 터지도록 욕을 처먹어라. 이제 서부터 우리가 학문(學文)을 배우자. 우리 정신세계는 원문(原 文)이고 마음세계는 본문(本文)이고 또 그 원문에서 원리를 펴 내고 마음에서 논리(論理)를 펴낸다는 것을 잊지 말라. 이제 이렇게 했으니 너희들이 알아서 하라. 그리고 한차례 씩 욕을 처먹어야지. 마음을 고칠 때까지 욕을 먹고 그것도 안 들으면 설교막대기로 맞아야지. 내가 욕할 때 희미(稀微)하게 듣는 놈. 누구라고 말을 안 해. 그다음 우리 욕먹어도 싸지. 이렇게 생 각하는 사람도 있어. 자, 지금에서부터 우리가 배운 것이지만 생태기를 저번에 조금 배웠지. 생태계를 배우자. 편안히 앉아. 다리 아프면 편안히 앉아. 꼬부리고 앉을 필요가 없다.

하나님께서는 처음 전에는 생태기를 내놓으시고 생태계를 내실 때 아주 획기적(劃期的)으로 나타나셨어. 그것은 생태계의 근원(根源) 원문(原文)은 어떤 것인가 하면 벌써 원문하면 무로 들어갔다는 것을 알아야 해. 이때에는 당신께서는 생생문 4위 기대를 세우시고 갖가지 생을 합류하여 낼 때지. 이때에는 생태계는 바로 행이다. 행과 생과 핵이 한데 합류로 이루어져 있는 행인데 이 행도 역시 둥근 타원형(橢圓形) 같으니라. 둥근 타원형 같은데 이때에 나는 4위 기대를 내서 아주 육지 같게 튼튼하게 생을 내렸지. 이때에 나는 4위 기대를 내 세웠고 너희 조모는 태반태도 원태도를 이루실 때지. 이때에 서서히 모든 것을 생태기 때에 다 생각해냈기 때문에 이것을 획기적이라고 하는 것이요 획기적이라고 하는 말씀의 뜻이니라. 행을 서서히 벗어 거둬갈 때에 갖가지 원료를 낼 수 있는 생들이 행 속에 들어있고 갖가지 핵이 들어있었지. 이 핵들은 모두 완벽절대요 이럼으로써 갖가지 광선(光線)이 모두 오색찬란(五色燦爛)한지라. 이럼으로써 서서히 행이 거둬 치는지라.

이때에 생불체를 이룰 때인데 이때는 너희 조모는 생판을 지층으로 쌓아 올리며 평청을 이루실 때에 조모는 4해8방4문을 열고 이럼으로써 그 생판들은 모두 완벽하게 둥근 타원형 같이 형태를 만드는 때지. 이때는 내가 할머니 말씀이야. 내가 아주 세심소심하게 모든 것을 완벽절대하게 내기 때문에 불변불이라고 하는 말씀이지. 이럼으로써 그 판 하나하나가 모두 귀중함으로서 성기선을 세부와 조직으로 징을 팼고 또 세내 조직으로서 모두 장을 펴놓은 것을 보면 너희들이 알아듣기 쉽게 컴퓨터라고 하지. 이때에 나는 평청을 이루어 완벽절대하게 태반(胎盤)을 이루었지. 이럼으로써 나는 어머니 사명으로서 근원(根源)에 원료(原料)에 천심(天心)의 천륜(天倫) 천정(天情)으로서 모든 것을 귀하고 귀중(貴重)하게 간직할 수가 있었다. 이런 말씀이니라.

이것은 바로 생태계를 창조(創造)해낸 것이니라. 생태계를 창조해놓고 본즉 아름답고 찬란(燦爛)하며 무한정한 무로다가 이루었더라. 갖가지 모든 것은 완벽한 효율로 나타났지. 이렇기 때문에 아주 통쾌하고 상쾌(爽快)하며 만족(滿足)하고 흡족(洽足)하였더라. 왜냐하면 이 무한한 학문이 모두가 불변(不變)절대(絕對)이기 때문이지. 갖가지 생과 생이 서로 숨 쉬고 살아 활동한즉 무한한 생동함이 그 생동감이 끓어 넘쳐흐르는지라. 이렇기 때문에 갖가지 공간에 형성을 이룰 수가 있는 원료를 무한히 생으로 낼 수가 있었고 또한 그 형상이 이용해 쓸 수가 있는 갖가지 무가 형성되어 있음을 잘 알고 있으렸다. 이렇기 때문에 이것을 획기적으로 나타났다고 하는 말씀의 뜻이니라.

이때는 너희 조부는 평창을 이루어놓고 4위 기대에 따라 평창을 이루었지. 나는 4해8방4문을 세워 생판으로서 지층을 쌓아 올리며 갖가지 실랙 낵조로서 신설 랙천 도에 따라서 정기선을 모두 세부와 조직으로 이루었지. 신선 설랙 낵조 로서 이룬 그 무한한 무가 아주 세내 조직파로 되어있더라. 이렇기 때문에 갖가지 모든 물체를 낼 수가 있는 근원의 원료(原料)를 발효(醱酵)시킬 수가 있었느니라. 이렇기 때문에 이때서부터 생불체는 완성시키고 아주 너무너무 좋았더라. 생태기와 생태계를 완성시킨 후에 너희 조부와(남자 하나님) 나(여자 하나님)는 창설(創設)을 시작하게 되었느니라. 한 공간만 하게 내어 그 공간 안에는 갖가지 근원의 생에서 원료를 내어 모든 원료는 무로 형성되었고 발효 발로 발휘 시켰지. 이것도 하나의 창설이니라.

이렇게 무한히 정신일도에서 나타난 무한도가 신출귀몰하다는 뜻을 알렸다. 이렇기 때문에 원을 아주 무한정한 무로다 원을 내어 그 원은 바로 힘 태인데 그 힘 태는 갖가지 생 띠를 띄우고 그 천심의 일심정기를 띠어 일치를 이루었고 일심일치 일심정기로서 완벽한지라. 이럼으로써 원을 아주 무한히 거대하게 이룬 그 원은 갖가지 생 띠를 띠어서 생생 문띠가 모두 완벽이요 생생 불록 천체 낵조에서 나타난 그 무한한 세부조직에 정기가 흐르고 돌며 맥을 통해 맥박이 튀고 그 맥박을 통해 정기가 흐르고 도는지라. 이 모든 것은 내 자리를 완벽하게 완성시키고 안정될 자리를 정하는지라. 이때에 그 독창(獨創)에 완벽한 것은 생태기와 생태계를 완성시켰기 때문에 안정되어있는 자리가 응시(凝視)되어있고 창설(創設)의 근원(根源)의 창설의 자유는 생 공간을 발사할 수 있는 공간을 위해 겹겹이 싸고 싸서 갖가시 생과 행과 맥과 힘과 생생피 모든 이러한 일심정기로서 천연으로 이루어놓은 완벽이란 말이지. 이렇기 때문에 너희 조부는 4해8방 4진 문도를 세웠고 그 4진문도가 무한한 힘을 조정(調整)해내며 그 힘이 모두 존재(存在)되는지라.

이렇기 때문에 생태기와 생태계를 싸고 응시되어있는 것은 바로 원이지. 원은 바로 힘 태라는 것을 잊지 말라. 이렇기 때문에 나는 이때에 무한히 발휘된 원료를 발사를 시킨즉 발사에 따라서 확산(擴散)되었고 그 확산을 분류하여 그 분류시킨즉 딱딱 분리되어 자기 자리를 나가는지라. 또한 파문이 일어나며 파동이 너울너울 구불구불하며 파동 쳐 나가는 것을 체계와 조리를 이루어 층과 층면을 정하여 완벽하게 무한한 조화로서 내는지라. 이때에는 요소는 요소대로 무한정하고 또한 갖가지 그 근원 원료에서 나타나는 모든 무가 체계와 조리로서 원문이 딱딱 내는지라. 이때에 갖가지 파문(波紋)과 파동(波動)과 입체(立體)와 조리(條理)와 정연(井然)과 단정(斷定)이 완벽(完璧)하고 갖가지 소립자(素粒子)는 소립자대로 모두 무로 뭉쳐나가고 소립(小粒)조는 소립 조대로 딱딱 조밀일도하고 청밀 일도 한즉 조밀일도라는 말씀의 뜻은 이동하며 완벽하다는 말씀이요, 청밀일도 한다는 것도 역시 청밀로 조직을 세워 밀도로서 아주 형성되 나가는 뜻을 말씀함이니라.

이럼으로써 그 미세 조들이 모두 확산되어있는 미세조가 질서를 정해 딱딱 뭉쳐 무한한 조화를 낼 수가 있었다 이런 말씀의 참뜻이니라. 이것을 다 내고 본즉 우리 두(하나님 부부)

현인은 아주 완벽한 우리는 정서로써 살 수 있는 체계를 이룬 것이니라. 이것이 바로 무한정한 무로 형성해냈지. 생각해보라. 누구도 발견 못한 것을 그 발견하여 무로 가르치는 분이 어찌 그 정서를 모르겠는고? 잘 듣고 정신 차려라. 알겠니? 딱 나왔다. 무섭다 무서워. 이름이 딱 나와서 떨어지잖아. 이분이 아주 생의 자체야. 이분들이 조화 분들인데 타원형 같은 행 속에 들어있단 말이야 핵심이. 이 핵심에서는 정신도 나오고 할아버지가 정신 내고 음양을 내고 할머니는 마음을 내고 생명을 내고 할아버지는 핵을 내고 할머니는 광선을 내고 또 이렇게 했단 말이야. 여기 불토니 불태니 이런 것이 다 이 안에 다 들어 있어. 그러니까 핵심이 타원형이 들어있는데 타원형이라는 것은 갖가지 행과 생과 핵을 이 안에 저장되어있어. 둥근형이면서 저장해 되어있어.

그러니까 타원형에서 벗어나면 생불체를 태반에 안정되게 커다란 공간을 내셨어. 이것이 창설의 창조야. 알고 보면. 독창이야. 독창의 창설. 그리고 이것만 가지고 있으면 여기만 만족하는 거야. 그런데 여기서 또 행을 내어 가지고 계셔. 계시니까 여기 불록조 불랙조가 핵심으로 있어. 여기는 생물도 이 안에 들어있어. 그래서 이것하고 이것하고는 분리되어있어. 이것은 하나님께서 쓰시기 위한 작전의 전술이고 지닌 것도 무요 가진 것도 무셔. 이때는 체가 없을 때야. 핵심의 진가를 나타낸다. 생불체를 진가를 냈단 말이야. 하나님께서 핵심에서 진가를. 그러면 이 안에서 이 핵심이 이 안에서 생각할 때가 있었어. 생각하셨으니까 냈잖아. 냈으니까 생을 자유자재 하는 거야. 과학을. 당신 몸체가 다 과학이 아니야? 그러니까 마음대로 자유자재 하신단 말이야. 조화로다가. 행도 조화요 생도 조화요 핵도 조화다.

그러니까 여기 조화가 엄청 많지. 그러니까 조화를 부리셔 서 체도 없는 분이 여기다가 가지고 있는 것을 냈단 말이야. 정신과 마음에서 내났단 말이야. 생각하였으니까 내셨다. 생 각할 때가 있고 생각했으니까 생각해냈단 말이야. 그러니까 이런 것을 내는 거야. 그래서 생태계를 가지고 계신 거야. 생 태계가 없으면 의미가 없어. 그러니까 여기서는 조화로만 기 쁘신 거야. 두 분이, 마냥 이제 생태기 에서는 마냥 서로 조화 로만 즐겁고 기쁘신 거야. 그런데 이것을 갖다가 이제 여기다 가지고 있어야 만이 당신이 무엇을 만들지 갖가지를. 그러니 까 생불체 때에는 핵심의 진가를 나타냈어. 여기서 가진 것을 이루어놓으셨으니까 획기적으로 나타났더라.

그 획기적으로 나타난 것이 전부 조화요 그러니까 여기서 무소부지하고 한없고 끝없이 신출귀몰(神出鬼沒)하다. 그래 이것은 당신이 효율을 나타내신 거야. 그래서 여기서 전자도 뽑고 분자도 뽑고 그래서 전자도 분자도 이렇게 나왔지. 전자 도 에서는 전자전이 나오고 분자도 에서는 분자전이 나오고 그 다음에는 전자 분자가 가르고 쪼개고 그냥 마 내는 기야. 그럼 여기 우리가 쓰는 정기는 수정기와 화락 정기밖에 더 되니? 여기는 무슨 실록정기 무슨 엄청 많은 거야. 그럼 봐. 태반 태도 원 태도 그것은 지층같이 생판을 쌓아 올렸다고. 그 생판이 바로 태반이야. 그런데 여기 생판에는 세부조직이 흐른단 말이야. 맥이 흐르고 그러니까 이쪽에 와서는 태반 태독 원 태독 이것은 생태계란 말이야.

그런데 인간들이 생태계는 아는데 태반 태독 원 태독은 모르는 거야. 그럼 태반 태독 원 태독이 바로 행 속에서 불록조 불랙조 불천조 불천낵조 불불낵조 여기 엄청 많잖아. 여기서부터 행에서 벗어나야해. 그러니까 여기 와보니까 당신이 가지고 있는 것이 획기적으로 나타났다는 거야. 그럼 획기적으로 나타나셨으니까 당신이 여기서 무한한 무를 내실 수가 있는 거야. 과학이니까 여기서 가르고 쪼개고 나누고 분해 분별 분리진문을 딱딱 정한다. 여기서는 벌써 이게 딱 분리되어 있잖아. 생태기는 핵심이요 생태계를 내어서 여기서 가르고 쪼개고 나누고 분해하고 분별하고 분리진문을 수행한다. 갖가지 질서를 정해서 층을 이룰 것은 층을 이루고 체계와 조리로 이룰 것은 체계와 조리로 이룬다. 깨끗하게 하신다.

정지정돈으로서 불변불로서 딱딱 한단 말이야. 그러니까 선명 섬세하게 푸른 것은 푸르고 빨간 것은 빨갛고 흰 것은 희고 분별을 딱딱해서 생태계는 성분과 요소와 조화 생태기는 조화의 요소다. 생명체라는 거야. 요소는 그러니까 조화의 요소는 핵심인데 핵심이 생태계를 가지고 있기 때문에 여기서 갖가지 안 나오는 것이 없이 나오는 거야. 여기 생물(生物)도 있단 말이야. 그럼 이런 학문을 배우지 않고서는 절대로 안되는 것이다. 배워야 어디 가서 말씀을 전하는데 떳떳하고 이 것을 안 배우려면 자기가 기도를 해서라도 하나님을 통하든 지 자기가 죽고자 하는 마음으로 열심히 해서 하나 통해 놓아야 되는 것이다.

그럼 통한다는 것이 하루아침에 통하느냐? 절대(絶對) 안된다. 나는 일평생을 다해도 못했는데. 일평생(一平生) 해도 이제 겨우 바늘 끝만치 만도 못했는데. 그런데 이것을 제대로 하려면 너희들이 기가 넘어가서 내가 말을 안 한다마는 난 벌써 7살에서부터 공부해 나온 사람인데 7살에서부터 귀신을 때려잡는데, 어제도 봐라. 무서운 귀신을 혼자 나가서 다 때려부쉈다. 쳐서 없애는 거야. 이렇게 딱 맞는 동시에 폭삭 죽고 죽 이렇게 되는 거야. 누가 귀신을 때려잡겠니?

수력정기 화락정기 실록정기 또 있어. 아주 엄청 많아. 그런데 이것을 싸고 있는 원이 어마, 어마한 거야. 생태기 생태계를 싸고 있는 원이 어마어마하다고. 그것은 창설(創設)에 들어가잖아. 그게 처음 전인데, 처음 전에 그 원이 다 들어가 있어. 그다음에 이 공간까지 그 원안에 다 들어가 있잖아. 그러니까 4진문도가 두 개야. 근원의 4진문도가 있고 그다음에 4해4문을 활짝 열었다. 생태기도 4문이 있고 생태계도 4문을 열었나. 원이 두 개야. 근원의 원이. 생태 원을 이루고 최초 전 최초 때

174

이렇게 하면 그때 어마어마한 원이 들어서는데 무의 생이야. 그것은 너무 그게 커서 무라고 했어. 그 안에 이 생 공간까지 다 들어있어. 그러니까 근원의 원, 원인의 원이 있다.

그러니까 원료(原料)를 내야 할 것 아니야? 그러니까 근원의 원료(原料)가 공간(空間)만 하다니까. 생도 하나가 아니야. 생도 굉장히 많은 거야. 그러니 지금은 때가 임박(臨迫)하고 이것은 언제나 한없고 끝없이 가르치고만 있겠어? 그래 지금 통계로다가 독창을 내고 독창 관을 이렇게 하셨다는 것을 내놓고 그다음에 창작 창도관을 내놓고 그다음 창설 창조 창극 무형과 유형의 공간을 내놔준단 말이야. 아주 체계와 조리로 되어있어. 너희들 처음에 가르칠 때에는 이게 무슨 말씀인가? 자기 머리들이 어렵지 내 머리가 어둡니? 그래도 경력이 있는 사람이 났지. 지금 뭐든지 하나님이 하신 것은 불변불(不變不)이야. 영원하고 불변하다는 거야. 변치 않는다는 거야. 그래서 불변불이라고 했어. 이런 것을 자꾸 공부해서 그야말로 공부하기 싫으면 오늘 왔다가 뭐를 한 가지 배웠다. 그럼 그 것만이라도 알고 있어야 된다.

우리 같은 사람은 벌써 생태기 안에 무가 들어있는 것을 세세히 알고 있잖아. 통계(統計)로 내용이 다 나오니까. 또 생태계 하면 생태계 여기 내용이 무로다 또 나온단 말이야. 이것이 없으면 산(山)도 없고 불도 없고 그릴 거 아니야? 그러니끼 힘에 생명이 생이라고 했어. 생 힘인데 힘의 생명(生命)은 무

175

조건 생이야. 생생은 힘의 정기야. 그러니까 늘 힘이 안 죽지! 불변 아니야? 항상 그대로 있는 거야. 공기(空氣)도 인간이 오염(汚染)을 시키지 천연(天然)으로 올 때는 공기가 오염이 되니? 물도 인간이 오염(汚染)시켜났지. 요새 야단났더라. 서울 물도 야단났고 강원도 물도 야단났고 야단법석이야! 강원도도 원주 시내 전부 오염이래. 그런데 우리는 깨끗한 이런 것을 먹으니까 오염(汚染)될 이유가 없지. 그럼 공부라는 것은 공부를 조금이라도 한 사람은 생태기 안에 무가 있단 말이야. 그럼 모든 것이 이 안에 들어있다. 딱 내가 관심 있게 들어서 딱 느껴야 된단 말이야. 생태계 하면 생태계가 없다면 우리 식물도 없을 거야. 그러니까 여기도 무란 말이야. 여기는 갖가지가 다 있으니까 그러니까 이러잖아 생체는 잡초 무 잡초를 말한다. 일년초. 또 그다음 생물(生物) 하면 과목(果木)을 말하는 거야. 이렇게 통계로 말하면 생물(生物) 하면 여러 가지가 다 들어갈 수가 있고 또 생물체(生物體) 하면 동물(動物)을 말하는 거야. 나는 새, 곰, 돼지, 갖가지 또 생명체(生命體)는 인간(人間)인자 인간이라는 거야. 그래서 존재(存在)한다. 생명체(生命體)는 서로 상대(相對)를 조성(造成)할 수 있다. 생물 생체는 동화작용(同化作用) 일치한다.

그러니까 이런 곤충 같은 것은 하나님 말씀에도 안 나와. 미물(微物) 이런 것 미생물(微生物) 이런 것들은 안 나와. 원래 미생물(微生物) 이런 것들은 하나님이 만들지 않고 균(菌)에서부터 나온 것이지. 사람이 진화(進化)되었다는 것은 그게 잘못

된 것이다. 애기를 놔놓으면 변한 것이지. 무슨 균으로 진화된 것은 아니야. 나는 그것을 말하는 거야. 놔놓으니까 변질(變質)되어서 형태(形態)가 다르단 말이야. 인간은 이것도 진화(進化)인데 균(菌)의 진화(進化)가 아니다.

공포(恐怖)와 두려움과 그 외로운 것과 슬픔이 어디서부터 오느냐 하면 가장 작은 데서부터 온다는 것을 분명히 잊지 말라. 소소한데 아무것도 아닌 소소한데서 큰일이 일어나더라. 왜? 가장 작은데서 큰 일이 일어나느냐면 사람이 이해할 수 있고 그것을 소화(消化)할 수 있는데 이해(理解)하지 아니하고 소화하지. 아니하면 거기서부터 아주 좋지 못한 생각이 도사리고 있단 말이야. 좋은 그 마음과 나쁜 마음이 합류(合流)되어 있는데 그 좋지 못한 마음이 항상 조건을 틈타고 들어온단 말이야. 들어와서 좋은 마음을 파괴(破壞)를 시켜. 그러면 그 악독(惡毒)한 마음이 일어나서 사람의 몸에서 독기(毒氣)를 품어내면서 살기(殺氣)가 뻗치고 항상 옷을 입은 후에도 보면 찰색(察色)으로 나타나. 오해하고 꽁하는 것은 얼굴에서부터 나타나고 눈동자에서 나타나고 걸어가는 모습(模襲)에 나타나고 왜 나타나느냐 하면 그것은 모르는 자 말고 아는 자만이 아는 일이다.

왜? 그러냐면 온통 이 분위기가 살기(殺氣)를 뻗쳐. 그 좋지 못한 마음이 도사리고 있으니까 이렇기 때문에 이 몸에서 풍겨 나오는 것이 행동으로 취해. 행동(行動)으로 똑 같이해. 그래서 걸어가는 것도 쌩쌩하며 살기를 뻗치고. 그리고 좋은 마음으로 생동감(生動感)이 끓어 넘치는 것은 이렇게 화평(和平)하며 포근하면서 포근한 분위기(雰圍氣) 조성을 한단 말이야. 그러면서 분위기가 화평(和平)하지. 그럼 편안한 안식이 되어서 여유 있게 걷고 여유 있게 걸으면서도 빨리 걸을 수 있어. 걸으면서도 하나님께서 애쓰신 우리를 사랑하심 이런 것을 생각하면 걷기 때문에 거기는 화평이 있다는 것을 분명히 잊지 말자. 또 한 가지 사람이란 어린이건 어른이건 말하는 것이 정신과 마음의 표시를 구강으로 나타낸다. 이런 말이야. 그래서 항상 좋지 못한 말을 할 때 입에서 품어내는 가스가 독기를 품어나며 가스로 변해서 나온다. 그게 발사를 해버린다.

그럼 그 사람이 어떻게 하늘하고 가까울 수가 있겠어? 없지. 그러니까? 이게 원심(圓心)과 천심(天心)이 다 생태계에 들어가 있는 줄 알았거든. 왜? 이 공간이 굉장히 거대(巨大)하게 크거든. 큰데, 사실은 이 생태계에서 전부 나타나 나간 거야. 갈라져 나간 거야. 그러니까 생태계는 생태계도 굉장히 거대하게 커. 굉장한 큰 공간을 가지고 있어. 생태기는 바로 태반 태도 원 태도에 체는 없지만 안정 되어 계시잖아. 그럼 생태계는, 하나님께서 생태기에서 생각을 하셔서 생각해냈기 때문에 생태계라는 것이 있는 것이지 생각을 하지 않았으면 생태계가 없는 거야. 생태기만 있지 생태기만 가지고 안 되는걸. 그러니까 인간은 존재성이라고 했어. 그 존재성의 뜻은 광대하고 광범한데 그 광대 광범(廣範)한 것과 또 평청 평창한 것과 또 웅대(雄大) 웅장(雄壯)한 것과 이게 합류(合流)화 된 것을 모아서 말해주는 거야. 잘 들어보아라.

너희들은 좁고 짧아서 여기 배운 것을 저기다가 논하면 안 돼. 이 생태계에서 다 나온 것이거든. 두 분이 낸 것 아니야? 그래서 독창이라는 것이 있어. 그럼 존재인은 어떤 사람이냐 하면 굉장히 광대하다. 광범하다. 광대 광범(廣範)하니까 존재할 수 있다. 여기에 웅대 웅장하다. 하면 광대 광범하시기 때문에 웅대 큰데다가 장을 펼쳤다는 거야. 갖가지 장을 펼쳤다. 펼칠 수 있는 것은 평청이 있으니까 평창이 있다. 평청은 지리학(地理學)과 지질학(地質學)을 말하는 것이고 평창은 천문학(天文學)을 말하는 거야. 이러니까 이것을 분명히 알고 살자고. 그러면 하나님은 다르잖아. 하나님께서 행 속에 들어있었잖아. 행 속에 들어계실 때에는 완전히 조화로만 계시는 거야. 이때는 정신의 내용 마음의 내용 음양의 내용 생명의 내용 또 핵의 내용 여러 가지 내용이 있단 말이야. 그러면 생의 자체라고 했거든. 이게 다. 조화니까 생의 자체하면 이런 조화라는 것을 알라.

나는 그것을 너희들이 듣고서 연구해서 아는 줄 알았더니만 도대체 몰라. 생의 자체는 생의 자체가 조화야. 행 생 핵이 있거는. 행 속에서 빗어닐 때 서서이 벗어나며 조심조심 벗겨졌잖아. 벗겨지면서 생을 다 가지고 들어가. 생과 핵을 싸가지고 행 속에 들어가 버린다. 체가 없지만 탁 나타났다. 이제 정신의 내용 마음의 내용 뭔가 하면 핵심의 진가를 나타낸 거야. 핵심이 생의 자체분이 진가를 나타냈다는 거야. 나타내셔서 당신이 안정될 자리를 정하시잖아. 할머니는 태반 태도 원 태도를 이루어서 지층(地層)같이 쌓아서 평청 같이 이루고 전부 혈맥이 돌게 하고 맥박이 뛰게 하고 할아버지는 평창을 이루어서 궁창을 이루셔서 서로 주거니 받거니 다 했잖아. 그러니까 한 생불체가 된 거야. 그러면 그 전에는 정신이 내용물(內容物)만 있었어. 있었는데 지금은 진가를 나타냈으니까 체(體)를 이루실 것을 서서히 당신이 갖추시는 것이다.

　생생생 정기는 정신이요 생생생문 생정기는 마음이요 생생에서 음양이고 할아버지가 생생생정기에서 정신을 내고 생생에서 음양을 내었어. 할머니는 생생생문 생정기가 마음을 내었어. 생생생 생문생에서 불토를 내었어. 생명을 낸 거야. 그러니까 할아버지(남자하나님)가 핵(核)을 내었으니까 할머니(여자 하나님)가 광선(光線)을 내었다. 그러면 조화가 어떤 것인가 하면 갖가지 생이 조화다. 또 정신도 조화다. 음양도 조화다. 마음도 조화다. 생명도 조화(造化)다. 갖가지 조화가 여기 뭉쳐있단 말이야. 이 조화가 무궁(無窮) 무한(無限)한 무를 지니고 있는 거야. 왜? 조화냐 하면 우리가 정신이 있으니 있는가보다 하지만 그게 아니야. 생각을 무한히 해내니까 무야. 또 마음으로 무한히 본문을 펼 수가 있으니까 무야. 이게 다 무란 말이야. 첫째 생각을 해내야 만이 뭐를 만들지. 생각해내지 않는데 아무것도 없어. 있다한들 그것은 항상 원료만 있을 뿐이지 어떠한 형태(形態)를 갖출 수가 없는 것이다.

그럼 뭐가 무냐? 정자 난자 유전자가 무야. 그럼 태반태도 원태도 이것도 무한한 무란 말이야. 생리작용(生理作用)이 어디서 나오는데 생리작용은 사랑에서부터 일어나서 정신과 마음이 있고 생명이 있음으로써 생리작용 하는 거야. 음양이 있으니까. 그래서 이제 전날에는 생태계 안에 다 들어있는 줄 알았지. 이제 보니 그게 아니야. 너희들에게 분리해서 가르쳐야겠어. 내가 그것을 아무리 생각해도 그게 빨리 이상하게 분리되어 있을 것인데 벌써 지닌 것도 무요, 가진 것도 무라고 말씀하셨거든. 그럼 지닌 것은 지닌 것대로 무요 가진 것은 가진 것대로 무라. 가지고 있는 것을 다 내놓았기 때문이야. 근데 생태기 안에 내가 자세히 조부님 보고 물어보았더니만 생태기 생불체가 굉장히 거대한 공간이라고 했지. 그럼 거기서 이제 하나님은 천연의 천륜에 원심에 원심이야. 천연의 원심의 천륜이라고 해도 돼. 그럼 원심이라는 것은 주인(主人)이라는 말씀이다.

중심체기 때문에 중심체가 여기서 일어나기 때문이야. 그러니까 이렇게 되어있고 과학이야. 왜 무냐? 첫째 왜 조화냐? 그 다음에 왜 무냐? 과학으로 하시기 때문에 조화고 무란 말이야. 이리니까 어기 인신이는지 모든 너희늘이 말하면 무생물이라고 하는데 그게 다 생명이 실아있는 것인데 원료나 이런 것이 다 살아있단 말이야. 살아있으면 이것은 숨을 쉬고 있는 것을 살아있다고 하지. 숨을 쉬지 않는 것을 살아있다고 하니? 숨을 쉬니까 생동하지. 숨을 안 쉬는데 어떻게 생동해? 숨을 쉬기 때문에 살아서 생동한즉 생동감이 끓어 넘친다.

생명체(生命體)는 천연(天然)의 천륜의 원심이다.

그럼 이 생명이 있다는 것은 모든 물체가 다 생명이 있는 거야. 그런데 당신네는 천연의 천륜 원심이라고 했어. 중심 주인이라는 거야. 천하 만물이 다 당신네가 주인이라는 거야. 그래서 독창이 나온 거야. 독재자가 나오고 독재여가 나오고. 그러니 행 속에 살 때에도 천살도 천살의 결백 이 명예가 붙고 그 다음 진가를 나타내셨을 때에는 독재자 여기는 조화 여기는 조화자. 진가를 나타내서는 조화자 독재자. 두 분 밖에 없으니까. 그러니까 조화에서부터 조화자가 되었다. 조화자 에서부터 두 분 밖에 없으니까 독재(獨裁)자 독재(獨裁)여(女)가 되었다. 당신은 생명이 없는 것은 안 내놓으신다고 했어. 다 살아 있으면서도 무야. 살아있는 모든 물체도 다 살아있기 때문에 생명을 지니고 있다. 생명을 지니고 있기 때문에 생동하고 생동감(生動感)이 끓어 넘친다.

그런데 어떤 힘이 작용해서 한다고 하지만 힘도 생명이 있

185

어야 움직이지. 우리도 죽으면 힘이 있어? 힘이 있으면 생명이 있지. 우리 몸에 힘이 있다면 살아있지. 이 바보 멍텅구리들아. 그러니까 항상 들어야하고 항상 듣고 머릿속에 넣어야 된다 이거야. 마음이 헛들어지면 절대 우리 말씀을 못 들어. 이해도 안가. 분산(分散) 되어 머리가. 우리 생명이 끊어지면 나무둥지같이 그것은 힘이 없어졌기 때문이야. 첫째 전류가 스톱시켜 피가 도는걸. 생명이 살아있어야 피가 돌지. 그럼 움직여. 생명이 없는 곳에는 허수아비요 귀신밖에 없어. 귀신이 숨 쉬고 사니? 둥둥 떠다니는데. 그게 바로 무생물(無生物)에 지나지 않은 거야. 우리가 어떤 말을 하여도 하나님께서 이루어놓으신 불변불(不變不)을 이 무형실체(無形實體)에 그럼 안 보이는 세계는 그만두고 보이는 세계 생명체(生命體) 모든 것을 보란 말이야. 보면 살아있다고 증거(證據)로. 그러니까 하나님 말씀을 정확하게 우리는 명심(銘心)해 들어야 하고 확신(確信)해 들어야 해. 하나님께서 살아있는 것을 만들어놓았지. 생명이 없는 것을 만들어놓았니? 힘에 의해서 이렇게 한다? 생명(生命)이 있어서 살아 움직이는 것이다.

생명체(生命體) 생물체(生物體) 모든 생체 이런 것이 이 안에 있어. 생태기 안에 있는데 분리되어있어. 분리되어있고 생태계 안에 들어있는 것은 갖가지 당신이 쓸 수 있는 정기 핵 전자나 분자나 전자도 분자도 수많은 태양 만들 것. 은하계 만들 것. 이게 이 안에 다 들어있어. 이제 이해가? 그러면 생태기 안에 어떻게 들어있냐면 생명체는 천연의 천륜의 원심이야. 중심이야. 하나님 두 분이 중심이고 중심이시기 때문에 이제 진가를 나타냈을 때에는 생불체 안에 좌정(坐定)되어 계셨어. 그리고 생불체 안에서 또 생불체를 벗어날 때가 있어. 그때는 창설(創設)에 들어가. 그러면 여기서 이 생태기 안에 생불체가 두 가지로 있고 이것이 여기서 유전공학(遺傳工學)에서 전부 연구해서 하나님이 내시는 거야. 그래서 또 여기는 화학이든지 화학도 헤아릴 수 없이 무한정하게 들어있는 것이 생태계야. 생태계 안에는 만유일력도 내야 하고 만유월력도 내야 하고 만유인력 만유원력은 전자도 분자도 정기야. 일체 과학이야. 그리고 (생생 넉도 능내 잭조 조)라는 정기가 또 있어. 아주 정기가 많아. 그리고 이 안에 은하계 만들 것도 이 안에 있고 또 만유이력 만유워력 이게 이 안에 생태계 안에 다 들어있어. 여기도 생불체가 다 들어있어. 있는데 분류되어 있다.

생태계 안에도 분류가 많아. 이 분류가 무한정해. 왜 그러냐면 화학은 화학대로 화락은 화락대로 화락진도는 화락진도대로 진도가 또 있는데 열이 가하면 진도가 일어난다는 거야. 화락진도 또 도백도독원진도 도백도가 원진도를 이룬다는 거야. 이것은 활활 타는 것 같은 것이다. 암석을 말한다. 암석에서 무엇을 내느냐면 땅에서 모든 온기 온도를 여기서 조절해내. 발사해내. 그리고 이 안에 진공도 갖가지 진공이 이 안에 있어. 불록조의 진공 불랙조의 진공 이제 탄소나 이런 것이나 있고 그런데 탄소들 이름이 너무 많으니까 학문으로 다 할 수가 없어. 탄소들 하면 탄소들이 무로 있다는 것만 알아라.

그러니까 여기는 생태계는 갈라져 있어. 분리되어 있는데 하나님께서는 이렇게 천륜으로 되어있고 이것은 천심의 천륜이 생태계까지 뻗어져 나와. 천심에 천륜 천정 자, 생명체는 조화에 요소야. 생명체는. 또 모든 생명이나 이런 것은 분리되어있다. 분리되어있기 때문에 여기는 성분과 요소의 조화 그러니까 생태기 안에 있는데 여기 생물들이 생명이 뭔가 하면 생이 들어가면서 갖가지 탄소(炭素)들이 있어. 그러니까 분리되어 있을 수밖에 더 있니? 그러니까 사실은 생태계에서 다 내놓은 것 아니야? 생태계에서 생태계를 냈을 때 진가를 낸 거야. 그러면 생불체에서 서서히 벗어난다. 짝 갈라지면서 두 분이 딱 나왔잖아. 나오시면 바로 창설하시는 거야. 크게 자리를 잡아서 창설을 이루시는 거야. 생불체를 싸고 있을 수 있는 그 처음에 원이 둘이야. 처음에 조화자일 때 이렇게 원을 내고 또 당신이 갖가지 공간을 이 안에 넣잖아. 넣을 때 원이 무로 되어있어. 4해8방4진문도가 있잖아. 그리고 4해4진문이 바로 동서남북이 딱 되어 있잖아. 동서남북 4해8방 딱 나와 있잖아. 그러니까 여기 4위기대가 딱딱 나오잖아. 생 기둥으로서 전부 생이 조화(造化)로 있고 힘이 일심정기로 이루어놓은 것이라.

무형은 보이지 않는 세계를 말하고 유형은 보이는 것을 말한다. 하늘사람은 보이지 않는 무형실체 유형실체가 서로 합류일치 되어있기 때문에 항상 힘은 상통자유하고 인간은 존재하고 그런데 인간인자라는 명예가 굉장한 거야. 존재 인이 어떤 것이 존재 인이냐? 광대 광범하고 아는 것이 많아야지. 알고서 모든 것을 조리 있게 하고 질서가 있어야 하고 조리를 지켜야하고 단정(斷定)해야한다. 단정해야 된다는 것은 수신(修身)하라는 거야. 정신도 깨끗하고 마음도 깨끗하고 육신(肉身)의 행(行)함도 깨끗하고 해서 아주 남이 보면 추하게 하지 않고 단정(斷定)하게 하라는 거야. 그래야지 아는 게 있어도 아는 체 안하고 그렇다는 거야. 존재한다. 현명(賢明)하라는 거야. 거짓말하지 말 것. 음해(陰害)하지 말 것. 시기(猜忌) 질투(嫉妬)하지 말 것. 그럼 그 사람이 존재(存在) 인이라.

현명하고 현명(賢明)한자기 때문에 순리로 살고 순리로 살기 때문에 진실하고 진실(眞實)하기 때문에 결백(潔白)하고 결백하기 때문에 바로 현인(賢人)이 된다는 거야. 그러면 사람이 그것을 하려면 어떻게 해야 되겠는가? 우리가 상하를 분별할 줄 알아야 하고 사물을 볼 줄 알고 사물을 사랑할 줄도 알아야 하고 힘도 소중하게 생각하고 귀하게 생각해야 하고 우리 생명을 주신 할머니도 항상 귀하게 생각해야 하고 참 부모님이 오늘 이 시간까지 감싸주시는 참 아버지 참 어머니를 정말이지 내 몸 같이 사랑하고 내 몸같이 항상 귀하게 여겨야 될 것 아닌가? 그래야지 지성이 감천이다. 정성이 지극하면 하늘이 감동한다. 하늘이 감동(感動)하면 그때서부터 영원(永遠)하고 불변(不變)한 뜻은 스스로 자기 직분(職分)을 수행(修行)했기 때문에 그 뜻이 완벽(完璧)하게 나의 뜻이 되더라.

이럼으로써 남을 인도(引導)할 수 있는 인도자가 되고 남을 교육할 수 있는 교육자(教育者)가 된다는 거야. 그러니까 우리 집에 믿고 나를 따라가려면 첫째 빼죽 삐죽 하지 말고. 그리고 첫째는 너희가 현명하게 살란 말이야. 그러면 쨍하면 해 뜰 날 돌아오리라. 반짝 문이 착 열리면 나타나셨단 말이야. 그럼 내가 길렀기 때문에 내 제자들을 내가 알지. 누구 알아. 지금 빨리 서울에 있으면 빨리 와. 부산에 있으면 빨리 와. 중국에 있으면 빨리 와. 지금 몇 시 몇 분 몇 초를 어기지 아니하고 간다. 빨리 와. 보고 싶어 죽겠다고 그럴 수 있는 사람이 되라는 거야. 너희들 보기는 나는 키도 남만치 못 크고 남만치 잘생기지 못하고 너 배운 것만치 배우지도 못한 사람이야. 그러니까 아무리 못 배웠다 할지라도 내가 너희들이 잘하면 너희를 하늘에 데려갈 수 있는 능력이 있어. 왜? 나는 해놓은 일이 있기 때문이야. 누구도 못한 일을 해놨기 때문이라.

생물 생체는 따로 막이 쳐있고 또 천심(天心)에 천륜(天倫)의 종이 사람인데 종(從)은 천심(天心)의 천륜 천정이란 말이야. 이것이 막을 쳐서 이 안에 따로 있어. 그리고 천연(天然)의 천륜(天倫)은 하나님 혈통(血統)이야. 그리고 여기 나와서 생태계는 갖가지 생불체가 수없이 박혀있어. 수 천 억 개가 넘어. 왜 그렇겠어? 근원이기 때문이다. 그리고 근원에는 한없고 끝없이 무한정한 무를 낸다. 원도 한없이 내고 그러니까 근원(根源)에서는 한없이 내고 원인에서 한없이 내고 결과에서 한없이 낸 무야. 그런데 결론에 나오면 맺고 끊은 것 같이 정지 정돈했단 말이야. 정지정돈을 하니까 여기 결론(結論)이라고 딱 되어버리는 거야. 결론이다. 딱. 그러면 이 결론은 바로 뭔가 하면 이 유형실체다.

유형실체는 아주 여기 와서 결론을 지었으니까 이것도 전자 분자인데 가르고 쪼개고 나누면 없어져. 왜 그러냐? 결론을 내렸기 때문에 가르고 쪼개고 분해하면 없어져. 전자나 분자나. 그 결론을 맺었기 때문에 없어지는 것이지 결과에 들어와서도 무야. 원인에서도 무야 한없고 끝없이 정기도 나오는 거야. 정기가 얼마나 많은데 그리고 모든 것은 살아있다. 살아있기 때문에 숨을 쉰다. 산도 숨을 쉬고 땅도 숨을 쉰다. 내가 그전에 기도 다닐 때 보니까 산도 메아리치는 소리가 나요. 소리를 지르고 한 번씩 움직여 숨을 쉬어. 수없이 숨을 쉬어도 인간이 아니? 만유이력이 그렇게 조성을 하고 만유 위력이 그렇게 조성을 한다는 거야. 할머니는 만유이력 만유위력을 내시고 하나님께서는 기후 기체가 서로 상통 작용한다. 생물과 생물은 동화작용 일치하고. 인간도 동화작용 한다. 식물이 없으면 죽으니까.

그런데 하늘사람은 먹지 않아도 산다. 왜? 거기는 물이 전부 약물이야. 젊어지는 물, 별의 별 약물이 다 많아. 그리고 음식성에서 진미가 와. 딱딱 오면 뭐가 먹고 싶다 하면 그 진미가 딱 와서 이렇게 흐뭇하게 해주고 너 코에 구수한 고기를 삶아놨는데 냄새가 들어가면 상쾌하지? 똑같은 거야. 그리고 음식성에서 한 번씩 연회석을 차려 갖가지 음식을 먹어. 현명하게 사는 자는 쨍하고 해 뜰 날 오니까 가자. 지척이 천 리가 되지 말고 천 리가 지척이 되란 말이야. 쨍하고 갈 수가 있어. 그러나 조건 없이 나는 못 데리고 가. 나도 못 가는데, 나도 힘이 없어 못 가는데, 어떻게 가겠니? 하나님 가실 때 갈 수가 있다.

생불체를 이루실 때 할머니는 평청을 이루시고 4해4문을 세우시고 할아버지는 평창을 이루시고 궁창을 이루셨다는 거야. 4위 기대를 세우셨다. 아주 거대한 한 공간이더라. 한 공간인데 하나님은 천연의 천륜 원심이시고 또 종은 생불 체에서 탄생하였어도 종하고 천륜의 천연하고는 막이 쳐져 있어 달라. 천심의 천륜 천정이다. 이게 천심의 천륜 천정이라는 말의 뜻이 있어. 천정이라는 것은 어떤 것을 말하느냐? 모든 것을 거느리고 다스리고 사랑할 수 있는 그 사랑하시기 때문에 천정이라고 하는 거야. 하늘의 정이라고 하는 거야. 그래서 그 종의 생불체가 따로 있고 그 다음에 이제 생물체 생물 생체 이런 것은 또 그 생불체가 따로 있기 때문에 여기 유전공학을 안 차리면 되겠느냐 말이다.

그리고 조화 분들이 조화를 부리시는데 조화를 부리실 때에는 조화자요 조화를 부리기 전에는 조화요 조화로만 한단 말이야. 하셨는데 조화자 때에는 조화를 부린단 말이야. 행 속에서 벗어나서는 조화를 부린다고 그래서 진가를 나타내고 그리고 여기 유전공학도 다 있잖아. 생태계도 갖가지 유전공학이 다 있어. 전부 갖가지가 다 있어. 전부 막이 쳐 감싸있고 여기 근원에 원료를 내어 발효하니까 살아서 숨을 쉬니까 막 발효를 하지. 발효하고 발로하고 발휘가 딱 되었단 말이야. 이때는 하나님이 갖가지를 가지고 창설을 시작하시는 거야. 창설을 시작하셔서 이제 뭐가 나오느냐 하면 생생문이 나오는 거야. 생불 체에서 벗어나면 생생문이 나온다. 생생문이 나오면 생 공간이 나오는 거야. 그래서 근원을 싸고 있는 것은 조화. 조화자 때는 한 원이 싸고 있었단 말이야. 생불체를 간단하게 말하면 원이 생불체를 싸고 있는 것이다.

그 원이 아주 굉장히 큰 원이야. 생태기 생태계를 다 싸고 있는 원, 그리고 생생문 에서부터 거대한 원으로 하나님이 창설을 한다고. 창설을 하면 생생문이 생불체에서 벗어나면 생생문이 첫째 날 육신을 쓰고 탄생을 하셔. 육신을 쓰고 나타난 날이 첫째 날 생생문이야. 생생문 첫째 날, 생문을 열고 생생문을 열고 생생문이 첫째 날이라고 하잖아. 그러니 어마어마한 거야. 이것 생각하면 어마어마한 거야. 귀하신 날이지. 그래서 거기는 원료만 끓고 있다고 하잖아. 원료의 바다가 전부 물도 있지만 원료의 바다가 전부 4해 바다에 끓고 있어. 그리고 당신네들이 쓰는 물은 전부 약물로 되어있고 공의가 됨으로써 공급할 수가 있다.

왜? 사랑하고 은혜를 베풀기 때문에 공급하는 자유가 되어 있는 거야. 그리고 또 사람은 가장 작은데서 삐죽빼죽하면 못쓴다. 가장 작은데서 넓고 깊은 마음을 가져야 만이 그 사람이 큰일을 하지 가장 작은데서 좁고 짧은 마음을 가지면 그 사람은 큰일을 절대 못해. 왜? 큰사람이 되려고 하지만 되지 못해. 가장 작은데서 오해를 불러일으키는 사람은 절대 큰사람이 못돼. 크게 일하는 사람은 밑에 재물이 이미 내 밑에는 재물이 누구누구 있다. 그리고 또 큰사람은 그렇게 옆에서 오해를 불러일으켜도 상관치 아니해. 기자들도 그래. 기자들이 나가서 가장 작은 것을 적어가지고 말썽을 일으키는 것 보다는 큰 것을 보고 가지고 가자.

이런 말씀을 하셨고 또 이제 천도성 아버지(하나님 둘째 아들)는 열심히 갈고닦아서 열심히 공부하도록 노력해봐라. 이러시고 이제는 가야 되겠다. 이렇게 말씀하셨어. 지금은 운세적으로 시간(時間)도 단축(短縮)되고 또 그것뿐 아니고 여러 가지로 말씀을 하셨는데 제발 나한테 제물이 되지 마라. 나는 제물(祭物)이 되는 게 아주 싫어. 정말 싫어. 될 수 있으면 너희들을 데리고 가야 내 마음이 화평하고 편안하지. 너희들 데리고 못가면 나는 슬퍼져요. 그러니까 앞으로는 삐죽빼죽하는 것 제발 하지 마라. 그런 것 하면 너희들한테 좋을 것이 하나도 없어. 부모 있는 사람 부모에게 잘할 것. 자식이 많은 자는 아들 며느리 그 밑에 손자 이런 사람들은 그 아들 며느리 잘못했을 때에는 불러 앉혀 두 무릎 꿇어놓고 교훈(敎訓)을 잘 주어서 교훈을 잘 받게 할 것. 그래서 그 집에 화동하라. 화동 하라는 것은 서로 좋은 말씀으로 주고받아서 말씀으로 편안 하게 이렇게 살면 얼마나 좋은가 말이다.

중심체 천도문이가 어떤 말을 하던지 그것을 소화할 수 있 는 자야만이 그것을 소화할 수 있어야 자격을 갖춘 자지 중심 체가 조금만 나쁜 소리를 한다고 그것을 삐죽해서 오해를 불 러일으키면 그것은 죽은 자지 산자가 아니란 말이야. 생명이 있어도 죽은 자지 산자가 아니라는 것을 중심체가 딱 판단한 단 말이야. 중심이 판단하면 그 사람은 정신이 크지 못해. 그 래서 항상 어리석게 생각을 하지 마라. 남자라면 항상 대범하 게 광대 광범하게 모든 일을 펴가야지 그 사람이 큰일을 하지. 가장 작은데서 소소하게 먹는 것으로부터 돈도 쓸 때 가서 써 야지 못 쓸 때 가서 쓰면 그것은 돈 쓰는 사람이 아니다.

돈 쓰는 것도 까만 사람 쓰는 사람, 빨간 사람 쓰는 사람, 노 란 사람 쓰는 사람, 또 파란 사람 쓰는 사람, 하얀 사람 쓰는 사람, 5가지 조목이 있단 말이야. 여기 수천 만 가지가 많은데. 인간은 개성체가 다르기 때문에. 그런데 하얀 자야만이 정 바 르게 사는 자야. 파란자야만이 조금 낮은 자요, 볼 그럼 한 자 는 그것은 직선 곡선으로 헤아리며 사는 자야. 새빨간 사람 요런 사람이 비양심 가지고 있는 거야. 까만 사람, 사람 죽이 고 도둑질 하는 거야. 이런 것을 잘 듣고 이행하라 이거야. 가 장 남의 말을 잘 들어. 이 전파 선에 남이 어쨌다 하면 그 사람 알아도 보지 않고 남의 말 듣고 아, 그 사람 나쁘구나. 이게 좋은 거야? 나쁜 거야? 그 사람 판단(判斷)할 수 있게 그 사람을 겪어봐야지 겪어도 안보고 옆에 사람이 나쁘다고 하면 나쁘게 생각하면 그게 바로 바보지 뭐야? 그것은 자기 주관이 없는 것이다.

항상 믿음이라는 것은 왜 중심체가 지적을 할 때는 왜 지적을 하겠어? 고치라고 지적을 하고 사람이 되라고 해서 지적하고 옳지 못하니 바르게 가라고 지적하는데 그것을 옳지 못하다 생각하고 그 많은 사람한테 나를 망신 준다? 망신을 안주면 되겠어? 많은 사람한테 망신을 주어야 그 사람이 깨닫지. 왜 망신 받을 일을 하랬어? 망신을 받을 일을 했기 때문에 망신을 준다 이거야. 그럼 거기에 자극을 받으면 좋게 깨달아야 하는데, 한번 생각해보라고. 냉정하게 생각해보라고. 천도문이가 어쩌면 많은 사람한테 망신을 주고 헐뜯지. 너희가 그렇게 했으니까 헐뜯는 거야. 고치라고 해서 하는 것이지. 아, 스승이 저러실 때는 얼마나 내가 망동(妄動)을 부렸으면 저럴까? 내가 고쳐야 되겠다. 이런 마음을 먹는 것이 좋은 것이니라. 사람은 바르게 살아야 해. 사람은 아무리 거죽으로 선한 체하고 진실한 체하고 깊은 체하면 오래 지나면 그게 다 탄로가 되고 다 알게 되어있다.

그리고 단상에 앉은 사람이 밑에 있는 사람의 심보를 다 알고 있는데 지 잘났다 하면 누가 알아주어? 가소롭다 이것이지.

좋은 마음을 가지고 서로 은혜를 베풀어야지. 이게 화해야. 말이라도 좋은 마음에서 은혜를 베풀어야 되겠다 하면 그것은 아주 좋은 화평이 돌아가고 나쁜 마음에서 도사리고 있으면 옆에 사람으로부터 그 나쁜 마음이 와서 침투해가지고 자연히 합류된다. 좋은 마음을 가지고 다 화평을 가지고 있으면 다 편안한 마음에 안식을 가지고 있기 때문에 그 화평이 돌아온다. 연결, 연결 되어서 그렇다. 한사람 또 한사람이 잠을 자면 수마(睡魔)가 들어와서 잠을 재우면 정신을 희미(稀微)하게 해서 그 좋은 말씀을 못 듣게 하거든. 그러면 이 사람 한 사람이 조는데 여러 사람이 졸아. 그러면 수마(睡魔)를 하나 불러와서 자기가 수마에 취했단 말이다.

술 취한 것처럼 그러면 그 수마가 한사람 또 자게 만들어. 유혹을 해. 번식을 해서 확산을 하게 만드는 거야. 귀신 붙은 사람이 잠을 잘 잔다. 귀신이 하나님 노릇한다. 이것을 알아야 한다. 하나님 말씀이 천주의 새 말씀은 새롭고 또 생명이 살아있는 것 같이 그 진리가 살아있기 때문에 생동감이 끓어 넘친다. 이렇기 때문에 말씀을 들을 때에는 정신을 똑바로 차려서 자기가 졸림이 들어올 때에는 내가 일주일 동안 잘못한 것이 많아서 수마(睡魔)가 나에게 침투(浸透)하는구나 하고 살을 꼬집어 뜯어. 그러면 아픈 바람에 정신이 발딱 난단 말이야. 알아듣겠어? 나는 그전에 옆에 사람도 막 뜯어버려. 그럼 뭐라고 상을 찡그리면 쉬~ 그냥 꼼짝도 못해. 그럼 그 사람이 들으니 좋지. 임시 쥐 뜯는 것만 싫어하면 어떻게 해? 내가 잠을 자니까 뜯는 거지. 기독교인들도 보면 자기가 기도(祈禱)를 열심히 한 자는 절대로 와서 잠을 자지 않아. 와가지고 기도를 열심(熱心)히 한다.

모든 것을 순리로 이행한다. 그러니까 행한다는 거야. 생태계의 근원의 원문에서 나오는 것이 있어. 불록조에서는 첫째 불록조의 정기는 진공이다. 그 진공은 바로 원을 이룰 수 있는 그 무한한 힘을 동원하시고 또 그 힘이 작용하며 생동하기 때문에 생동감이 끓어 넘쳐흐른다. 그래서 그 불록조에서 나오는 것을 세세히 하려면 많으니까 우리가 통계적으로 공부하자. 불록조에서 또 어떤 것이 나오느냐하면 대 원통 대통바람이 무한한 화학의 작용을 하고 또 대통바람은 바로 생생생문 바람을 낸다. 또 생 바람은 무한한 힘을 자유롭게 자재할 수 있는 모든 그 바람의 무한정한 바람들을 작용자유하기 때문에 생생 천체 생문 생동 무언무한도한 문문 책초 냭초 천체 자유 바람에서 무한한 진공을 낼 수가 있다 이런 말씀이다.

그리고 이렇기 때문에 불랙조에서는 갖가지 무한한 탄소들을 내고 또 무한한 불록조나 불랙조에서 근원에 원료를 무한히 내신다. 이렇기 때문에 액도나 냭도나 동내독도 동냭도라는 근원 액체가 화학의 액체라는 것을 잘 알고 있어야 된다. 이럼으로써 불불 냭조라는 문귀에서 뭐가 나오느냐 하면 여기서도 또 불불냭조라는 데서는 모든 갖가지 바람을 체계와 조리를 딱딱 잡아서 체계 있고 조리 있고 질서가 정연하게 자유롭고 자재롭게 완벽하게 하신다는 것을 또 잊지 말아야 되겠고 이럼으로써 불천천체 낵조에서는 갖가지 액낵조 응낵조 동낵조 동내독도 원낵조 이것이 무한정한 불에 액체니라. 불 불 푼토낵초 갖가지 흙을 내놓을 수 있는 토색(土色)의 성분(性分)의 요소를 모두 정하여서 조화(調和)를 이루었다는 것을 잊지 말라.

하나님께서 생태기 생태계를 내놓은 후에 원이 이미 근원에 원이 있잖아. 그 근원에 원에서부터 무한한 창설의 자유가 나온다. 모든 형성의 장들이 향상되어서 아주 평청과 평창과 아주 웅대와 웅장이 완벽하다는 것을 잊지 말아야 되겠다. 이런 말씀의 뜻이야. 이럼으로써 평청은 아주 넓은 폭을 말하는 것이요, 평창은 궁창을 말하는 것이요, 아주 웅대(雄大)는 되게 큰 것을 말하는 것이요, 다시 웅대한 큰데다가 갖가지 모든 장을 펴놓으신 것을 말씀하신 뜻이다.

그 장이 불변불로 변하지 아니하고 항상 그 절기 따라서 모든 것이 봄소식을 전할 때에는 절기 따라서 소생(蘇生)하고 또 화창(和暢)하고 잎이 화창하다. 꽃 피어 열매 달리고 이런 것을 우리가 생각해보자 이거야. 이것이 잎 피고 꽃피고 무한한 모든 갖가지 열매가 절로 온 것이 아닌 것을 분명히 너희들은 과일 하나라도 먹으면서 그런 것을 생각해보란 말이야. 모든 생물도 그야말로 사람의 산소를 마셔서 숨 쉬는 것 같이 모든 탄소(炭素)가 생물의 그 산소(酸素)나 같은 것이니라. 호흡(呼

吸)할 수 있는 호흡기(呼吸器)관이야. 이럼으로써 무한(無限)도한 그 대통바람이 갖가지 모든 생물(生物)마다 봄소식 전할 때는 눈 뚫는 것이 다르다는 것이다.

갖가지 그것이 협동되고 합동되어서 평화롭고 화평하게 분위기가 화평하면서도 평화롭고 또 공적의 공의롭게 완벽하게 아주 어느 것 크고 작은 것이 없이 아주 공적으로서 아주 공의로서 높고 낮음이 없는 것을 공의라고 한단 말이야. 공의롭게 이렇게 아주 공급을 하신다. 이런 말씀이야. 그 공급의 자유가 무한도하다. 그러면 우리가 열매를 하나 먹더라도 거기 만유일력 만유월력 만유인력 만유원력 만유워력 자, 모든 기후 기체 이 모든 것이 다 물 수정기 여기 갖가지 액체 액내 공내 영내 정내 직농내 넥농내 원농내(액체의 근원) 이런 무한함이 아주 골고루 생물(生物)마다 영양소를 주시고 땅에서 영양소(營養素)를 뿌리로 당겨서 체목으로 올리고 전부 이렇게 하고 사람은 또 존재성으로 우리가 귀한 것을 먹고 피가 되고 살이 되어서 먹고 살지 않느냐 말이다.

그렇게 갖가지 아주 골고루 섞어서 아주 달고 달은 당분(糖分) 염분(鹽分) 갈분(葛粉) 아주 녹말가루 될 것은 녹말가루가 된단 말이야. 그러니까 항상 하나님 말씀은 생소(生疏)한 말씀이요, 새로운 말씀이요, 정신이 벌떡 나는 말씀이요, 또 힘이 있는 말씀이요, 생명(生命)이 살아있는 말씀이요, 들을 때에는 우리가 정신을 바짝 곤아 들어야지 완벽하다 이런 거야. 이렇게 과일 하나도 이렇게 골고루 세심 소심하고 세밀 소밀하게 하신단 말이야. 그러니까 항상 사람은 그 존재 인이 어떤 것이 존재 인이냐? 갖가지 생물들을 모두 영양소(營養素)를 주고 식물이나 모든 것을 합류해서 생물(生物)들이라고 하지. 모든 물체(物體)를 말이지. 갖가지 물체를 그렇게 물체 생체를 갖다가 물체라고 할 수 있다. 생물은 이런 과목(果木)을 갖다가 생물(生物)이라고 하고 동물(動物)을 생물체(生物體)라 하고 사람을 생명체(生命體)라고. 그게 왜 그렇게 나누어졌을까? 모든 생명체는 생명이 끊어지면 아무것도 없다.

자, 그러면 생물도 끊어지면 아무것도 없어져. 나무 체목이 말이야 없어지면 아무것도 없어. 그럼 뭐가 있냐? 지상에는 그 나무가 썩으면 거름이 되고 이런 것 밖에 없어. 남아지는 것은. 그다음 생물체 동물인데 동물이지만 또 죽으면 영혼이 없는 거야. 생명체(生命體)는 정신은 없지만 마음하나가 떠다닌다고 했잖아. 그게 영이라 이런 말이야. 마음 하나 가지고 정신이 없고 육신이 없고 마음 하나 가지고 뭐를 해 먹을게 있어? 없잖아. 그러니까 영이 자기하고 마음이 비슷한 사람한테 업혀서 운동을 시키고 머리에 자꾸 회전을 돌리게 해서 미치게도 하고 여러 가지로 나오는 거야. 그러니까 우리는 이 땅에 살면서도 알고 살자 이런 말이니라.

이런 것과 같이 너희들도 공부할 때 선생을 잘 만나야지 지도를 받고 그래야만이 어디 가서 바보짓 안 하는 거야. 그래서 우리가 우리 공부는 입체의 공부다. 우리 과일 하나도 갖가지 영양소가 들어가고 이런 것이 전부 힘이 되고 소생케 한다는 거야. 만유일력 만유월력 만유인력 만유원력 만유이력 만유워력 자, 여기 기후 기체 기후는 기후가 올라갔다 내려갔다 하는 것을 조절(調節)하고 여기 온도를 만유인력과 만유원력이 온기와 온도를 조절하고 잘 생각해봐라. 이런 것을 들었을 때 연구를 해보란 말이야. 이제 그만큼 배웠으니까 알아야 하는데 모르니까 천도문이가 말을 해주는 거야. 자 들어보라.

만유일력은 빛으로 만물을 소생케 하는 힘을 자유 자재케 하시고 만유월력은 고체를 이루고 진미를 내주시는 것을 자유자재 하신다. 따라서 만유인력 만유원력은 온도와 온도를 조절한다. 또 그다음에는 만유이력은 모든 만물들을 사람까지 다 소생케 하며 식물이나 생물이나 생물체를 성장시킨단 말이야. 여기서 당장 써먹는 것을 알아야 하잖아. 만유워력은 요렇게 모든 것을 영양소도 부어주고 진미도 내주고 온기 온도를 조절하고 이렇게 한다. 이것이지. 여기에는 갖가지 이것을 다 말해줄 수가 없어. 그러면 그 생물에 관해있는 것은 뭐냐 하면 식물이나 잡초나 1년 초를 말이지. 아주 골고루 영양소(營養素)를 부어주시는 거야. 액체 액내 공내 영내 직농내 낵농내 원농내(액체의 근원 원료들) 이게 무란 말이야. 이런 모든 것이 다 사람에게도 유익하고 사람도 이 공간에 그냥 살면 안 되기 때문에. 기름같이 윤택하고 또 아주 유하게 하는 모든 귀함이 여기 있기 때문에 생문생동진공 속에 우리가 살고 있어. 공기층 기체층 갖가지 층 속에, 힘 속에 살고 있지만 이것이 다 모두 이렇게 하나님께서 여러 가지 힘, 여러 가지 영양소, 수많은 기름 종류, 너희들 알아듣기 쉽게 기름 종류라고 해야 해. 갖가지 그 기름도 갖가지 반짝반짝하게 내는 기름. 부드럽게 하는 기름. 기름 종류도 너무너무 많단 말이야. 이런 것이 전부 골고루 아주 더하고 덜하지 않고 아주 공적의 공의롭게 해서 공급을 하신다.

그러면 우리가 과일 하나 먹어도 하나님의 힘이 얼마나 들어가 있다는 것을 알라 이거야. 하나님은 전심전력(全心全力)을 다 쏟아서 피골(皮骨)이 상집도록 피가 마르도록 애써서 무로 이루어서 그 무로다가 전부 이루어놓으셨는데 이런 것을 생각하면서 살면 속상한 일이 없어. 왜 속상한 일이 없냐면 우리가 다니니 거북하게 했어? 어디든 뛰어가려면 뛰어가고 걸어가려면 걸어가고 가다가 내가 벌렁 자빠지려면 자빠지고 내 마음대로 할 수가 있지 않느냐 말이야. 자유스러운 세상이 아니야? 그렇지만 돈돈 하는 사람은 자유스럽지가 않아. 왜? 자기가 만들어서 하는 일이야. 그것은 너희들이 만들어서 하는 일이야. 너희들이 처리해. 왜 하나님한테 매달리지 마라.

인간의 책임이 있는데 인간이 해야지. 돈 버는 것은 인간의 책임이요 하나님께서 이렇게 사언의 법칙으로서 법도로서 아주 무한한 계명(誡命)으로서 주신 것은 하나님께서 주셨기 때문에 우리가 산중(山中)에 들어가도 물이라도 먹고 싶으면 마음대로 먹잖아. 갖가지 물을 다. 돈 버는 것은 네 재주대로 해. 왜 하나님한테 돈 벌어 달라고 해? 돈은 인간이 자기들이 벌어먹게 만들었잖아. 하나님 보고 달란 말 하지 마라. 절대로. 너무 많이 주셨어. 다 사랑이야. 우리가 생각해보니. 아주 사랑이 아닌 것이 없어. 이게 바로 하나님의 설교다. 이게 바로 하나님의 말씀이다. 성경에 이런 말이 있니? 없지! 그러면 우리가 참된 권위자를 잡고 그 교육을 가르칠 수 있고 교훈 문을 주시고 경고문을 주시는 그 아름다움을 우리가 받아들여서 그와 같이 살지 못해서 한탄스러운 것밖에 없다 하고 살면은 조금이라도 원망할 것이 없어. 내가 잘못해서 내가 또 만들어서 내가 항상 좋지 못한 것을 가지고 괴로워하고 그런 것이다.

자기가 스스로 만들어서 스스로 괴로워하는 것은 자기 탓이지 하나님 탓이 아니야. 그것을 하나님 탓으로 하면 못써. 그러니까 내 스스로 만들어서 왜 스스로 고민을 하느냐 이거야. 공포(恐怖)와 외로움과 슬픔을 가지고 살지 말자 이거야. 우리는 아무쪼록 신선한 마음에다 신선한 생각과 무한한 무를 내서 값없이 주시는 우리를 주신 감사(感謝)와 무한한 사랑을 받고 삶으로서 늘 인간들이 이런다지. 이성의 사랑을 뜨겁게 한다? 그러지 말고 하나님 사랑을 뜨겁게 해봐라. 하나님 사랑을 뜨겁게 하면 웃음밖에 안 나와. 그리고 마음속에 평화(平和)가 자꾸 와. 항상 평화가 오지. 여기에 늘 얼굴에 웃음꽃이 피지. 돈 벌다가 자기들이 이렇게 저렇게 만들어놓고서 고민(苦悶)하고 고심(苦心)하고 그러지, 나는 그런 것은 상관 안 해. 사람이라도. 남 잘사는 것 보고 나는 왜 이렇게 못사나? 그런 것은 나는 너는 지옥문(地獄門)을 자꾸 만드는구나. 또 지옥(地獄)가려고 지옥문을 만들고 있구나. 이렇게 생각해보라.

그래서 항상 괴로울 때나 슬플 때나 이런 것이 괴로움과 슬픔이 항상 인간이 너희가 만들어서 해. 그리고 또 여러 가지야. 만들지 마라. 만들면 마이너스야. 안 만들면 아주 평화다. 우리가 평화(平和)롭게 삶으로서 하나님께서 기뻐하시지. 우리가 괴롭게 살면 하나님도 괴로우셔. 그러니까 우리가 우리 집에 고양이 있는데 고양이가 야옹하고 발톱을 긁고 깨물어. 그러면 귀엽기는 한데 얄미운 것 같이 우리가 고양이라고 하고 하나님은 원래 존재인 이시니까 하나님께서 고양이를 보잔 말이야 우리를. 그런데 고양이가 예쁜 짓을 하면 무한정한 사랑이 쏟아지잖아. 사람도. 우리는 고양이는 그래도 머리는 있어. 정말 미물(微物) 같은 인간이야. 미물(微物)에도 비할 수 있고 곤충(昆蟲)에다가도 비할 수가 있어. 동물에게도 비할 수가 없는 것이요, 따라서 무지(無知)하고 아주 미련(未練)한 것이라는 것을 분명히 내가 너희한테 말을 해주겠는데. 어찌 그 마음속에 옳지 못한 마음이 도사리고 있겠는가를 생각해보자.

그렇게 먹음으로써 우리가 과일하나도 가치 있게 생각하는 것이요 소중하게 생각하는 것이요 따라서 아주 하나님께서 당신의 미래와 꿈이 확고하다는 것도 나온단 말이야. 그러니까 생각하지 않는 곳에 뭐가 있겠어? 생각함으로써 생각이 있고 생각이 있음으로써 뭐든지 발견할 수 있는 것이지. 발견을 생각하지 않는데 저절로 발견하겠니? 그러니까 사람이 이런 공부를 어느 정도 하고 보면 마음이 대범(大汎)해지고 정신이 맑기 때문에 모든 것을 자기가 처리하고 조절함으로써 바보가 되지 않는 거야. 그것이 바로 오향정기를 타고난 자요 존재 인이지. 그렇지 못한 자가 어떻게 존재 인이 될 수 있겠는가 말이다.

무지하고 미련하고 몽매하고 이런데 여기에 뭐가 존재가 있어? 미물과 다를 게 뭐가 있어? 그러니까 우리는 생각할 수 있는 여유의 마음을 가져라. 내가 항상 이런 말을 해주었잖아. 생각해낼 수 있는 여유의 마음을 가져라. 이 말씀은 바로 생각하라. 연구해라. 따라서 그럼으로써 발견할 수도 있고 연구(研究)대상(對象)이 많기 때문에 연구하면 할수록 무한한 학문(學問)이 나올 것이니라. 내가 그랬지. 그 말을 알아 못 들어서 그렇지. 그전에 대학교수가 뭐라고 한지 아니? 우리가 정신으로 짓는 죄가 있다는 거야. 자기가 어떤데 가서 좋은 말씀을 들었으면 자기 혼자 가지고 있지 말래. 누구를 교육을 해라. 자꾸 교육을 함으로써 깨어난다 이거야. 그 사람 말은 깨어남으로서 안다. 안 다는 것이 모르는 사람이 그것을 앎으로써 깨어난다는 말이지. 하나님 말씀도 이 말씀이 또 있고 또 있는 것이 아니다. 이제 처음이자 마지막으로 이 말씀이 이 땅에 내렸는데 우리는 이 말씀을 귀하게 생각하자 이런 거야. 귀함이 있음으로써 귀하게 생각하는 것이지. 귀하게 생각하지 않은 자에게 어찌 귀함이 있겠는가? 이런 말이지. 그리고 서로가 좋은 마음 가지고 좋게 생각하고 살 수 있으려고 애를 써보란 말이야. 돈이 없더라도, 이런 말이 있잖아. 죽을 쑤어 먹더라도 마음이 편안한 곳에 천국(天國)이다. 왜 천국이 되겠어? 그런 사람들은 그만치 공부를 하고 그만치 여유가 있고 모든 것을 알기 때문에 여유 있는 마음이 감동(感動)하기 때문에 서로가 없으면 서로가 위로한다고. 위로함으로써 화동체가 된다고. 사람은 똑같은데, 왜 저 남자가 돈을 벌지 못해서, 벌 수 있는데 안 버는 것은 말할 수 있지만 벌레야 벌 수 없는 자는 여자라도 벌어. 벌어서 서로가 귀하게 생각하고 서로가 화동(和同)하면 그 집안에는 애들이 교훈(敎訓)이 저절로 될 것이요 화동체가 될 것이요 따라서 화평(和平)이 올 것이니라. 이것이 바로 귀한 말씀의 뜻이니라.

  사람이 인간인자를 가졌으면 도리를 해야 할 것 아니야? 무조건 너희들보고 내가 하나님보고 달라고 하지 말라. 너희들이 돈 없는 사람은 돈돈돈 노래 하지만 돈이 저절로 오는 것이 아니야. 돈도 때가 있는 것이 아니야? 돈이 달란다고 주는 것도 아니요 자기가 노력을 한 것만치 받아먹는 것이 돈이야. 그 왜 그럴까? 인간들이 물질을 스스로 만들어서 스스로 조건을 만들어서 조건 놀음으로 사는 것이야. 돈은 조건놀음이다. 이렇게 해서 사는 것이니까 하나님은 조건(條件)이 없잖아. 그

저 무대포로 값없이 주시는 거야. 그저 물도 저 깊은 산에 가면 맑은 물이 청명(淸明)한 옥수가 졸졸졸 흘러나오는데 욕심(慾心) 많은 사람은 배가 터지도록 먹고 또 먹어도 배가 갈라지도록 먹어도 누가 물 값을 달래? 그러니까 그것은 하나님께서 값없이 주시는 귀한 것이라는 거야. 과일도 한번 비가 오는데 독 비가 내려 봐라. 열매다가 전부 하나님께서 말씀하시는데 열매다가 못 먹을 약을 뿌려놓으면 한 사람도 사는 사람이 없고 한 식물도 살 수가 없다는 거란다.

이라크인가 나발 통인가 지금 좋지 못한 비가 오니까 생물이 마르고 죽어버린데. 그런 것과 같이 우리가 살아있으니 살아있는 것이지 하나님께서 우리를 죽이려면 죽이고 살리려면 살리고 마음대로 하시는데 욕심(慾心)낼 필요가 없어. 모세 때 맛나 라는 것이 진짜 있긴 있었어. 맛나가 뭔지 아니? 하늘에 가보니까 흙이더라. 산인데 약간 미색(微色)이나 하얗게 뽀얗고 그게 정신(精神)으로 가서 먹어보니까 쫀득쫀득해요. 시루떡 같잖아. 이렇게 쫀득하고 생기에 이런데서 맛있다 해도 떡이 그렇게 맛있어. 그런데 이것은 생기고 쫀득쫀득 하더라고. 그래서 꿈에도 이것 많이 가져간다고 이러다가 오면 아무것도 없어. 그게 맛나야. 하늘이 먹는 게 없으니까. 안 먹는 것도 아니고 하늘에 두 번인가 세 번인가 있고 많이 있으면 세 번 있고 한 번도 없을 때가 있어. 연회석(宴會席)에 들어가면 음식이 있긴 있는데 음식성이 있어. 우리 애들이 하늘 문구로 다 받아놓았는데 모두 잡숫고는 그 자리에서 배설(排泄)을 다 해버려. 배설하는 장소에서 해버리면 그것을 다 산화(酸化)시켜버려. 그러니 깨끗하지. 균(菌)이 있을 내야 있을 수가 없는 하늘나라의 세상(世上)이다.

물이 또 갖가지 물이 있는데 그물을 먹으면 화장(化粧)한 얼굴처럼 나타나서 술도 저절로 산에서 내려서 있지. 지하성에 가보라. 산이 금산(金山) 은산(銀山) 보석(寶石) 산으로 전부 되어 있다. 여기도 이제 그 돌이 실색(失色)이 돼서 이렇지 사실은 보석(寶石) 산(山)인 거야. 그래서 앞으로 심판(審判)하면 다시 그 실색(失色)했던 것이 다시 소생(疏生)하고 살아난다고 하잖아. 그러니 이런 말을 누가 곧이듣겠니? 우리 식구는 이런 학문을 가르침으로서 다 되는 것이지. 액도 넉도 동내독도 동낵도라는 것이 화학의 근원인데 이 여기 아주 응고(凝固)가 되어서 엿 끓여보았어? 엿이 응고(凝固)가 되어 거품이 풍처럼 일어나잖아. 그것은 풍이 얼마나 큰지 이천 시내만큼 일어났다가 팍하면 푹하고 그것이 주루루루 올라가 주루루 떨어지고 이런 것을 보지 않은 사람이 어떻게 알겠니? 너도 좀 갈고닦아서 좀 봐봐라.

액체(液體)는 막 와글 버글 하고 조루르하며 올라가고 이 곡선(曲線) 직선(直線) 가로세로가 되어 떨어지고 올라갈 때에는 확산(擴散)되어서 내려 올 때에는 한군데 지 자리에 와서 떨어져. 성경에 이런 말이 있니? 없지. 여기 바윗돌이 굳어있지. 엿보다 더 응고가 된 것도 있고 액체가 그게 막 와가지고 갈

라놓으면 주루루 하면서 분화구가 밑에서부터 쭉 올라와서 짝 펴면 이렇게 되는 것도 있고, 다 그렇게 식어서 산이 되고 들이 되었지. 그게 어디 유명한 성현들이 만들어놓은 것이니? 모르겠다. 그것을 예수님이 만들어 놓으면 예수님을 주라고 하겠다. 그러나 사람은 주(主)가 될 수가 없다. 죽은 역사는 아무리 믿어봐야 죽음으로 끝났으니 헛됨이라.

 살아있는 하늘의 산 역사를 믿어야지 우리 이런 것을 좀 알고 살자. 그래서 하나님을 어떻게 생각해야겠어? 과일 하나를 먹더라고 갖가지 합류되어서 공급하시고 영양소(營養素)도 갖가지 영양소를 갖가지 식물에 따라서 주시고 또 열매에는 갖가지 당분 염분 그냥 그 귀함을 주어서 그렇게 아주 아름답게 그런 열매란 말이야. 열매 쳐 놓고 아름답지 않은 열매가 있어? 다 아름답지. 그러니까 우리가 참 그런 것을 생각해서도 하나님을 귀하게 생각하자 이거야. 하나님께서 이런 것을 다 만드셨기 때문에 우리가 받아서 먹고사는 것이 아니야? 하늘처럼 안 먹어도 진미(珍味)선만 받아먹고 살아도 살 수 있고 진미선만 받아먹을 수 있는 그러한 정신과 마음이 안 되었거니와 육신은 다 썩어서 벌레 통이 되어가지고 맨 벌레지. 이런데 이 피부(皮膚)도 말이야. 힘살이 모두 조직이 전부 담배 피워 니코틴 같은 진이 들어있지. 술 먹어 알콜이 들어있지. 거기다가 비린 것을 먹어서 비린 것이 다 살이 되고 피가 되었지. 아이구야, 어떻게 할래? 한심(寒心)하다.

속에는 얼마나 벌레가 많고 긴 것 작은 것 기다란 것 이런 게 전부 있고 넓적한 것 오만가지 주둥아리 까맣고 아주 가는 벌레 속 들여다보니까 그게 큰 장에서 흐물거리고 그러니까 간단하게 말해서 대장균이지. 그러니까 배설하고 물로 깨끗이 닦아야 되지. 그러니까 우리는 깨끗하게 청결하게 하자. 기도할 때에는 꼭 이 닦고 뒷물하고 혀도 살살이 닦고 소금물을 헹구어내고. 성전에 들어가려면 소금으로 요새 이를 닦는데 소금 냄새가 나더라고. 코도 닦고 목구멍도 닦고 계속 이래가지고 그러니까 세수하는 시간이 30분이 가지. 조부님 뭐라고 하는지 아니? 너는 참 씻는 시간이 오래 간다. 그래도 저기 성전(聖殿)에 들어가면 겁나는 데야. 그래도 거기 들어가면 두렵고 엄숙(嚴肅)하고 자연히 숙연(肅然)해지는데 그러니 우리 집 환경이 그러니까 나는 자연히 그럴 수밖에 있어? 어디 갔다 오면 그 직선 목욕하지. 아주 죽겠어도 목욕을 해야지. 냄새나고 갖가지 먼지를 뒤집어썼으니까 머리 감고 그래야 좀 속이 개운하다.

하나님께서 창설(創設)을 하신 창설은 바로 어떠한 것인가 하면 생 기둥을 줄줄이 줄을 잇고 쌍쌍이 쌍을 지어 타원형같이 둥글게 둥글게 된 원을 이룰 때니라. 원은 이룰 때에는 그 원안에 생태기와 생태계가 다 들어있을 때기 때문에 생불체는 다 이루었지. 생불체가 들어있는 그 원에는 원심의 근원으로서 천연의 전뮨으로 이루어지는 때지. 이때는 바로 창설하였느니라. 4위기대를 세우고 갖가지 생 기둥을 줄줄이 줄을 이어 둘러서 갖가지 생을 겹겹이 띄워 생 띠를 띠었고 갖가지 모든 그 생 힘을 둘러 갖가지 그 힘 층을 이루어가면서 둥근 타원형 같이 창설을 시작하였노라. 이때는 내가 불변불로서 완벽한 독재자로서 되어있을 때지. 왜냐하면 조화자가 바로 독재자요 독재여다. 이때에 독재자 독재여가 자리를 웅대하게 정할 때지. 이럼으로써 창설(創設)이 시작되었느니라.

이때에는 갖가지 원문에서 뽑아 원술로서 모든 것을 냈지. 이때에 생생 생문진과 생생 천체술과 갖가지 문문 문도를 세워. 그 문문문도에는 모두 조화인 것이니라. 조화로서 모두가 무한정한 진과 문을 쳐서 그 문에 따라 술로서 모든 것을 조화로 이루어서 원을 창설해놓고 본즉 그 타원형(楕圓形) 같은 원안에는 아주 아름답고 찬란한 생불체가 아주 튼튼하게 자리를 확정하여 그 자리가 모든 생으로 이루어졌기 때문에 생에는 생생이 되어있고 생생 에는 생 힘이 되어있음으로써 일심(一心)일치(一致) 일심정기로서 갖가지 모든 것이 술로서 풀어 술로 이루었기 때문에 이것을 문술 이라고 하는 말씀이니라. 문술이 없다면 어찌 조화를 부릴 수가 있겠는가를 생각해 보잔 말이지. 조화는 조화대로 조화를 내고 조화중에 조화기 때문에 진술과 그 진술에 따라 문술과 문술에 따라 진행자유술과 또한 진행자유술이 완벽함으로서 본술과 본도술이 완벽하고 이 본술 에서 생 본도 술과 생문본도 본질 낵도술과 생생 생술과 생문술과 천문 천도 술과 천체자유 문문 책초 낵초 술과 이와 같이 낵초는 낵초대로 반짝이며 모든 것이 완성으로서 이루어지는지라.

이것은 바로 창설해놓고 근원(根源)의 창조(創造)를 이루는 이때니라. 이럼으로써 이 무한한 문도들이 모두 슬기롭고 찬란하면서도 아름다운지라. 이렇게 귀하고 귀한 모든 문술 들이 술을 펴 아주 원문과 본문을 내며 본질 낵도 본도술이 질서를 유지하고 주독에서부터 푼즉 주역이 나왔고 주역(周易)을 푼즉 육갑(六甲) 술(術)이 나온 것이요 이것이 바로 숫자니라. 수학(數學)과 모든 숫자에 그 원리(原理) 논리(論理)는 유형(有形)실체(實體)에서부터 모든 것을 쓰는 것인데 그것은 유형에 쓰는 숫자기 때문에 근원이 필요 없다. 이런 말이지. 이럼으로써 그 숫자가 바로 무엇인가 하면 맺고 끊는데 따라서 정지 정도 술이라는 것이니라. 알겠느냐? 이것은 근원에 창설에는 쓸래야 쓸 수가 없단 말이지. 왜냐하면 나는 조화요 그 조화가 조화체로 나타났기 때문에 독재자란 말이지. 이때에 나는 원료를 다 이루어놓은 상태니라.

갖가지 원료가 살아있음으로서 수없는 무로 이루어놓은 원료들이 발효 발로 발휘될 때에는 조화자라고 하였지. 이때는 두 현인밖에 없기 때문이요 따라서 머리를 짜내서 모두 발견되어 나왔기 때문에 우리는 미래와 꿈이 확고하다고 한 말씀의 뜻이니라. 이럼으로서 이때는 생문생술이요 생생천문술이요 생생문문술이요 생생 생동술이요 이 모든 술이 살아서 숨쉬고 있다는 말씀이니라. 이렇기 때문에 생태기와 생태계를 싸고 있는 타원형(橢圓形)이 바로 둥글게, 둥글게 원을 이루어 그 원안에는 갖가지 모든 신비와 찬란함과 귀함밖에 없단 말이지. 여기에는 모든 불록조에서 나오는 무한한 진공을 쳐서 타원형 같이 이루며 그 타원형 같은 형에는 갖가지 힘에 층과 힘의 띠와 생 띠와 이런 생으로 이루어놓은 무한한 문법도로서 이행되어있게 이루어놓았기 때문에 불변(不變)불이라는 것을 잊지 말자 이런 말씀이지. 이것이 바로 생태기 생태계가 안정되어있는 자리니라.

그 속에 들어있었다가 행이 조심조심 자동식으로 서서히 행 속에서 벗어나실 때에는 벌써 조화자다. 벗어나면서부터 생 불체를 이룰 때가 있었고 그때는 조화자 독재(獨裁)자로 나올 때에는 창설(創設)을 할 때고. 이렇게 생불체에서 서서히 벗어나오면서부터는 조화(造化)자로 나오는 거야. 벗어날 때 조화자지. 독재자고. 왜 독재자냐면 당신들밖에 없으니까 독재지 뭐야? 그리고 독재일 수밖에 없어. 모든 것을 당신들이 내기 때문에 이제 생태기와 생태계는 벌써 합류가 들어 있잖아? 모든 학문이 여기에 이게 한꺼번에 이 자리에 다 들어와 있으니 원이 들어오잖아. 타원형(橢圓形) 같은 원이 그러니까 원이 둘이 있어. 근원의 원이 있고 원인의 원에서는 생생문이 나오는 거야. 생생문이 나와서 근원근도 원파가 나오는 거야. 인간이 태어난 파가 있듯이 근원근도 원 파는 하나님의 파다.

하나님께서 바람이 없다면 무기가 없는 것이다. 바람이 있음으로써 막도 치고 문도치고 술도 피고 이런 거야. 그래서 우리는 이런 것을 지금은 이렇게 배우지만 차차 책이 나오면 세심하게 나올 것이라고. 그러면 이 세상 사람이 누가 안 놀라겠니? 바람은 하나인 줄만 알지 바람이 무로 되어있다는 것을 이 지구에는 누구도 알지 못하는 거야. 대 원통 대통바람이라 소리도 처음 듣고 대통바람이라 소리도 소리이고 또 생생문도 바람 무한히 많지. 생 바람 이렇게 생 바람에는 벌써 생을 지니고 무한한 생을 동원해. 생 바람에는 갖가지 생을 동원하니 생에는 벌써 힘도 있고 정기도 있잖아. 그것을 잊지 말고 지금 모든 종교는 다 귀신을 믿고 살 거든. 그리고 귀신에 다 접해있어. 아무것도 안 믿는 사람은 조상 믿고 살고, 그 다음 유교 믿고 살고, 그다음 부처 믿고 살고, 그다음에 기독교 믿고 살고, 이제 무당은 대감 믿고 살고, 산신 믿고 살고, 무당들 생각에는 산신을 높게 생각해. 절에도 그렇지만 산신을 높이 받들어 모시며 산다 이거야. 산신(山神)이 아무리 좋다 할지라도 오직 사람이 죽은 귀신(鬼神)이기 때문에 그것은 귀신이다 이런 거야. 부처님도 이 세상에 살아있다면 산사람 믿지만 죽었기 때문에 그것은 마찬가지요 예수님도 살아있다면 산사람 믿는 것이지만 죽었기 때문에 그 이미 죽은 것이야. 사람이 죽으면 귀신(鬼神)이란 말이다.

그렇지만 하나님과 하나님의 후손(後孫)들은 영원(永遠)불변(不變)하게 절대(絶對)한 불변(不變)불이시기 때문에 살아서 영원하게 계신 분이야. 그럼 이런 분이 지금 강림을 하셨다면 우리가 서로가 하나님과 답례를 못할망정 이렇게 정신이 죽어있으면 되겠느냐 말이야. 아무리 일자무식이라도 똑바른 신앙이 되어서 욕심이 없는 신앙, 또 남의 것을 탐내지 않는 신앙, 남을 흉보지 않는 자, 이런 자들은 바로 마음이 첫째 편안해. 마음이 편안(便安)하기 때문에 안식(安息)을 얻는다. 안식을 얻기 때문에 자기 갈 길을 편안한 마음으로 갈 수 있는 그러한 자세가 되어있다. 그런데 그 돈이 얽매어가지고 돈에 노예가 되면 그것은 아주 마이너스인 거야. 하나님은 어떤 물질이라도 증거로 딱딱 이것은 유리컵이다. 이것이 원료가 모래에서 나왔거든. 보면 모래지만 그 모래에서 결정체(結晶體)가 나온 거야. 그럼 이 유리도 수천가지야.

이런데 사실은 이 모든 것을 귀하게 생각했을 때 마음이 편안하고 안식을 얻어. 그러니까 무식할지라도 하나님의 마음을 한번 들으면 절대로 잊어버리지 않아. 외울 수 있는 거야. 사람이 습성은 하루아침에 버리기가 어렵고 사상도 버리기가 어려워. 그렇지만 머리가 뛰어났기 때문에 이치와 의미가 딱 맞음으로써 하늘이 살아있다는 것을 확신(確信)하고 믿어요. 믿기 때문에 전날에 그 묻었던 때가 껍질이 홀랑 벗겨져서 없어졌어. 그것은 하나님을 의심이나 하고 천도문이를 흉이나 보고 못마땅하다고 만날 뜯기나 하는 사람들은 절대(絕對)로 정신(精神)이 크지를 않아요. 그것을 알아야 해. 그런데 너희 같은 사람들은 처음으로 자기 사상이 있음으로써 막스라는 사람은 신앙을 내지 않았다. 바로 공산주의 사상이 신앙(信

仰)이다. 그렇지만 그것으로 신앙을 삼았기 때문에 절대(絕對)로 하나님이 있는지 없는지 몰라.

그런데 아무리 하늘에서 선택(選擇)을 했어도 자기 자신이 안 받아들일 때에는 선택(選擇)했어도 소용이 없는 거야. 성경에 순종하고 순응하고 명령에 복종하는 자는 하나님께서 복을 내려주신다고 했어. 그랬기 때문에 처음 들어도 의심 없이 탁 받아들여서 그 의심이 떠나버렸다고. 그런 가운데서 공부하기 때문에 머리회전이 빨리 돌아가고 이렇기 때문에 이 사람의 자손들 대대손손이 그 아버지가 이 일을 하면 대대손손이 복이 내리는 거야. 하나님을 의심(疑心)하고 이런 자는 복이 없는 거야. 하나님을 배신(背信)한 자기 때문에 왜 우리가 이런데 이왕 이 신앙(信仰)을 믿음으로서 우리 정신을 밝게 하지 못할망정 왜 어리석은 짓을 하느냐 그거야. 하나님하고 사람의 차원이 어떻게 된 거야? 하나님께서 우리를 볼 때 벌레만도 못하다 하실 때에는 그 높으신 차원을 우리가 깨달아야지. 그 관점(觀點)을 못 보는 거야. 그 관점을 너무 모르는 거야. 모르기 때문에 지 멋대로 생각하기 때문이라.

우리가 하나님을 믿음으로서 하나님께서 천주의 새 말씀을 주심으로서 천주의 새 말씀을 선포(宣布)할 수 있는 이러한 자가 되어야 되지. 그런데 성경조금 불교조금 유교조금 철학 넣고 과학 조금 넣고 이렇게 되면 이게 진리(眞理)가 되는 거야? 아니지 어떻게 알아도 안보고 하나님의 강림(降臨)을 선포(宣

布)한다고 했으면 그 소리 들었으면 너무나 고차원(高次元)이기 때문에 우리가 고민(苦悶)할 필요가 없어. 귀신(鬼神)도 믿던 사람들이 하나님 강림(降臨)하셨다는데 너무 기쁜 마음으로 받아들여야지. 그럼으로써 그 영광을 받을 수가 있다 그거야. 그런데 하나님 말씀은 어떤 말씀이냐? 바로 학문(學文)이요 철학(哲學)이요 첫째 과학(科學)이요 갖가지 학문을 말이지, 아주 정말이지 당신체도 없으신 분이 자기들 체를 스스로 이루셔서 존재(存在)할 수 있는 능력을 갖추셨기 때문에 권능자가 되어서 권능을 베풀 수가 있음으로써 무한한 천심의 천륜(天倫)의 천정의 그 사랑이 끓어 넘친다는 것을 잊지 말아야 한다 이런 뜻이니라.

내 말씀은. 아니 내가 그야말로 귀신이 들린 사람이라면 몸을 떨겠지. 대게 보면 몰을 떨어. 그렇지만 내가 몸을 떠니? 그리고 내가 밤새껏 공부해서 발견한 말씀을 나는 아낌없이 다 주는 거야. 그렇지만 저 기독교나 절에 중들이나 절에는 법사가 목사와 같은 것이니라. 이런 자들은 그 말씀을 그 신도들 한마디 주는데 빨리 안주어. 나는 깨달았어. 왜 그냥 안줄까? 딱 비유(比喻)와 상징(象徵)으로서 이런 망치로 때리면서 한마디 던져주어요. 진심(眞心)을 내지 말라. 탐을 하지 말라. 네가 쌓아 올린 정신 탑(塔)을 무너트리지 말라. 그래서 탐을 하지 말라는 거야. 진심을 내지 말라는 것은 이 진심(眞心)이라는 것은 뭔가 하면 안정된 마음 안정(安定)된 자리를 정해서 모든 것을 알 수 있는 능력(能力)을 갖추라는 거야. 그렇게 상징적(象徵的)으로 너희들 앞에 한마디 주면 알겠니? 진심을 내지 말라. 탑을 하지 말라. 원이 둥글다. 그냥 둥글다. 하니 어떻게 둥근지 알 수가 있겠는가? 그러니까 말씀을 한마디 들으려면 절에도 힘들고 기독교에도 그래. 자기가 며칠이나 성경을 연구해서 다 안내놔. 그 사람이 설교하면 세상 사람 얘기인데도 우는 사람도 있고 떠는 사람도 있다!

너희들은 눈에 보이지 않기 때문에 분명히 보이지 않아도 보인다. 어떻게 이 공간이 고체(固體)로 나타나서 보고 너희들이 몰라 그렇지. 이 물도 너희 생명이요 그야말로 생명이 아닌 것이 없어. 알고 보면 말이야. 행 생 핵. 이게 세 가지 조목이지만 행에는 생을 저장하고 계시고 행 속에 생의 자체라고 하셨는데 생 속에 중심으로서 핵심(核心)이 계신다. 그럼으로써 그 생 핵 이 모든 광명(光明)에 밝은 그 태양(太陽)이 모든 은하계(銀河系)든지 이런 것이 어디서 나왔느냐? 바로 핵에서 나왔어. 전부 빛살이 뻗치고 그 근원(根源)이 없는데 어디서 생겼겠어? 우리가 이런 것을 한번 생각해보자 이거야. 그럼으로써 하나님께서 행 속에 사실 때에 체는 없지만 완성(完成)이라고 말씀하셨고 그 둥근 타원형 같은 그 행에서 행 속에서 벗어날 때가 있잖아? 벗어나서 생불체에 들어가고 생불체에서 벗어날 때가 있다.

그때는 창설(創設)을 시작하고 생 공간을 시작해서 생 공간을 발사해놓으니까 그것이 4해 바다는 원료로 차 있고 갖가지 원료가 무한정하고 근원근도 원 파가 딱 나왔잖아. 천연의 천륜의 원심의 근도 원 파가 생 공간으로 나왔단 말이야. 유형으로 나왔단 말이야. 그러니까 무한한 생을 지니고 무한한 생생을 지니시고 무한한 힘을 지니시고 이런 전자 분자 이게 다 정기란 말이야. 갖가지 정기 종류가 한없고 끝없이 무로 내셨다고. 이러한 학문이 고도차원이 고도 과학의 학문으로서 고차원(高次元)으로서 그 얼마나 차원관이 놀라우냐 말이야. 이렇기 때문에 원문 본문 벌써 원문이 있음으로써 본문(本文)이 바로 원리(原理) 논리(論理)를 펴는 것 같이 원문이 있고 본문이 있고 본질(本質)이 있은즉 질서를 유지하더라. 지속연속으로 질서를 유지하는 거야. 유지함으로써 뭐가 나오지? 갖가지 근원의 원리와 논리로 나오는 것이다.

그 광대 광범한 말씀을 하루아침에 다 배우나? 아무리 컴퓨터라도 나도 그것을 발견하기 어려워서 남 일어날 때 잠을 자고 있는데 뜬눈을 뜨고 있을 때에는 성전에 일찍 들어갔다 나오지만 남 잘 때 나는 공부할 때 남 일어날 때 5시 6시에 일어나고 그렇게 날을 새서 공부해서 주니까 아우 참! 어머니 공부해서 얼마나 애를 쓰십니까? 너무 감사합니다. 우리 이렇게 우리 미개(未開)한 곤충(昆蟲) 같은 것들을 위해서 잠도 못 주무시고 수고가 많습니다. 이런 말을 못할망정 사실은 누구나 물론(勿論)하고 다 그래. 누구나 물론(勿論)하고 난체하지 말라는 거야. 사람은 항상 자기 앞가림을 할 줄 알아야 해. 어떤 종교를 알아보더라도 한 번 진지하게 한 번 미치며 알아보고서 좋다 나쁘다 말을 해야지. 좋다 나쁘다 하기 전에 내가 아무것도 모르는데 누가 좋다 나쁘다 할 말이 없는 거야. 사람은 누구나 물론하고 나는 나를 모르는데 어떻게 남을 알 수 있겠느냐?

이거야. 보니까, 앞에 갖다 놓아도 그 심정(心情)도 꿰뚫어 보지도 못하는 거야. 그러니까 항상 서로 의심(疑心)만 하고 사는 거야. 의심이 고도(高度)에 넘치는 악(惡)이 되어버리는 거야. 그래도 공부한 자는 그래도 여유의 마음이 있기 때문에 남을 함부로 없앤 여기지 아니하고 남을 말이지 깔보지 않는 거야. 항상 남을 쳐다보고 살아. 그 사람 속에다가 육조(六曹)를 베풀었는데 말하는 속을 어찌 알아? 그 심리를 꿰뚫어 보지 못한 이상 어디가 잘났다고 그래? 잘난데도 없는데. 사람은 사람답게 살아야지. 사람은 사람답게 살았을 때 그는 사람이요 사람답지 못하게 살 때에는 그는 곤충(昆蟲)만도 못한 죽은 인생이다. 곤충(昆蟲)은 그래도 이런 뿌리 수염 눈을 가지고 측정(測定)이나 하고 바람이 불고 안 불고 비바람이 들어오고 안 들어오고를 알지 이것은 아무것도 모르는 거야. 지금 금시 죽인데도 모른다. 개미가 가장 작지만 개미는 벌써 아주 앞으로 오는 것을 알기 때문에 높은 곳으로 기어가 비 오면 쓸려가니까 그러니까 나무에 올라간다. 송충이 솔 먹고 산다. 그 솔을 이빠이 처먹고 마지막에는 떨어져서 죽어요. 어떻게? 하늘에서 무슨 약을 뿌리는지 한번 보니까 착 떨어져 죽었어. 아침에 일어나면 그 참나무에 잎도 다 뜯어 먹으면 착하고 죽어버려. 그러니까 절대 남의 신앙을 함부로 그렇게 보면 안된다.

그럼으로써 예(禮)와 법도(法度)를 알게 되어 있음으로써 예의예지를 알고서 자기 스스로 자기를 갈고닦은즉 그것이 바로 아주 현명(賢明)한 자가 되었더라. 이렇기 때문에 현명한자가 됨으로써 항상 아주 정서적으로 살 수가 있어. 정서가 어떤 것인지 모르고 정서, 정서 하지만 우리는 정서를 알아야한다 이거야. 정신이 밝고 마음이 맑고 깨끗함으로 육신이 성화되어서 맑고 깨끗해 보라. 그럼으로써 항상 누구에게 흔들리지 않아. 그럼으로써 자기가 자유스러운 사람이 되는 거야. 하나님도 이런 말씀을 하셨잖아. 전심전력을 다 쏟아서 피골이 상집도록 처음에는 피나는 노력을 하셨거든. 피나는 노력에 전심전력을 다 쏟아서 피골이 상집도록 연구하셨다는 거야. 알기나 해? 성경(聖經)처럼 나와라 뚝딱 나오고 도깨비 방망이도 그렇게 안 해. 도깨비 방망이도 눈속임을 하는 거야. 어떤 막대기 도리께 대가리 피가 묻었거나 빗자루에 여자경도 피가 묻었다거나 그러면 그것을 조건을 삼아 돌아다니는거야. 반짝반짝 거리면서 알기나 해? 도깨비도 무슨 조건이있어야 되는 거야. 사람도 사람인데 오직 사람인데 천주의 새말씀을 어찌 헛되이 넘기려고 해? 왜 공부 안 해? 열심히 갈고 닦기를 바란다.

하나님께서 원을 둥글게, 둥글게 이루었단 말이야. 그 원 말고 공간이 전부 들어가는 원이 또 있어. 그게 어디서 나오느냐 하면 천심(天心)에서 나오는 거야. 천심 때 원심(圓心) 때가 아니고 천심 때. 천심의 천륜은 천정이요, 원심의 천륜(天倫)은 천연(天然)이요, 천연의 원심의 천륜 근원 근도 원 파 생 공간을 말씀하시는 거야. 무한히 생각을 하실 때야. 행 속에 사실 때에는 몸체도 없으시지만 무한히 생각을 하실 때고 또 생각을 해내실 때에는 뭐든지 이 머리에서 한없고 끝없이 나오는 거야. 그렇게 해서 당신의 몸을 갖추었다. 과학으로 갖추셨어. 그 과학은 어떤 것을 만드는 것보다 만드는 것과 생명체(生命體)와 다른 것이다. 왜 그러냐면 생이 없으면 과학(科學)이 될 수 없다는 것을 알아야 된다. 생이 있음으로써 무한한 과학을 낼 수 있다는 것을 알라. 내가 항상 하는 말이잖아. 그리고 하나님 두 분은 다 당신들 것이다. 왜냐하면 행 속에 사실 때 아무것도 보이지 않았단 말이야. 너희도 보이지 않는 데는 있다 하니? 없다하지. 있기는 있는데 보이지 않으니 없단 말이지. 그렇지만 보이지 않는 것을 이미 알았기 때문에 행 속에는 생을 저장(貯藏)하고 있다. 이런 말을 잘 듣고 가야 해. 생을 저장하고 있다. 그래서 이때에 생의 자체라고 하셨어. 생의 자체라고 하면 다 나온 것이야. 통계로 나온 것이다.

입체로 나온 것이야. 세부조직은 이제 배워야 나오는 것이고. 그래서 하나님께서는 하고자 하오시면 못하실 능력이 없으신 거야. 한없고 끝없이 무로 내놓으시기 때문에. 그래서 행 속에 사실 때에 그 생에 자체는 바로 행 속에서 핵심이야. 핵심에서 진가를 나타냈다. 진가는 생불체를 이루어놓고 보니 조화자가 되었거든. 조화자는 차원이 다르다. 굉장히 높다. 조화자로 되었을 때에는 원료를 내실 때야. 원료도 내셔서 발효도 시키고 발로도하고 발휘도 되어있다. 근원의 원료가 있음으로써 원인의 원료가 있고 이런 원료가 한없고 끝없이 많단 말이야. 그래서 생불체 때에는 조화자 조화여다. 이래서 이때에는 벌써 당신들은 미래를 알아. 미래를 다 아시고 꿈이 있고 목적(目的)과 목적관이 있으시지. 있으시기 때문에 당신들은 뜻을 이루어서 생육번성해서 충만하게 해서 무한히 당신 뜻을 영광으로 나타내고 그 영광이 나타나니까 영광도로사실 수 있다는 뜻이다. 뜻이 없으면 살 수가 없어. 사람은 뜻이 있어야 산다.

그리고 누구나 물론하고 이 어린이들도 듣는 관점이 다 달라. 하나님 말씀을 듣고자 하는 애들이 있어. 그런 아이들은 앞으로 틀림없이 전진자유를 먼저 해. 왜 그럴까? 추진력이 강하기 때문에 듣는 귀가 있어서 들었기 때문에 크면 내가 뭐 해야 되겠다. 이런 용기를 가져야 해. 그래서 이런 애들이 맑고 깨끗하지만 하나님 말씀들을 때에는 하나님 말씀 잘 듣는 애가 있고 안 듣는 애들이 있어. 그러니까 듣는 것을 보면 앞아서 장난을 하기 시작하고 그럼 제대로 안 들어가. 자기가 하고자 하면 할 수 있는데 그런 뭐가 없어. 그러니까 무미(無味)한 상태야. 그래서 학교 다니는 애들도 그래. 아, 나는 하나님께서 태양(太陽)도 만드시고 생명(生命)도 내시고 호흡(呼

吸)할 수 있는 그러한 산소(酸素)도 내놓으시고 갖가지 화학 (化學)이든지 생물학(生物學)이든지 과학(科學) 철학(哲學)이 든지 모두 하나님께서 내셨는데 내가 세상 공부한 사람한테 배워봤자 만날 거기서 거기 나는 이것을 배워야겠다. 하고 하 나님 말씀을 열심히 공부하면 그때는 학교 다니는 애들은 그 것은 저절로 풀려 나가는 거야. 왜? 근원(根源)을 배우기 때문 에 빨리 풀려나가. 그래서 어떤 자든지 어린이든 어른이든 어 느 곳에 가든지 관심이 있어라 이거야. 관심(關心)이 있는 자 는 틀림없이 듣는 거야. 관심이 없는 자는 소에게 경 읽는 소 리야. 지 먹는 거나 뺏으면 거기나 관심(關心) 있다. 그러니까 소와 같다.

우리 집에 강아지 이슬이를 놓고 얘기를 해보았어. 요렇게 듣는 거야. 이게 귀를 척 늘어트리고 들으면 안 듣는 거야. 그 것도 소에 경 읽는 거야. 그런데 귀를 세우고 눈을 똥그랗게 뜨고 듣는 거야. 너 말이야 새끼를 젖을 먹일 때 시시때때로 그렇게 두러 누어 먹이지 마. 나갔다 한참씩 놀다가 들어와 먹이면 새끼 배불러 좋고 너 젖 안 아파 좋고. 너 왜 그러냐? 그리고 나서는 가만 나두었어. 아, 그리고 나서는 꼭 젖을 먹 여놓고 나간다고? 그렇지 않으면 옆에다 놓고 자기는 옆에서 자고 그런 개도 관심 있게 들으니까 그것을 아는데 한번 말했 는데 당장 안 해. 일어나기 싫으면 마냥 먹일 때도 있는데 그 런데 딱딱 절도 있게 먹이더라.

하나님께서 아까 뭐라고 했어? 사람이 똑똑하게 살라. 사람이 현명(賢明)한자는 아주 뭐든지 절도 있게 산다고 했어. 그러니까 사람은 내가 교훈(敎訓)을 그렇게 가르쳐도 안 들어. 신랑한테 잘해라 해도 들을 때는 잘해야지 하고 가서는 가장 작은데서 꼬부장해서 싸워. 그것은 아주 좋지 못한 거야. 그것은 바로 너그러운 마음이 없기 때문이다. 그래 그리고 혼자는 안 돼. 부부가 서로 잘 주고 잘 받는다는 것이 뭐야? 잘 주고 잘 받으면 조성을 잘 해나갈 수 있어. 잘 주고 잘 받는데 조성이 되지 그렇지 못하면 조성이 안 돼. 남자는 6가지 조목이 있고 여자는 5가지 조목이 있다. 남자는 주체성을 가졌기 때문에 6가지 조목을 준거야. 그래서 항상 남자가 아버지 사랑을 하지!

하나님께서 행 생 핵은 이것이 바로 무한한 무가 나올 저장(貯藏) 탱크 통이야. 너희들 알아듣기 쉽게 말하면 그런 행 속에 살 때 행이 뭐냐 하면 갖가지 행을 겹겹이 싸서 생(生)에 창고(倉庫)야. 그 생의 창고(倉庫)에는 핵심(核心)이 들어있다. 그 핵심은 바로 주체분과 대상님이 거기 핵심으로 사실 때에 몸체가 없기 때문에 이때는 조화야. 타원형(橢圓形)같이 둥글게 되어있는 행 속에는 생으로 꽉 차 있어. 그래서 생의 자체라고 하셨어. 왜 생의 자체라고 하셨냐하면 생의 자체라고 하신 말씀의 뜻은 당신은 갖가지 생물학(生物學)이든지 갖가지 안 내놓을 것이 없이 갖가지를 내놓을 수 있는 내용물(內容物)이 꽉 차 있는 거야 이 안에. 이런 창고야. 이래야 잘 듣지.

저장창고야. 이 안에 생에도 일심일치 일심정기는 바로 갖가지 생생이라는 것이 하나가 아니야. 그 생에 따라서 생생이 다 있어. 그래서 일심정기 일심일치라고 하잖아. 갖가지 정기는 똑같단 말이야. 그래도 생에 따라서 정기는 조금 다르게 있어도 생 힘을 내는 것은 똑같은 거야. 이때에 생의 자체에서 왜 생의 자체가 되느냐?

하나님께서 둥글게, 둥글게 타원형 같은 행을 당신이 자리를 정했어. 조화로 만들었다 이거야. 거기에는 생이 꽉차있는 생의 창고인데 생의 창고에서 제일 핵심(核心)이 들어있는 거야. 이분이 이것을 다 내놓는 거야. 내놓고서 또 생각하셨어. 이때는 벌써 태반태도원태도라는 것이 완벽하게 태반이 딱 지층(地層)같이 쌓아 올려서 그 안에 안정되어 있었어. 그럼 조화 때에 태반에 안정되어 계셨지만 여기 생이 꽉 차 있는 것을 아는데 이것을 가르고 쪼개고 나누어 연구를 해내야 하잖아. 이것을 당신이 생각하는 거야. 이때 보이지 않지만. 너희들 힘이 보이니? 나는 힘을 보았어. 왜 그러냐 하면 여기 이렇게 전부 생이 이것을 싸고 있고 여기는 생과 핵이 싸있어. 그 안에 중심체가 딱 들어있단 말이야 주인이. 들어있으시니까 당신 처지(處地)가 안 하려야 안할 수 없는 처지가 되었어. 그러니까 당신은 생각을 하시는 거야. 두 분이 생각하시는 거야. 생각하셔서 뭐를 첫째 내야 하느냐 하면 첫째는 핵심이 정신의 내용 음양의 내용은 할아버지(남자 하나님)가 내시고 할머니(여자 하나님)는 마음의 내용 생명의 내용을 내신 거야.

그리고 여기에는 할아버지가 핵의 내용을 내놓으시니까 할머니는 광선의 내용을 내놓으셨단 말이야. 그런데 이때는 내용물(內容物)만 있어. 내용물만 있어도 완성(完成)이기 때문에 무한히 내신단 말이야. 정신과 마음이 음양이 없으면 어떻게 하겠니? 그리고 음양이 없으면 이것은 안 돼. 그래서 이런 내용(內容)을 지니고 계셨다.

이것을 다 지니고 계셨기 때문에 당신이 이런 것을 생각해서 여러 가지 형태를 낼 수가 있는 거야. 그러니까 이때에 이제 완전히 생각해냈다. 너희도 정신에서 생각해내지 어디서 내니? 그런 것과 똑같아. 정신에서 생각해내셨으니까 이때서부터 몸체는 없지만 다 생각해내셨어. 이때에 행 속에서 서서히 벗어나시는 거야. 행 속에서 핵심을 감싸고 있다가 서서히 벗어나오는 거야. 조심조심 벗어나오면서 이 행이 생을 저장해서 분리되어 나오는 거야. 핵심은 핵심대로 나오고 그럼 핵심이 나오면서 태반태도원태도를 지니고 나오는데 나와서는 핵심의 진가를 나타냈다는 거야. 그 진가가 생불체야. 생불체를 서서히 이룬단 말이야. 할아버지는 4위기대가 생으로 내셔서 천문학 궁창 평창을 내시고 할머니는 4해4문을 내시는 거야. 내셔서 평청을 이루는 거야. 여기 갖가지 선이 세부조직 무한히 나와. 정기가. 생불체. 이 생불체가 거대한 공간이란 말이야. 그러니까 거대한 공간에서 생불체 속에 살 때에는 바로 조화자. 조화녀 이렇단 말이야. 이때까지도 행 속에 사시다 행 속에서 벗어나 생불체 사실 때에도 천살도 천살의 결백(潔

白). 이렇게 명예를 딱 가지고 있는 거야. 가지고 계시면서 이제 획기적으로 나타났다.

　이런 것은 가지고 있는 행에서 무한히 갖가지 불록조 불랙조 내용이 여기 들어있어. 이것을 전부 이쪽에 가지고 계신 행에. 행에는 원료를 엄청 낼 생들이 무로 꽉 차 있어. 그러니까 이것을 생불체를 이루었거든. 태반태독원태독을 이루었단 말이야. 생태기 생태계를 냈단 말이야. 내니까 핵심의 진가가 획기적으로 나타났다. 아주 획기적으로 기적으로 나타난 거야. 그러니까 이때에 행과 생불체 감싸서 보전할 수 있는 감싸는 근원의 창설을 내신 거야. 근원의 창설은 생으로만 태를 이루어서 이 안에 전부 들어있어. 이게 창설하시는 거야. 근원의 창설을 내셔서 다 이 안에 다 들어있단 말이야. 이게 너무너무 이 진가가 너무 맛이 있고 너무너무 재미가 있어요. 그래가지고 생불체 하나가 큰 공간만하다고 하잖아. 거대한 공간 그리고 그것을 보전할 수 있는 원이 수천 억 개도 넘고 넘는 공간이라고 하지. 공간은 하나인데. 그러면 이 안에다가 공간 만한데다가 여기서 원료를 여기 생태계에서 원료를 내서 나가니까 생명이 살아있다. 숨 쉬고 있어. 숨 쉬고 있는 것을 내서 보니까 저절로 발효(醱酵)가 되어. 발효가 저절로 되니 발로(發露)는 자동으로 되고. 발효(醱酵)에 힘으로 의해서 발로는 저절로 된다.

　이것도 와글거리고 발로한다. 발휘 갖가지 원료를 벌써 액체로 만들어놓으신 거야. 여기서 이제 또 만날 이것을 만날 끓고만 있으면 뭐해? 이것이 발사하면 확산이 되어. 확산이 되면서 성분과 요소로 나가는 거야. 이것이 갖가지 성분과 요소가 막 나오는 거야. 그래서 요소가 나오니까 처음 때라는 거야. 이것을 발사시키니 확산되고 확산되니 분류가 되고 분류가 되니까 분리가 되고 그러면서 입체로 막 나가는 것. 파문 일으키는 것. 그다음 소립자 소립(小粒)조 미세(微細)조 이렇게 조를 딱딱 짜서 생생 생도가 생산(生産)해낸다. 내니까 생문생도 통대가 형태를 만들고 여기에는 생이 항상 따라 다닌다. 그다음 여기에는 생생생문 선도가 선을 펴는 거야. 갖가지 정기도 펴고 너무 많이 하면 안 되니까 오늘은 이것만 적자. 내가 아까 받아서 낱말은 안하고 여러 가지로 내가 지금 외워주는 거야. 그러면 밤에 잠을 잤겠어? 안 잤겠어? 그럼 잠을 못 잤지. 준비를 해야 오늘 예배를 보니까 지금도 살아 있잖아. 우리 힘이 이렇단 말이야. 무형실체 유형실체 돌도 이따금씩 움직여 어떤 돌은 흔들흔들 움직여. 다 숨 쉬고 살고 있어 생동(生動)해. 이렇게 움직일 때에는 산도 웅하고 우는 때가 있어. 바다에 물도 숨을 쉬어. 그런데 인간들이 그것을 다 아냐고? 식물이 다 움직이고 생물이 다 움직이고 이런 것을 여기서 세세히 너희들이 배웠잖아. 그러니까 바람이 대통 바람 하나만 불어도 이 지구를 싹 없애버린다.

내통바람에는 긴공에서 힘을 내서 확산을 시켜놓고 그다음에 대통바람이 나가면서 허물어놓지. 밑에서는 불이 일어나

지. 지가 백여 낼 재간이 어디 있어? 대 원통 대통바람이 불어
봐라. 아마 공간 천개는 없앨 것이다. 그러니 인간이 참 어둡
게 살아. 이 지구(地球) 하나만 있는 줄 알아. 그러니 한심(寒
心)한 것들이야. 그러니 항상 올챙이가 물 안에서 꽁지를 흔들
고 다니지. 발이 있어야 뭍으로 나오지. 발 없을 때에는 물 안
에서만 놀지. 뭍에 나오면 홀딱홀딱 뛰다가 죽어버려. 그러니
까 우물 안에 든 고기와 같은 거야. 벌레 같은 인간들아 이렇
게 말씀을 하실 때가 많다.

　너희들을 보면 세모지고 네모지게도 보이고 혓바닥은 뱀 혓
바닥 같이 이상하게 놀리고. 그래도 부끄러운 것이 없어. 거짓
말이 습성(習性)이 되어 있으니까? 만날 거짓말을 해도 그러
려니 천도문이 한테 거짓말을 해도 욕먹는데 뭐 오늘도 가서
욕이나 먹어보자. 아이고, 이 거짓말을 하지 말아야지. 이것을
고쳐야 되는데 안 고치니까 거짓말쟁이가 되는 것이지. 그 징
그럽지 않니? 귀신(鬼神) 붙은 사람은 송장(送葬) 썩은 냄새나
고 그리고 눈이 개가 풀려 있고 그리고 좋은 말씀 들을 때에
는 안 듣고 잠이나 자고 앉아있고 그놈의 귀신이 수마(睡魔)를
갖다가 눈에 넣어주니까 벌써 머리가 매 해져서 잠이 온다고.
조그만 어릴 때부터 우리는 말씀들을 때 절대로 잠을 안자.
말하는 사람 입만 보고 눈이 반짝거리고. 거짓말 잘하는 사람
은 입이 어떻다고? 흑태(黑苔)가 두르고 혓바닥은 뱀 혀같이
세모형 네모형으로 두 개로 보인다.

거짓말을 밥 먹듯 하기 때문에 둘로 보이는 거야. 그러니까 거짓말쟁이들은 나중엔 도둑질도 잘해. 고아 애들도 많이 길러봐서 잘 알아. 우리가 이렇게 신선한 참 신선한 말씀이 완벽하고 따라서 이 신선한 말씀에는 생명을 지니고 있고 있기 때문에 힘이 발동(發動)을 거니까 생동한다. 생동하니까 생동감(生動感)이 끓어 넘치잖아. 하나님을 보아. 하나님의 후손들은 절대자요 완벽자요 불변자요, 그리고 인간들의 비양심 자는 눈이 항상 개가 풀려있고 얼굴이 노랬다고 불그레 했다가 흑태처럼 붉어져. 그래서 못 섞기는 거야. 부끄러운 것도 몰라. 오관을 반듯이 들고 한단 말이야. 그럼 나는 기가 막힌 단 말이야. 그렇게 하지 말라고 했는데 그렇게 거짓말을 능청을 떨면서 저렇게 할까? 저러다가 저 사람이 나중에 어떻게 될까? 그 자손(子孫)은 앞으로 어떻게 될까? 그게 먼저 겁이 나. 불효하는 집에서 불효가 나오고 효자(孝子) 하는 집에서 효자가 나오는 거야. 효자 하는 집에서는 절대로 불효가 안 나온다.

그것은 대대손손이 내려오는 전통이기 때문에 전통은 못 속여. 층층 시야로 내려오면서 분별하는 집안에 자손이 권위자야. 왜? 상황판단을 하니까. 눈은 왜 생겼어? 만물의 형상을 잘 거두어 넣고 생각을 잘하고 정신을 잘 써서 마음을 잘 먹고 행동을 바로 하라고 해서 오향정기지. 입은 왜 생겼어? 말을 똑바로 하고 바보짓 하지 말라는 작전의 전술이고 귀는 왜 생겼어? 만물의 소리를 거둬 넣는 전파신이기 때문이요 머리는 왜 둥글어? 지구를 닮아서 둥글다. 형성에는 형상이 있다.

왜 있니? 먼저 좌청룡(左靑龍) 우백호(右白虎)를 전부 발사해서 헤쳐 놓은 후에는 생명체(生命體)가 존재하기 때문에 그런 거야. 형성 형상. 형상 얼굴 몸체 형성 이런 모든 산이나 들이나 이렇게 자기 형성을 놀랍게 명성을 떨쳤어. 어떤 사람이 아무리 악하고 아무리 모른다 하지만 그 벽상(壁上)이 잘생겨서 너무 아주 명성을 떨친 것을 보면 마음이 숙연(肅然)해져. 또 한 가지 비양심 잘 쓰는 사람들이 아무리 저거해도 왜 여자들도 산에 자꾸 다니는지 알아? 자꾸 오래 다니다 보면 그런 것을 스스로 공부하게 되어있어. 절대 비양심 거짓말 아주 죄 중에 죄요 하나님이 최고에 싫어하시는 거야. 수단과 방법을 가리지 아니하고 못된 짓 하는 것 그 용서할 수 있어? 그것도 유전으로 흘러오는 거야. 그것을 알아야 해. 이렇게 말을 하면 그 소리 듣고 고치려고 노력을 해야 하는데 그저 거짓말을 힘 안 들이고 밥 먹듯이 해. 그러면 아내도 닮아요. 아무리 결백(潔白)한 아내라도 닮아요. 왜? 그것을 자꾸 덮어주기 위해서 하는 작전(作戰)의 전술(戰術)이거든. 그것을 덮다가 보니까 자기도 모르게 닮는 거야. 그런데 신앙(信仰)을 가져서 자기 주관이 뚜렷하면 안 듣지. 남자가 잘못하면 남자를 가르치지. 이 땅에 이름난 4대 성현도 왜 4대 성현(聖賢)이라고 할까? 많은 사람 중에 거짓말 안하고 진실하고 결백하고 모든 것을 아주 알기 때문에 그 사람은 성현으로 나타난 거야. 부처님이나 예수님이나 공자님이나 소크라테스는 잘생겼다.

키가 장대하고 염이 둥글 넓적하게 휘날리고 그분들도 자비

233

(慈悲)를 통한 사람이야. 다 이 땅에 성현들이 어떤 자가 성현(聖賢)이야? 모두가 하늘을 의지하고 믿고 하늘을 다 우러러 앙시(仰視)하고 이런 사람들이 다 큰 것을 해 먹었어. 그런 집 자손들이야 만이 아들딸들이 남한테 바보 소리 안 들어. 부모의 혜택이 어떤 것인지 알아? 부모가 신앙을 잘 가지고 있으면 그 아들이든지 딸이든지 잘 되는 거야. 그러면 그 신앙을 어떻게 닦았는지가 문제야. 허황(虛荒)된 마음으로 닦았느냐? 진실(眞實)한 마음으로 닦았느냐? 자기를 위주(爲主) 해 닦았느냐? 그야말로 나라를 위해서 닦았느냐? 나라를 위하고 만백성(萬百姓)을 위하고 이런 자 자기 집안을 안위하겠어? 그런 사람이야 만이 바로 권세(權勢)자요. 주관자고 권위자(權威者)고 존재(存在)해도 똑바로 하는 자야. 남을 교육(敎育)할 수 있고 남을 가르치는 것이 쉬운 줄 알아? 하루아침에 되는 일이 아니야. 그러면 그 권력도 권력(權力)이라고 해서 법을 어기며 권력 쓰는 것 그게 바로 도둑놈 심보다.

법에도 법률이 딱 붙어서 법을 잘 이행하는 자야만이 법률을 잘 이행해. 자기가 권세나 있다고 건방지게 굴고 그러면 누구나 알아준데? 그야말로 어느 판사(判事)가 있는데 아주 악하다. 그게 공부를 잘못했기 때문에 그래. 이 세상에는 누구나 물론(勿論)하고 자기 부끄러움은 감추려고 해. 왜 감추어? 내놓고 털어버려야지. 나는 바른 소리를 잘함으로써 잘하고 그것을 서론으로 싹 풀어져. 나중에 숙연(肅然)하지 잘못했으니까. 공부하는데 선생을 잘 만나야지 그 제자(弟子)가 똑바른 제자가 나오지. 그런데 나는 아무리 잘 가르쳐도 내가 모자라서 그런지 너희들이 못하니까 기가 막힌 거야. 사람이 그 잘 배우지 못한다. 아무리 공부를 안 할지라도 사람이 바르게 가는 자는 사람들이 우러러보게 되어있어? 왜 그 사람은 남을 가르칠 수 있는 인도자가 되어있기 때문이다.

그리고 내가 아까 얘기를 했지만 옆에서 하라하라 해서 안 돼. 공부는 자기 스스로 하려고 노력을 해야지. 공부는 더군다나 학문이기 때문에 아무리 하라하라 해서 되는 것이 아니야. 자기가 해야만 해. 거짓말을 하는 자는 공포(恐怖) 두려움 고독(孤獨) 외로움 슬픔 5가지 조목을 가지고 있어. 그러다 보니까 자기 명예는 땅에 떨어져. 명예(名譽)는 굴러다녀. 성 쌓고 남은 돌. 성 쌓고 남은 돌은 발로 차버려. 공적을 알려면 바로 공법을 알려면 그야말로 문법도 배워야 하고 관법을 배워야 하고 공법을 알아야 해. [문법-관법-공법] 그게 바로 공적(公的)이야. 공적을 안 다음에 공급(供給)을 할 수 있는 능력(能力)이 되는 거야. 공법을 모르는데 어떻게 공급을 하겠어? 그래야지 공의롭게 높고 낮은 자가 없이 해나갈 수 있는 능력자지. 이 땅에 와서 왜 비싼 낱알을 처먹고 배설을 해대느냐 이거야. 거짓말이나 질질하고 옳지 못한 행동하고 밥 먹고 살아? 쌀 하나가 천금이 가는데. 처음에 심어서 쌀 하나 먹기까지 얼마나 힘이 들어. 왜 비싼 낱알을 먹고 헌소리를 하고 다녀. 쌀값을 하라 이거야. 지금 이런 좋은 신선한 진리를 배우는 자들이 그래야 되느냐 말이야. 자기 능력이 없으면 남의 것을 쓰지 마. 능력이 있는 것을 써야지. 자기 푼수를 모르고 남의 것을 막 쓰면 어떻게 되겠어? 자기 능력을 발휘(發揮)할 수 있는 그러한 능력의 대가가 와야지. 능력의 대가가 오지 않고 거짓말이나 실실하고 다니면 남이 손가락질하지. 그게 뭐야? 절대로 우리 집에 다니는 사람은 거짓말을 하지 마라.

그럼 창피한 노릇이야. 첫째 비양심 쓰지 마. 비양심 가지고 있는 사람 딱 고쳐. 나한테 아부하지 마. 안 통한다. 나는 아부하는 것 싫어하고 비양심 하는 것 싫어하고 거짓말하는 것 싫어하고 아주 싫어해. 나는 어려서부터 바른말을 잘해가지고 남이 아이고, 의원 아주머니는 바른 소리를 잘하는지 모르겠다고. 그러면 나는 그 말을 서론을 해줘. 풀어주면 숙연(肅然)해져. 잘못했다고 그래. 나는 남한테는 안 져. 나가면 지는 게 어떤 것이고 이기는 게 어떤 것인지 알자 우리. 너희들은 그런 공법(公法)을 배워야겠다.

사람이 이치에 안 맞게 말하면 그것은 지는 것이지만 이치에 맞게 딱딱 맞고 바로 세워서 가게 하기 위해서 하는 사람인데 왜 그래? 바른 소리하는 것을 듣기 좋아해야 돼. 그것을 안 고치면 거짓말, 거짓말 다 고치면 거짓말 소리 안하지. 안 고치니까 고칠 때까지 거짓말 고칠 때까지 고쳐라 하는 소리가 계속 나가는 거야. 이제 많이 고쳤지. 옛날에다 대면 많이 개방(開放)되었지. 그렇지만 우리 학문도 그만치 고두차원을 고도로 배워야 할 것 아니냐 말이야. 학문을 배우는 자는 마

음을 비워라. 마음을 비워야 만이 그 신선한 말씀이 머리에
잘 들어가. 그리고 생각할 수 있는 여유가 생겨있어. 그러니까
편안한 마음이 첫째 되어있어. 여유 있는 마음이 되어있기 때
문에 편안한 안식이 되어있다고. 그래 연구할 수 있는 연구대
상은 탁상인데 마음이 복잡한 데는 연구가 안 돼. 이기고 지
는 것이 어떤 것이냐? 우리가 바른 행위를 할 때 그는 이기는
것이요 바르지도 못 한 것이 바른체하고 그게 지는 거야. 자
기를 초개같이 여기는 거야. 자기를 초개같이 여기니 되겠어?
그리고 내가 보니까 각자가 자기 스스로 만들어서 자기가 괴
로워. 신앙(信仰)을 믿는 자들은 대체적(大體的)으로 크게 생
각하라.

광대(廣大) 광범(廣範)하게 생각하라. 왜? 우리가 지금 먹을
것이 없어서 지금 죽을 끓여 먹게 없으면 나가서 얻어와 죽
을 쑤어 먹더라도 그 마음이 즐겁고 기뻤을 때 하나님께서는
만복을 내려주실 것이다. 이런데 복(福)이 올 수 있어? 내가
배부르니까 옆에 사람도 배부르겠지 하고 남 주기 싫어하는
사람 그 음식이 썩어도 안주는 자. 그자는 어디다 써 먹는 거
야? 그것은 죽어봤자 구렁이밖에 안 돼. 남 먹이기 좋아하고
남 먹일 적에 기쁜 마음으로 좋아해야 해. 사람이 먹을 게 없
는데 사람이 많이 왔어. 쌀이 한 되 있어. 그럼 죽을 쑤자. 그
런데 적다 나물을 넣자. 국 죽이라도 쑤자. 그래서 한 그릇씩
퍼 먹여 그 다음 날 또 씰이 생겨 뭐 그렇게 만날 돈~~~ 돈돈
하다가 돈이 와? 돈 돈 돈 한다고 돈이 되는 것이 아니야. 나

는 이렇게 살아왔어. 가장 작은데서 크게 야단하고 너무 큰일은 말을 안 해. 혼자 다 처리해 버렸어. 큰 것이 나왔는데 저것들은 못하고 어떻게 해? 그러니까 편안해. 그래서 상황(狀況)판단(判斷)을 잘해야 한다. 라는 것이다.

그러면 아주 권위자가 될 수가 있어. 권위자가 하루아침에 되는 것이 아니야. 저마다 되는 것이 아니고 학문이라는 것은 정신이 밝아야 돼. 학문을 하는 자는 특별히 편안한 마음에 안식이 있어야 해. 천문을 믿는 너희들은 걱정근심을 하지 말고 편안한 마음에 안식을 정하도록 하여라. 여기는 모든 것이 다 들어있어. 그 여러 말이 필요 없어. 이 안에 다 들어있어. 우리 셋집은 정말이지 쌀이 없어. 아무것도 없어. 가서 각자가 밥을 얻어와 죽을 쑤어서 나누어 먹어. 그래도 걱정이 없으면 그것은 최고야. 그것은 하나로 뭉쳤기 때문에 거기는 기쁜 마음밖에 없는 거야. 거지 동네에 어쩐지 알아? 명일 때 되면 갖가지 떡을 다 얻어와. 뭐라고 하는지 알아? 우리 며느리들이 밥을 이제 다 했겠지 하고. 며느리라고 해. 별놈의 떡을 다 얻어왔어. 얻어올 적에 그 얼마나 창피한데도 얻어오겠니? 춘천서 우리가 이북에서 나와 그렇게 고생을 하였어. 그런데 이제 거기는 거지만 사는 동네인데 우리 떡 먹으러 가재. 그때는 우리도 밥 얻어먹는 처지인데 내가 거기서 배운 것이 참 많지.

우리는 밥 먹었는데 떡 얻어먹으러 가자고 해서 할머니 따라 갔더니만 갖가지 떡을 깨끗하게 해서 서로 먹으라고 해,

서로. 그런 인심(人心)이 어디 있어? 서로 갖다 주고 짝 펴놓고 이것 좀 잡수어요. 나는 그때 기쁜 마음을 느껴보았어. 남의 것을 얻어다가 그저 우리 얻어먹는 사람 끼는 많이 먹는게 좋은 거야. 너희 같은 마음에는 나 혼자 먹기도 급(急)하지 누굴 주어? 주기는. 그래서 얻어먹는 사람끼리 그 재미가 있다고, 없는 것이 아니야. 그래도 내가 아무쪼록 뭐든지 한 가지라도 해야겠다. 그때서부터 갖가지 고생을 한 것이 알고 보니 갖가지 체험(體驗)이지. 무서운 고생(苦生)을 했어. 그러니까 생각을 해봐라. 이런 고생을 하면서도 아직까지 목숨을 붙어산다마는 그래서 내가 없는 집 일가가 오면 잘해주어야 된다 이거야. 그것을 내가 확실히 느꼈기 때문에 그래 너희들도 잘해줘. 사람이 형제(兄弟)간에 있어야 해. 없으면 서러워. 남이 훨씬 낫지. 오늘 저녁에도 너희들 교훈 가르친 것을 잘 알아들어라.

학문(學問)은
원문(原文)에서 나왔다.

조물주 하나님은 아주 무한한 조화와 뜻을 지니고 이렇게 오신 거야. 그리고 갖가지 모든 중요한 6가지 조목을 아주 그 6가지 조목에서 갖가지 무가 나왔다. 오늘 아침에도 교수들이 티브이에서 얘기하는 소리를 들으니까 유 무 라고 하더라고. 무에서 유가 나왔지 어떻게 유에서 무가 나왔겠니? 생각을 해 봐라. 여기는 무가 있음으로써 유가 있다. 그것은 또 우리 인간이 사는 데는 무형(無形)이 있음으로써 유형(有形)이 있다는 것을 알아야 해. 무형의 실체가 있음으로써 이런 실체, 산 들장을 펴놓은 실체가 있음으로써 여기는 유가 있다는 거야. 그래서 무형 유형이 있고 그다음 무가 있음으로써 모든 것을 생해내서 무한히 무를 낼 수가 있는 것이 바로 6가지 조목(정신, 마음, 음양, 생명, 힘, 핵)에서 모든 것을 낼 수가 있다는 거야. 그리고 생은 조화를 지니고 있기 때문에 우리가 이용해 쓸 수 있는 과학이 나오고 과학이 나옴으로써 거기다가 명예를 모두 달아놓으니까 이름을 달아놓으니까 과학의 학문이 자비

(慈悲)의 철학(哲學)에. 이것을 또 학문은 학문대로 제도에 따라서 체계와 조리를 이루어서 완벽함으로서 선후가 딱딱 맺고 끊은 것 같이 정지정돈으로 되어있음으로 학문은 과학인 거야.

학문이 어디서부터 나왔는지 너희들이 아니? 학문은 원문에서 나왔다. 원술에서는 갖가지 술이 나오고. 그 원문에서 문진이 나왔기 때문에 그 술을 펼 수 있는 원술이 나온 것이야. 그게 제도가 있어야 하잖아. 원문에서 문진이 나오고 문진에서 원술이 나오고 원술에서 생생술 이런 갖가지 술이 나왔단 말이야. 그러니까 원문에서는 생문 생진 또 생생 문도 문문 문진 갖가지 문진에서 갖가지 진법이 나오는 거야. 그래서 원문에서는 문진이 나오는 원문이 있고 원술에서는 술이 나오는 문이 있고 이렇다 이런 것이지. 이것이 바로 학문인 거야.

이래서 여기서 주욱 나오면 주독 주역(周易) 이렇게 나온다. 이것은 아주 무한한 원문에서 한없고 끝없이 나왔기 때문에 학문이 무라고 하는 것이요 갖가지 생에서부터 그 생문에서부터 또 나오는 것이 무한(無限)도하기 때문에 이게 과학은 형태를 가지고 형태에서 힘을 가지고 존재한단 말이야. 이러니까 갖가지 과학이 나왔다. 생이 없으면 과학이 없을 터인데 생이 있음으로써 과학이 나온 거야. 과학은 바로 조화다.

조화에서 나왔기 때문에 조화를 내는 거야. 생 공기에서 생

바람이 나오고 생 바람에서 불이 나오고 불에서 물이 나왔다. 무조건 이렇게 해주면 알겠니? 모르지. 이게 지금 유형 공간에 쓰는 공기는 생 공기인데 여기서 생 바람을 낼 수 있다. 이 공기에는 바람이 항상 따라다녀. 또 바람이 불을 냈으니까 불에서 바람이 따라다녀. 물도 바람이 따라다녀. 이것은 너희들도 느끼고 아는 얘기 아니야? 그렇지만 근원에 들어가서는 달라. 불록조 불랙조 불천조 불천낵조 불불낵조(화학의 근원종류) 뭐 여기 엄청 많이 나오잖아. 여기서 화학의 근원이 나와서 다 되었단 말이야. 그래서 불에서 물이 나왔기 때문에 화학정기 수정기 이렇게 되잖아. 이게 화락을 일으키니 화학정기가 나오고 수력을 일으키니까 수정기가 나왔다. 그러면 정기가 나오면 무서운 힘을 발휘하는 것이다. 전깃줄에다가 손대봐라, 쨱도 못하고 1초에 죽는다.

그러니까 수력(水力)을 일으키니 뜨거우니까 자기 정체를 밝히지. 자, 성질은 다르다. 불은 뜨거운 성질 물은 차가운 성질 이러면서도 근원에 들어가서는 얼마나 다른가 말이야. 불토 불태 불로 불래 생 공기 생 바람 이것을 수없이 들었으니 외워도 배운 것을 달달 외우고 알겠다. 내가 지금 날라리인데 너희도 날라리다. 지금 날라리가 날 닮아라. 날 닮아라. 이 날라리가 날 닮아라. 해도 이 날라리는 나를 잘 닮는데 너희들은 나를 안 닮아서 걱정이야. 나만 닮으면 하나님과 대화를 할 수 있고 보고 싶을 때 볼 수 있고 서로 문답할 때 문답(問答)도 하고 조화(造化)로 서로 얘기할 때 조화로 문답하고 이러지. 어디 교회 유명한 목사한테 가서 무에서 일어나는 무한함을 조화를 내라고 해봐라. 알지도 못한다.

　불록조 불랙조 불천조 불천낵조 불불낵조 불불낵조 천체자유 문도 낵도 가서 해봐. 아우, 무슨 말이요? 이러지. 알아? 그러면 사람이 누구나 물론하고 이렇게 좋은 길이 열렸으니 그 길에다가 첫째 문을 열어주고 길을 뻗치게 해서 길을 열어주었단 말이야. 길을 열어주었으니 다리까지 놔주었는데 못 가? 정신이라는 것은 굉장히 정신이 귀한 것인데 우리가 정신문을 열어서 정신으로 모든 것을 이행할 수 있는 능력을 발휘해야지. 대통바람이 불면 아주 완전히 없어져. 그러면 대 원통 대통바람이 불어봐라. 그때는 아무 것도 없어. 사람이 살을 다 산산조각 나고 찢어가. 대 원통 대통바람이 뭐가 합류되어 있냐면 진공(眞空)이 합류되어있어. 그러니까 막 찢어 없애버려. 거기에 무한한 힘이 발휘(發揮)를 하는 것이다.

　거기 진공에다가 거기 대 원통 대통바람에다가 거기 정기에다가 천지 냉농낵도 천체바람이 합류되어보라. 살 조각? 불이 붙어 난리가 난다. 여기 한번 마음대로 왔지. 가면 갔지. 그럼 내가 가만 안 놔둘 것이야. ―고무라 성에다가 소금기둥 만들어놓은 것처럼 꼭 희한한 것을 만들어놓을 거야. 나는 이 땅에 와서 맺힌 것이 그렇게 많아. 하나님 맺힌 것처럼 내 마음도 그렇게 맺힌 것이 많아. 그래서 그럴 때 생각하면 내 눈에 너희들이 싫단 말이야. 요새는 이상하게 우리 식구도 싫어졌어. 왜 싫을까? 이유 있으나 마나 너희들이 거죽에다가 붙였어. 얼마나 얄미웠겠니? 너 성질 같으면 다 죽이고도 남을 것이다. 말씀을 들을 때 보면 이렇게 해가지고. 사람이 숙연(肅然)하고 하나님 말씀 들을 때에는 경건한 마음으로 들어도 사람들 같으면 내가 무엇을 잘못했다 하는 것을 다 알고 있을 것인데 모두 다 똑같이 듣고 깨달으라고 해놓으면 듣지 않고 아주 자기 소리한다. 이렇게 생각하니 이런 속아지 들이 무슨 학문을 배우겠느냐?

내가 너희들한테 항상 이런 말을 하지만 신앙가는 용기가 필요한 거야. 용기가 아주 용기를 낼 수 있는 정신과 마음이 정신력과 마음력이 강력해라. 그런 거야. 강력(强力)하고 강직(强直)하라. 강직하고 강력하면 말이지. 그것은 누구도 그 정신을 꺾을 수 없고 마음을 흔들 수가 없다. 그럼으로써 자기 주관(主管)이 뚜렷하다 자기가 갈 길을 절도 있게 갈 수 있고 그럼으로써 모든 추진력이 아주 공적으로 이행할 수 있는 능력(能力)의 권능(權能)을 발휘하기 때문에 바로 그자는 그야말로 그 용기가 당당하고 절도 있게 가기 때문에 이행하기 때문에 전개할 수 있는 자가 된다. 자기가 감당을 해서 그 진리 문을 열어서 그 진리로서 모든 것을 이행할 수 있는 능력이 발휘(發揮)되기 때문에 전개(展開)할 수 있는 거야. 능력자(能力者)가 된다.

바로. 능력자가 됨으로써 오래가면 자기가 수련을 쌓아 올려서 권능 자가 될 수 있다. 그것은 하루아침에 되는 것이 아니라는 것을 잊지 말아야하고 또 그것은 항상 자기가 세심소심하고 또 아주 항상 그 정신을 헛되게 보내지 말라는 거야. 그럼으로써 항상 세심소심하고 모든 것을 질서 있게 보고 모든 것을 분별해 낼 수 있기 때문에 그 사람은 자유스러운 자유자가 된다는 거야. 왜? 정신문을 열고 마음문을 열었기 때문에 육신의 행함이 바르다. 바름으로써 이행하고 전개할 수 있는 능력자가 된다. 능력을 하기 때문에 권능(權能)을 베풀어 낼 수 있는 조화를 낼 수가 있다는 것을 잊지 말라.

천지간(天地間)만물지중(萬物之衆)이 모두 아주 자기 소임을 다 발휘할 수 있는 능력을 초래해 낸다는 것을 알라. 초래해 냄으로써 갖가지 모든 것을 하늘에서 갖가지 장을 효율로 나타낸 것 같이 효율로 나타낸 것을 초래할 수 있는 능력자가 된다는 거야. 내가 항상 그러잖아. 초월하라. 초월자가 항상 능력을 발휘하는 거야. 초월이라는 것은 자기의 모든 귀함을 발휘하고 모든 것을 자유 할 수 있는 능력을 가진 자가 초월을 하지. 그렇지 않으면 초월을 못한다. 왜 그러는지 알아? 전파선 에다가 사탕 엿을 먹여. 그러면 흔들흔들 바위처럼 흔들려서 딴 데로 가버려. 너 하나 데려가도 족하시다고 그러시더라. 접데. 그런 소리를 들으면 가슴이 덜컥하더라. 그 안에는 뜻이 있는 거야. 아무리 가르쳐도 듣지 않기 때문에 그런 말씀을 하시는 것이다.

너희들이 안 듣고 행하지를 않기 때문이야. 듣고 행한다면 여기 와서 달달 못 외워. 천도문이는 누가 가르쳐서 보는 것도 아니고 읽는 것도 아니고 날밤을 새가면서 공부해서 주는데 왜 못해? 다 정신문제야. 정신이 강하다면 왜 외우지를 않느냐 말이야. 행 생 핵 이게 전부 이 안에 들어있는 거야. 이것도 생태기 생태계를 생태기는 지니고 계시고 생태계는 가지고 계셨다는 거야. 그럼 태반 태도 원 태도는 당신이 태반에 안정되어 계실 때고 또 태반 태독 원 태독은 바로 가지고 계셔야 되는 거야. 이렇게 아주 무언무한하게 가지고 있는 생이 다르고 지니고 있는 생이 다르다.

지니고 계신 생과 가지고 있는 생은 아주 무한한 무라. 무인데 당신은 왜 조화일까 하면 조화는 인간이 상상을 못하는 거야. 조화는 어떤 것일까? 우리가 헤아릴 수 없고 상상할 수 없는 것을 아무것도 없는데서 보이지도 않고, 있는 것도 아니고 이런 것을 내놓는 것이 조화야. 그래서 조화 중에 중심이시다. 그 조화 중에 중심은 바로 천살도와 천살의 결백(潔白)이 바로 중심(中心)이 딱 되어있더라 이런 말씀이야. 이렇기 때문에 모든 진리(眞理)든지 모든 것을 자유롭게 자재할 수 있는 능력(能力)을 갖추셨다 이런 말씀이야. 능력을 갖추셨기 때문에 권능을 낼 수가 있는 거야. 이럼으로써 천연으로 이루어진 중심체(中心體)요 따라서 천륜으로 맺어서 음과 양을 무한히 낼 수가 있음으로써 근원에서부터 천지(天地)만물지중(萬物之衆)을 음양 지(陰陽之) 이치(理致)로 지으셨더라. 이런 말씀의 뜻이야. 천지간(天地間)만물지중(萬物之衆)에 바로 모든 천정(天情)을 이루어놓으셨기 때문에 바로 천심(天心)의 천륜(天倫)의 천정(天情)이더라.

이것은 이 세상에 누구도 알지 못하는 말씀을 가르치시기 때문에 이것은 생소한 말씀이요 따라서 새로운 말씀이 전개된다 이런 말씀이야. 당신께서는 당신의 분수에 알맞고 넘치는 일을 안 하신다. 알맞게 더하지도 아니하시고 덜하지도 아니하고 불변불로 이루어놓으실 수 있는 권능의 자유자시다. 이분이 이러시기 때문에 생생 에서 음양을 내놓으시고 그렇게 하나님께서 기뻐하셨다는 거야. 음양이 있음으로써 주체와 대상이 일심일치 동체가 될 수 있는 몸은 각각 분리되어 있지만 정신통일 마음통일 육신통일 그래서 일심일치 일심정기라고 하는 거야. 그 일심일치 일심정기는 바로 어느 땐가 하면 행 속에 사실 때 그렇게 계셨었고. 둘째 날에 가서는 당신들이 서로 그 기쁘고 즐거운 사랑을 서로 잘 주고 잘 받아서 일심일치 동체가 되었다.

여자와 남자가 분리되어있지만 정신과 마음이 하나가 되고 일심정기로서 아주 되어있던 것을 그때 가서 둘째 날에 가서 그 쾌락(快樂)을 즐겼더라. 그 이전에는 근원 때는 처음 전 때는 서로가 아주 그 조화로 사랑하시고 조화로 만끽하였다. 또 조화로다가 서로가 아주 그 진지한 사랑을 진지하게 하셨다는 거야. 당신들을 그 몸체가 없지만 벌써 조화로 계시고 조

248

화로 계실 때 천지만물지중(天地萬物之衆)을 이루어내실 수 있는 창설(創設) 창조(創造) 창극(蒼極)의 장을 펼쳐서 아주 학문(學文)의 제도(制度)로서 딱딱 그 제도에 따라서 모든 것을 아주 없는 것이 없이 무로다가 증거로다가 딱딱 나났다는 거야. 알아듣겠니? 이렇기 때문에 불불 낵조라는 그 불불 낵조에서 무한한 조화를 부릴 수가 있고 불불 낵조에서는 갖가지 정기를 내고 첫째 전자도 분자 도를 내시고 전자전 분자 전을 내시고 전자와 분자를 내신다. 벌써 전자도 분자 도는 불불 낵조에서 나왔다.

그러니까 전자도 분자 도라는 것이 바로 뭔가 하면 천연의 전기라는 거야. 우리 땅에서 전기가 흐르고 있어. 이렇게 과학적으로 그 과학적으로 내시면서도 고귀(高貴)하게 완벽하게 불변(不變)절대(絕對)하게 그 형태가 뚜렷하게 두각으로 아주 나타난다고. 이렇게 나타나게 완벽하게 하셨기 때문에 무형실체 유형(有形)실체(實體)가 모두 정기로 발사하면 이 땅에 모든 정기가 흐르게 만든단 말이야. 그래서 모든 자력이든지 자석이든지 자력과 자석이 비슷한 성질(性質)을 가지고 있지만 그 일하는 역할은 다르다. 자력이 발사(發射)하면 아주 무한한 힘을 동원하고 자석이 발사하면 발사 되는 대로 또 무한히 밀어치고 당기고 그런 일을 한다.

그러빈시 싹 밀고 나가고 당기고 그러면서도 발사를 하신다. 인간이 할 수가 있어? 그래 이게 얼마나 과학(科學)이냐 이런 거야. 이런 과학을 서슴지 아니하시고 무로 내셨다. 불불벽조에는 정기의 근원으로서 무한히 냈다는 것을 잘 알라 이거야. 모든 것이 씨를 뿌리지 아니하고 어찌 그것이 체대가 생기겠느냐고? 씨를 뿌릴 수 있는 땅이 생겨야 하고 씨가 있어야 하고 우리가 상징적(象徵的)으로 잘 생각해보자고. 그러니까 근원이 있음으로써 모든 것이 뿌리가 안정되어서 세부조직망으로서 전부 정기가 통하여 흐르게 하시고 전류와 전력이 흐르고 돌게 하면서 그 체대가 전부 완벽하게 두각으로 나타나서 전부 힘을 발사해내신다.

이것은 생이기 때문에 항상 생동감이 끓어 넘쳐흐르고 생이기 때문에 항상 생하고 정하고 통한다는 것을 잊지 말라. 그래서 통문 통설 통치 자유인이 되었다. 어마어마한 말씀이다. 이렇게 하시면서 생명이 있는 곳에는 뜻이 있고 뜻이 있는 곳에는 모든 영광이 있다는 말씀이 다 맞는 말씀이야. 이것이 어디 하루아침에 내셨겠는가? 아무리 조화래도 얼마나 전심전력을 다 쏟아서 피골(皮骨)이 상집(常執)도록 피나는 노력에 피골이 상집도록 하셨다는 거야. 너희들이 조금이라도 짜릿한 아픔이 너희 마음속에 있다면 어찌 하나님이 너희 마음속에서 대화를 안 하시겠니? 분명히 대화를 하실 거란 말이야. 유형실체에서는 조물주 하나둘도 없기 때문에 하나님 사랑님 자가 들어간다. 이럼으로써 근원(根源)이 있는 곳에 뜻이 있고 근원이 있음으로써 모든 것이 근원을 닮은 그 형태가 제도에 따라서 딱딱 제도로 이루어진 거야. 이런 유형실체도 제도에 따라서 학문으로 되어있지 않느냐고? 그런 것과 같이 무언 무한한 하나님의 그 학문이 바로 우리 학문이요 이 학문을 배움으로써 정신과 마음이 맑고 깨끗하다는 거야. 마음이 맑고 깨끗함으로써 모든 일이 다 해결될 수가 있다는 거야. 그게 바로 편안한 마음에 안식(安息)을 정하도록 하여라.

이런 말씀의 뜻이 전부 합류화해서 공부를 열심히 하고 학문을 알아서 깨닫고 모시고 받드는 것을 알아야 하고 예와 법도를 알아야 하고 인도할 수 있는 능력을 갖추어야 하고 이런 것을 다 합해서 하시는 말씀이야. 내가 이런 것을 하나님께서 이 말씀을 딱딱 해주시는 말씀을 거저 하나님이 주시겠지 이렇게 생각하면 오진이야. 너희들도 그렇게 생각하지 마라. 인간의 할 일이 책임(責任)이 있고 하나님 하시는 책임이 있어. 너희들이 하나님한테 정신(精神)을 안 쏟는데 하나님이 같이 하겠어? 절대(絕對)로 하나님은 같이 안 하신다. 그리고 잡음(雜音)이 끓고 넘치는데 거기서 어떻게 하나님이 그 마음속에서 역사할 수 있겠느냐 말이야. 잡음이 그 마음속에서 끓고 있으면 절대로 신앙이 못 가요. 그것을 알라. 그리고 우리 마음대로 살지도 못한다는 것을 알라.

순리가 정연하고 모든 일이 불변(不變)불로 되어있고 인간들이 하면 얼마나 하고 너희가 알면 얼마나 알겠느냐? 이런 말씀의 뜻을 말하면 너희들이 마음이 편안하더라고. 그런데 그게 잘못된 정신이야. 그런 말씀을 할수록 우리는 열심히 갈고닦아야 해. 공부하는 곳에 뭐든지 학문을 알지, 공부 안 하는데 학문을 알 수가 있어? 공부 안 하는데 글 안 쓰는 사람이 글을 쓸 수가 있어? 내가 항상 하는 말씀인데 조용해서 들어. 내가 오늘 한 말씀의 뜻을 조금 알아들었겠지? 신앙을 내가 어려서부터 살아와 봤지만 내 체험을 너희들한테 조금 알려 주고 신앙에 대해서 내가 말을 해줄게. 어려서 신앙을 갈 때에는 아무 잡음이 없이 어리더라도 하늘 앞에 정신을 쏟아오니까 앉아서도 항상 환상 속에 살아. 또 다니면서도 항상 환상 속에 살고 그래서 그때는 신앙의 고비든지 신앙의 광대 광범(廣範)함이든지 이런 것을 몰랐어. 어릴 적에는 그저 항상 어디 예배 보러 가더라도 그게 습성(習性)으로 변하지를 않아. 그 이렇게 보면 깨끗한 정신과 마음으로 보니까 사람이 옳지 못한 것이 다 눈으로 보인단 말이야. 어려서는 그러니 그게 싫더라고. 그런 때가 어릴 적이요. 어릴 때에는 싫으니까 단순해서 막 가서 손으로 찌르고 때리고 머리를 쥐고 흔들고 막 이런 역사를 벌렸다고. 너무나 역사를 벌리고 그러니까. 목사가 말씀하는 것도 보면 가짜로 하면 가짜로 한다고 그러고 지금도 그 버릇이 있잖아 내가. 있지 분명히. 그런 것을 그렇게 했다고 어려서 아무것도 모르니까. 아주 모르는 입장에서는 옳지 못한 것을 꼭 집어서 잘못한다고 그러는 거야. 그게 어릴 적에 신앙이고 그렇지만 어릴 적의 신앙이지만 그 사랑하심에 따라서 늘 즐겁게 살아왔거든. 그런데 나는 어려서부터 사람이 싫어서 사람을 잘 안 만나. 그러게 애들이 노는 것을 보면 앞으로 희망이 없는 장난을 해 부정(否定)하기도 했어.

그게 알고 보니 내 하는 일이 아니었었던 거야. 발로 다가 뭉개버리는 거야. 그런 것도 못 보고. 왜 이런 시간에 애들이 이런 것을 노나? 그래서 어려서 마음은 고려할 줄을 모르는 거야. 고려해야 되는데 그것을 모르는 거야. 굉장히 직선적(直線的)이지 단순(單純)하고 그리고 중년(中年) 때에는, 어려서 신앙(信仰)에 맞하고, 어려서 신앙(信仰)의 맛은 아주 깨끗해요 그리고 또 그 정말 그때로는 아주 우리 그 음미(吟味)가 별 놈의 냄새가 나. 좋은 냄새가. 그래 항상 그런 것을 살아오는 거야. 어려서는 그런 신앙(信仰)이라 이거야. 애들 오늘 잘 들어야 해. 할머니 말을. 그렇게 어려서는 신앙을 그렇게 해오고 중년에 들어와서는 신앙 맛이 달라져. 중년에 와서는 왜 달라지느냐 하면 광대(廣大) 광범하다는 뜻을 알았어. 그래서 참을 때 가서는 참을 줄 알고 여간 인도자(引導者)가 말씀할 때 아주 귀를 기울이고 열심히 거기 듣는다고. 그리고 좋은 말씀했을 때는 그것을 내 것으로 다 만들려고 애를 썼고 나쁜 말을 했을 때에는 그것을 다 버리려고 애를 썼고 그래서 여간 노여운 것을 노엽다고 발사(發射)를 안 해보았어.

절대 신앙이라는 것은 우습게 가면 안 돼. 차라리 안 가는 것이 나아. 신앙은 절대 진실(眞實)이지 비굴(卑屈)한 게 없어요. 내가 살아오면서 보니까 신앙은 어떤 것이 신앙(信仰)인가 하면 첫째 정신 문을 열 수 있는 그러한 노력(努力)을 해야 한다. 또 두 번째 마음의 문을 열 수 있는 노력을 해야 한다. 그 다음에 육신의 행함이 발라야 해. 정신과 마음이 일치되어있기 때문에 육신의 행함이 바르다는 것을 분명히 알아야 해. 그 정신과 마음과 우리 육신의 행함과 모두가 일치. 일심정기. 일심정기를 이룰 수 있는 이런 연구를 자꾸 하고 갈고닦아야 해. 그럼으로써 이 육신은 기계기 때문에 움직이게 되어 있어. 이 육신이 움직임으로서 아주 생동감이 있어. 어떻게 움직여야 하는가? 사람은 직감이 빨라야 하고 그 느낌이 아주 번개불보다 더 빨라야 해. 그리고 깨닫는 것이 빨라야 해. 그래야지 육신(肉身)의 행(行)함이 바르다는 거야. 공부라는 것은 절대 하루아침에 다 배우는 것이 아니라는 것을 잊지 말라. 신앙도 하루아침에 신앙이 된다는 것이 아니야. 지금 얘기하는 것을 들어보아라.

어려서는 환상(幻想) 속에 아주 기적 속에 신비(神秘)한 것 만날 그럴 줄만 알아. 얘기니까. 하나님께서 항상 사랑하시니까 그렇다 이거야. 그 마음이 안 되어있는데 그렇게 하시겠니? 마음이 되어있기 때문에 그러신 거야. 또 정신상태가 바르지 못하면 절대 하나님과 아무 관계가 없어. 상관이 없어. 우리가 자나 깨나 사불님이 어떤 분이라는 것을 너희들한테 다 알려주었기 때문에 자연히 너 엄마도 알게 되어있어. 감히 말을 할 수가 없어. 내 말을 나오지가 않아. 신앙이 없기 때문에 함부로 그러는 것이지. 신앙이 있다면 그러지 않아. 자기가 갈 수 있는 문을 열어주고 자기가 못하는 것을 암시(暗示)로 다 해주시고 그래도 그것을 모르기 때문에 함부로 입을 늘어놓는 거야. 또 신앙(信仰)가는 그렇게 알지 못한다 할지라도 하나님을 생각해서 함부로 입을 놀리는 것이 아니라는 것을 잊지 말라.

말을 한번 하면 다시 회수하지 못해. 말을 하면 그것이 남아져 역사로 흐르고 왜 그 말한 것이 역사로 흐르느냐 하면 기록이 되어있어. 필름으로 전부 기록이 되어있어. 그러니까 우리 집에는 하나님의 강림을 받들고 그 뜻을 이행해 가는 자는 하나님께서 명령을 내리면 그대로 하려고 애를 써야 하고 해야 해! 그리고 하나님을 확신(確信)을 첫째 해야 돼. 나는 어려서부터 하나님을 확신을 했어. 어떻게? 어떻게 확신을 하느냐? 우리 먹고사는 것. 하나님이 안 내놓으시면 어떻게 먹고 살겠어? 땅도 넓으니까 마음대로 걸어 다닐 수 있고 이게 얼마나 좋으냐? 우리 힘이 어디서부터 나느냐? 우리 생명(生命)이 있음으로써 피가 돌기 때문에 힘을 내는 거야. 또 이 힘 속에 살고 있고. 거저 신앙 다닌다고 신앙이 예배 보러 놀러 오는 게 아니야. 하나라도 자기 것을 만들 수 있는 자가 되어야 하고 하여튼 큰 그릇을 준비해야 해. 그릇을 준비(準備)해서 그 그릇이 차고 넘치도록 받아야 해. 그 받음으로써 그 은혜로운 자가 되어야 하는 것이다.

은혜로운 자는 첫째 남을 비판하지 말며 남을 뜯지 말며 욕심내고 탐내지 말며 모든 것을 그 안에 다 들어있어. 그것을 내 푼수에 알맞게 살라 이거야. 엉뚱한 생각은 다 그거 욕심(慾心)이 차 있는 거야. 욕심부리면 절대로 자기 갈 길을 못 간다. 그러니까 하나님을 확신을 한 다음에는 욕심을 부릴 필요가 없거니와 또 그럴 필요도 없어. 항상 편안한 마음에 안식을 정해주시기 때문에. 그런데 이제는 어려서는 그렇게 믿어 왔는데 지금은 보아라. 하나님께서 강림을 하셨어. 그러면 저 궤도에서 벗어서 이 궤도(軌道)를 벗어서 이 공간(空間)에 오셔서 계시는데 너희들이 나 같으면 정말 그렇게 신앙을 살아서는 안 된다. 하나님을 확신하지 않는 자는 세상에 속한 자지 하나님하고 아무 관계가 없다는 것을 잊지 말아야 하고 남을 의심하는 자가 항상 죄를 범한다는 것을 알아라. 항상 남을 새 눈 뜨고 보고 인도자(引導者)는 죄가 없으니까 그렇겠지? 왜 죄가 없어? 나도 세상에 나와서 시집가고 애 낳고 그것은 죄(罪)가 아닌가? 나는 그것을 죄라고 생각하는데 나는 그전에 그것을 큰 죄로 알았는데 이제 보니까 애들이 같이 공부하니까 이게 참 잘한 일이로구나 이렇게 생각했어. 엄마는 사람이요 사람이 이 지구에 벌레 같은 사람이고 하늘 사람들은 진짜 존재(存在) 인이 아니냐 말이야. 그 차이가 하늘과 땅 차이란 말이다.

진리는 저절로 오는 것이 아니요 정신을 갈고닦으면서 하는 진리는 확고한 진리요 배우면 배울수록 맛이 나고 그 맛이 나는 동시에 그 냄새도 아주 너무너무 신기(神技)롭고 그 음미를 안 하려야 안 할 수가 없다는 것을 분명히 우리가 알고서 공부하자 이런 말이야. 그러니까 하나님께서는 이런 말씀을 하시는 거야. 천지(天地)조화(造化)는 우리가 하는 것이요, 모든 이치와 의미가 자연 스스로 진리임으로써 그 진리는 불변(不變)절대(絶對)라는 것을 알아야 된다. 그러니까 행 속에 사실 때는 생의 자체요 왜 행 속에 사실 때 생의 자체냐면 그 행은 생을 모두 저장하여 되어있기 때문에 생중에 생은 바로 조부님 조모님이시고 그분들이 바로 주인(主人)이시라는 것을 잊지 말라. 이렇기 때문에 조화요 조화시기 때문에 항상 무한한 조화를 내실 수가 있고 조화를 부릴 수가 있다는 것을 분명히 알고 살자.

왜 조화냐 하면 갖가지 생명에 관한 모든 생이든지 갖가지 생물에 관해있는 모든 생이든지 또 갖가지 과학에 관해있기 때문에 생이 없다면 과학이 없다는 것을 잊지 말자. 생이 있음으로써 과학이 있는 것이요 그 과학은 갖가지 조화를 부린다. 그 조화가 아주 확고(確固)하게 그 갖가지 조화는 확고하게 되어 있음으로써 과학을 무한히 무로 낼 수가 있는 능력(能力)을 갖추셨기 때문에 이때에는 당신께서 말씀하시기를 이렇게 하셨어. 나는 나를 알았지. 나에게는 미래와 꿈이 확고하기 때문에 모든 것이 희망(希望)차있지. 이럼으로써 목적(目的)과 목적관이 완벽(完璧)하다.

그 희망차시고 미래와 꿈을 확고하게 아시기 때문에 바로 체는 없으시지만 몸체는 없으시지만 이미 완성이기 때문에 갖가지 생을 내서 행을 이루셨다. 행속에는 갖가지 생이 저장(貯藏) 되어 있고 그 생들은 모두 조화를 부릴 수가 있고 생동감(生動感)이 끓어 넘쳐흐를 수가 있고 왜냐하면 생명이 살아 있고 살아있음으로써 생동하고 생동함으로써 생동감이 끓어 넘쳐흐른다. 이것을 분명히 알고 살아야겠다 이거야. 이제 몸체 없이 조화로 사실 때 갖가지 모든 것을 조화로 내심으로서 생을 이루고 생을 내심으로서 행 생 핵을 전부 준비(準備)하심이요 이것을 준비하시기까지 피나는 노력을 하셨다. 조화로 사실 때에는 모두 조화로서 이루시고 조화에서 벗어나실 때에는 행이 조심조심 서서히 생을 싸고 서서히 벗어나서 행이 바로 생불체 곁에 항상 존재함이니라.

이럼으로써 그 생은 불변절대요 항상 생하고 정하고 통하고 통치(統治)자유(自由)하시는 분이 바로 두 분인데 이분들이 갖가지 내용을 전부 준비하시고 나서는 생불체를 이루셨다. 당신들은 당신들을 아시기 때문에 체를 이루시기 위한 작전(作戰)의 전술(戰術)이다. 이럼으로써 조부님께서는 생으로서 4위 기대를 이루시고 조모님께서는 4해4문을 이루시고 이럼으로써 조부님은 평창을 이루시고 조모님은 평청을 이루시고 이 평청 이라는 것은 무한한 힘이 모두 들어있다. 그래서 층 이라고 한다. 넓은 폭을 만들어서 갖가지 생을 층으로 이루었다.

이렇게 이루시고 그 갖가지 생에서 생 정기도 이루시고 또한 무한한 전자 도든지 분자 도든지 이런 모든 것을 당신은 이용해 쓸 수가 있게 생판으로 지층을 쌓아 올려 세부와 조직을 정해서 맥과 맥박이 튀게 하고 전류와 전력이 흐르고 돌게 하시고 무한한 조화를 이렇게 거대한 공간만한 생불 체를 이루셨다 이런 거야. 이럼으로써 이 모든 것이 확고(確固)하고 불변절대하다는 것만 알고 있어라 이런 것이지. 생불 체를 이루고 나셔서는 바로 핵심(核心)의 진가를 나타낸 것이 생불 체요, 따라서 생태기를 완벽하게 이루어내셨지. 이때는 조화자요 따라서 가지고 있는 생불체도 역시 생을 저장해있는 행이 둥근 타원형 같이 생겼는데 이 속에는 갖가지 화학이든지 무한한 액체를 만들어낼 수 있는 생이 모두 저장되어있기 때문에 여기에 중심은 불록조 불랙조 불천조 불천 낵조 불불 낵조 여기 무한한 학문을 내실 수가 있었다.

이때에도 역시 조부님께서는 생으로 4위 기대를 이루시고 조모님께서는 생판을 이루어서 4해4문을 세워 무한한 조화를 무로다 내셨지. 이렇기 때문에 생불 체의 중심이 바로 생태기인 것이니라. 생태기가 있음으로써 생태계가 있다는 것을 잊지 말라. 이런 말이야. 생태계가 아주 완벽하게 갖가지 조화를 내서 이용하셔서 쓰실 수가 있을 수 있는 능력을 갖추셨다는 거야. 그래서 이때에 당신께서는 생불 체 지닌 것과 가진 것이 완벽하게 이루셔놓으시고 나서는 창설(創設)을 시작하셨다. 창설을 시작하셔서 무한히 조화를 내셨지. 이것이 무엇일까? 가지고 있는 생에서 원료(原料)를 내셔서 아주 발효(醱酵)를 시키고 또 발효에 자연 스스로 발로(發露)가 되고 또 발휘(發揮)가 되었더라.

이래서 이때는 발휘자시다. 조화자요 발휘자요 이렇기 때문에 독재자 독재여 이럼으로써 천지조화를 임의대로 할 수가 있었지. 이래서 처음 때는 갖가지 요소를 내서 저장할 때이고 인간은 바로 조화에 요소요 모든 이용해 쓰는 것은 성분의 요소요. 요소의 조화요. 성분요소 조화요. 이렇게 완벽함이지. 이렇기 때문에 생생 생문 진이든지 생생 생술이든지 이런 것을 아니 이룰 레야 아니 이룰 수가 없지. 왜냐하면 내체가 서서히 완성으로 이루시며 동시에 갖가지 모든 것을 지닌 것도 완성이요 가진 것도 완성으로 모두 완벽(完璧)하게 하여서 그 창설의 조화가 바로 둥근 형으로서 힘 태를 이루어 그 힘태 속에 들어있는 것은 생태기 생태계 원료의 발효 이런 것이 다 들어있지. 이렇게 있음으로써 천지조화는 인간은 알 수가 없단 말이지. 이렇기 때문에 모든 것은 두각을 나타낼 수가 있었지. 두각(頭角)은 언제 나타나느냐 하면 두각도 역시 내 몸이 완성됨에 동시에 두각이 모두 서서히 완성됨이지. 이럼으로써 천도전에서 생생문을 열고 본즉 천도천문이 개문도로 활짝 열렸더라. 이렇기 때문에 천연(天然)의 천륜에 원심에 근원 근도 원 파를 이룰 수가 있었다. 이런 말씀의 참뜻이니라.

너희 몸에 명실(名實)공히 이른다고 하셨어. 그것을 명실공히라는 뜻은 바로 만족(滿足)하고 흡족(洽足)하고 흠뻑 함이 있기 때문에 기쁘고 즐거움을 느끼는 거야. 이렇기 때문에 명실공히 이를 것이니라. 이렇게 말씀하셨어. 그 명실 공에 내용은 환경이 사랑의 환경이요 은혜(恩惠)로운 환경이요 무한한 기쁨에 환경이요 이런 것을 전부 합류 화를 합류해서 간략하게 말씀해 낸 거야. 너희 몸에 이르리라. 열심히 갈고닦으면 너희 몸이 명실공히 이른다는 거야. 그러면 인간은 환경의 지배인이지만 하늘사람들은 환경의 권위자(權威者)시다. 그러면 우리가 누구나 물론(勿論)하고 이 길을 하나님의 강림(降臨)의 뜻을 받들고 가는 자야만이 성공을 할 것이요 그 뜻을 받들고 열심히 갈고닦는 자야만이 한없고 끝없이 영원불변한 본향(本鄕) 땅에 가서 생불로 살 것이라는 거야. 그러면 우리가 지금 이런 식으로 계속 연속으로 변치 아니하고 산다면 그것은 만날 도로 묵인 거야. 그러니까 우리가 정신도 개방(開放)하여야 하고 마음도 개방하여야 한다. 육신도 개방(開放)하여야 한다.

이렇게 함으로써 즐겁고 기쁜 그 무한한 영광이 너희 몸에 이를 것이니라. 이 말씀이 명실공히 이른다는 뜻이라고 하셨어. 명실공히라는 뜻이 굉장히 깊고도 굉장히 광대하며 높고 광대하면 넓고 광대라는 말씀은 높은 것을 말한다. 모든 사물이 우러러 앙시하는 것을 높게 생각하는 거야. 광범(廣範)하다. 굉장히 넓은 것을 생각하시는 거야. 그러니까 그 광대 광범함을 우리가 간직할 수 있는 인간이 되려면 우리가 잠을 자는 코 고는 그 잠을 깨어야 돼. 깨어나면 즐겁거든. 그 정신이 깨어나면 깨어난 것만큼 즐겁고 기쁜 거야. 그 정신이 깨어나지 않고 매한 정신으로 살면 항상 사람이 아주 전진(前進)자유(自由)를 못해. 전진하고 자유하지 못해. 전진하는 자는 자유 할

수 있는 능력을 발휘(發揮) 한다. 이런 말이야. 그래서 우리가
그 정신세계를 아무튼지 정신세계를 뚫어야 된다. 정신세계
를 뚫고 보면 모든 사물을 보는 시선도 또 모든 천지지간만물
지중도 이제 그 만물지중(萬物之衆)이라고 했거든. 아주 4해
8방 4진 문도든지 4해8방 동서남북(東西南北)이던지 모든 이
치의 법도(法度)의 법률(法律)을 깨닫는다. 이런 거야. 깨달음
으로서 고도(高度)의 고차원(高次元) 학문(學文)을 배울 수가
있는 인재(人才)가 된다고 말씀하셨다.

　지구궤도를 벗어나서 이 공간에 오시는 왕림(枉臨)의 그 귀
한 뜻을 우리는 맞이하지는 못할망정 그 귀함을 귀하게 받들
수 있는 그러한 마음에 준비라도 되어 있어야 한다. 이런 말
씀이야. 그리고 하나님께서 강림을 안 하시고 하셨다고 하는
것도 아니겠고 하나님께서 강림하신 증거(證據)가 학문으로
나타났고 또 모든 운세(運勢)와 때로도 나타나시고 지금 이 운
세 따라서 이 환란(患亂)과 혼란(混亂) 속에 사는 모든 그 이치
와 의미가 완벽(完璧)하다는 것을 잊지 말라. 지금 세계적(世
界的)으로 국가의 정세도 다 편치 않고 서로가 네가 옳으냐?
내가 옳으냐? 해가지고 권력(權力)다툼만 서로 사람을 죽이는
그러한 좋지 못한 행세. 이런 속에서 그 기독교든지 불교든지
여러 가지 종교가 합류되어서 자기 뜻이 옳다 하지만 우리는
분명히 하나님께서 강림(降臨)하신 뜻을 완벽하게 이 땅에다
가 선뽀(宣布)힐 수 있는 능력(能力)을 길러서 준비기간(準備
期間)을 분명히 알아야 한다. 이런 말씀의 뜻이니라.

왜냐하면 소(小) 환란(患亂)을 왜 정하셨을까? 하면 무지한 인간 중에도 다 없앨 수가 없으니까 알곡을 거둬서 창고(倉庫)에 들이기 위한 작전(作戰)의 전술(戰術)을 인간은 알지 못한다 이거야. 우리 집 벌써 몇 십 년을 넘기고 있는 사람도 역시나 하나님 말씀을 나가 선포할 수 있는 그러한 추진력(推進力)이 없기 때문에 그런 용기(勇氣)가 없고 또 용기가 없음으로써 모든 것이 완전(完全)치가 못한 거야. 우리는 옳은 것은 옳다 하고 증거(證據)하고 발견해서 무지(無知)한 인간들에게 교육(敎育)할 수 있는 교육자(敎育者)가 되기를 간절(懇切)히 바라고 원했지만 모든 것은 자기가 알고 여기 와서 듣는 자들이 자기가 알고서는 자기가 가만있어. 그러니까 생전 추진이 되는가? 도저히 안 되는 거야. 내가 이런 말을 해야겠지? 마음이 있는 곳에 뜻이 있다. 이런 말씀은 무슨 뜻인가 하면 자기 마음이 있고 정신이 감동(感動)되어서 하는 말은 아주 중량이 나가는 그 무거울지라도 무거운 줄을 모르고 또 운동하는 사람도 운동이 힘든지 모르고 어떤 일을 노동일을 하더라도 절대 힘든 것을 모르고 절대 기쁨으로서 그 일을 해내기 때문에 그는 진실(眞實)이요 또 따라서 아주 완벽(完璧)하다. 이런 것을 우리가 꼭 알아야 되겠다.

내가 여러 가지로 상징적으로 얘기해주는데 사람은 그 결심이 있는 자는 분명히 결백한 자다. 왜 결백(潔白)한가 하면 진실(眞實)하기 때문에. 그 진실에는 결백이 따라다니고 결백이 따라 다니는 데는 절도가 있고 절도 있는 데는 목적과 목적관이 완벽하기 때문에 자기 뜻을 이행하고 전개할 수 있는 능력의 권능도 베풀 수도 있다 이거야. 인간의 지능과 하늘에 지능은 너무 하늘과 땅 차이고 인간은 너무 무지 목매한 인간이란 말이야. 그래서 존재(存在)성이 없다 이거야. 존재성은 어떤 것인가 하면 상대가 아주 이렇게 인간은 상대(相對)를 조성(造成)하라 했거든. 조성치 못해. 항상 의심만 꽉 차 있어. 그러니까 그것은 의심으로 조성하는 것이지. 기쁨과 즐거움과 아주 굉장히 생동감(生動感)이 있는 이러한 그 아주 힘찬 그러한 불변이 없는 거야. 공부도 그래 자기가 하고자 하는 마음에서 공부를 하고 그런데서 연구과목이 나오는 것이지 공부 안 한 자가 어찌 그 학문의 내용을 알아서 연구하겠는가를 잘 생각해봐야 한다.

그래서 사람은 머리가 하늘을 이 두골이 지구를 닮아서 하늘새라는 혹성을 닮아서 타원형(楕圓形)같이 둥근데 그 둥근 속에는 정기도 있고 핵도 있고 또 아주 무한한 아주 반짝반짝하고 맥도 있고 여러 가지 세부조직 세내 조직 굉장히 세포조직(細胞組織)이 완벽하단 말이야. 그래서 그 뇌파가 죽어서 나이가 많으니까 뇌파(腦波)가 죽어가지만 그 뇌파를 살리는 길은 자기 정신을 닦음으로써 뇌파가 살아나고 생동감(生動感)이 끓어 넘치니까 그 뇌파(腦波)가 자연(自然)히 산단 말이야. 그리고 정신이 항상 밝아있단 말이야. 정신이 밝아 있는데는 마음이 맑고 깨끗하니까 죄를 지을 수가 없단 말이야. 그러니까 항상 편안한 마음에 안식을 정할 수 있는 안식이 되어

있단 말이야. 안식이 돼 있음으로써 잡음이 일으키려야 일으킬 수가 없다. 그것은 청결(淸潔)하기 때문에 깨끗하고 맑기 때문이다.

그러니까 사람은 청결(淸潔)한데서 이 마음이 청결하면 마음이 맑고 깨끗하단 말이야. 그러니까 속 왜 썩어? 자기 분수(分數)에 알맞게 살고 자기 푼수에 지나친 욕심을 내지 말고 항상 편안한 마음으로 이행할 수 있는 전개(展開) 자가 되란 말이야. 그래야지 알찬 믿음을 가지지 그렇지 못한 자는 항상 자기 죄를 싸고 싸서 가슴에다가 덮고 또 덮고 덮어서 하나님보다 더 귀하게 덮어 놓는단 말이야. 그러면 어디 가서 올바른 말씀을 들을 때 먼저 자기 마음속에서 튀어나온다. 도둑질하는 사람 도둑질이 튀어나오고 타락(墮落)한 자는 타락한 것이 튀어나오고 그렇기 때문에 사람은 저지르지 말아야 한다. 우리가 저지르는 것도 옳은 일을 감당할 수 없지만 옳은 것을 저질렀을 때 거기는 희망이 온다는 것을 잊지 말아야 한다.

자기 힘이 모자라지만 그것은 자기가 추진을 해서 쌓을 수 있는 능력자기 때문이야. 이 말씀이 학문보다는 소소한 말씀이지만 소소한 말씀을 잘 들어야 하지만 학문을 깨달을 수가 있어. 처음부터 인도자(引導者)가 없이 자기 스스로 자기를 닦는 자는 드물어. 의인이 아니고는, 의인은 어느 교육자 말을 안 들어도 자기가 사물을 알아서 판단하고 사물을 조성하고 이것 참 어려운 광대(廣大)한 말씀인데 사물을 귀하게 간직할

265

수 있고 서로가 주고받는 문답이 되어있단 말이야. 모든 사람이 사물을 보기만 하지 저 사물(事物)이 나를 싫어하느냐? 저 사물이 나를 좋아하느냐? 이런 것도 모르기 때문에 무지(無知)하다는 거야. 그것은 정신이 어둡고 마음이 맑고 깨끗하지 못하기 때문에 그런 거야. 그래서 사물(事物)을 판단할 수 있는 자. 사물을 판단할 수 있는 자는 사물 위에 조성자다. 그 사물의 조성자가 되어 있으면 늘 자연(自然)의 섭리(攝理)는 고귀(高貴)하기 때문에 자연의 섭리는 보면 볼수록 만족(滿足)하고 흡족(洽足)하단 말이야. 그리고 아주 새롭고 새록새록 하고 또 이런 것을 서로가 잘 주고 잘 받는 그 마음 적으로 서로 잘 주고받는단 말이야. 모든 잡초(雜草)나 먹는 식물이나 체를 가진 생물(生物)이나 과목(果木)이나 이런 것이 서로 주고받을 때 나무순이 숙여 들고 흔들고 기쁨을 표현(表現)하고 이런다 이거야. 그리고 동물(動物)을 볼 때 귀를 뒤에 얹고 꼬리를 흔들고 얼굴을 선하게 되어있고 그런 것이 다 사물(事物)에 속해 있는 것이다.

자연의 법도 자연의 법칙(法則) 거기는 법률이 딱딱 완벽하게 이행되어있다. 이 법률(法律)이 이행되어있기 때문에 함부로 보지도 아니하며 함부로 행치 아니하며 함부로 꽃이라도 뚝뚝 꺾지 아니하며 그 꽃을 놓고 귀하게 마음으로 보고 아름답게 서로가 주고받을 때 그것이 마음속에 기쁨이 오고 즐거움이 온다는 것을 잊지 말아야 해. 그러면 인간하고 조성(造成)한다. 인간하고 조성(造成)하면 인간은 눈이 살기(殺氣)가동(動)해있고 그 얼굴이 찰색(察色)이 청색(靑色)과 황색(黃色)과 또 백색(白色)과 이렇게 있는데 그 마음이 편안(便安)한 자에게는 얼굴이 찰색(察色)하면 얼굴이 희면서도 볼그름하고 티 없고 맑단 말이야. 그리고 사람을 세워놓고 가는 뒤통수를 보면 그 사람의 성품이 나오고 앞을 보면 이렇게 안면(顔面)을 보면 입 모양새 눈 모양새 눈뜨는 모양새 이런 것이 다 거성이 벗는단 말이야. 이 손놀림 10수를 가지고 있는데 여기 수상을 가지고 있단 말이야. 그럼 앞가슴을 펴면 여기 모두 내체의 기계가 전부 설치되어있거든. 그러면 정신과 마음이 맑고 깨끗하기 때문에 그 그런 것을 앞뒤로 보고 걷는 것을 보고 알기 때문에 그 사람 마음을 꿰뚫어 볼 수 있다.

믿음이 있는 자는 그렇게 볼 수 있고 믿음이 없는 자는 하여튼 미개한 존재야 나는 나를 알 수 있는 자가 되려면 항상 말 조심해야 하고 행동(行動)절차(節次)를 올바르게 해야 되고 어디 가서 여자나 남자나 문 앞에 가서 탁탁 서지 말 것. 항상 걸음걸이가 퉁탕거리면 안 되고 사뿐사뿐 걷는 것을 배워야 하고 남자도 남의 집에 가서 교훈(敎訓)을 받았는지 안 받았는지를 알고 저 문을 열고 닫는 것과 들어오는 것을 보면 저 사람은 지 멋대로 컸구나. 아, 저 사람은 부모의 교훈을 받았구나. 저 사람은 층층(層層) 시야(時夜)에서 엄하게 컸구나. 이렇게 사람이 층으로 있어. 또 어떤 사람을 보면 그 사람이 권력(權力)을 가지고 남을 모시고 받들림만 받아서 거만(倨慢)을 떨고 건방지다. 이런 것을 내놔. 사람은 절대 알면 알수록 건방지면 못써. 알면 알수록 사람은 숙연(肅然)해야 한다. 항상 말을 해도 생각해서 말을 해야 하고 그것도 법도야. 사람이 사는 이치와 의미가 완벽해야 만이 그 예를 지킬 수 있는 예의 예지자가 된다. 예의 예지(禮義 叡智) 자가 무슨 뜻인가 하면 높은 사람은 높은 사람대로 대할 줄을 알아야 하고 낮은 사람은 낮은 사람대로 거느릴 줄 알아야 하고 섬길 줄을 알아야 하고 또 섬기며 거느리고 다스리며 사랑하며 이런 것을 분명히 알아야 만이 이것이 굉장히 순조로운 사람. 순조로운 사람은 항상 마음이 결백(潔白)하게 있고 순수하잖아. 순수하고 선한 마음에서 사람의 마음이 감동(感動)된단 말이다.

그래서 예의예지(禮義 叡智)는 예와 법도와 법률과 이런 것이 다 합류 일치되어있어. 그래서 이렇기 때문에 지성인이 지성인답게 살면 지성인이야. 아무리 배우지 못했을지라도 그 사람이 지성인(知性人)으로 살고 지성인이라는 것은 행동(行動)이 바르고 예와 법도가 완벽(完璧)하고 모든 것을 알아서 행동하는 자는 낫 놓고 기역자를 모르더라도 그 사람은 정말이지 지성인인 거야. 많이 배운 자가 모르는 행동을 나타내. 어디 가도 화투하고 노는데 화투(花鬪)하고 술 먹고 못된 것만 골라서 하면 그게 지성인(知性人)이 어떻게 되겠어? 그러니까 우리는 바른 생활을 하자. 학교 교과서에 바른 생활이라는 것이 있잖아. 바른 생활을 해가면 바른 생활에서 모든 것이 하니니 지꾸 배워가는 깃이기 때문에 침을 때는 바보같이 참고 진노할 때는 진노할 줄 알아야 하고 모든 것이 이렇게 인간의 책임이라는 것이 지금 말씀한 말씀의 내용이 이렇다 이런 말씀의 뜻이야.

그래서 예의예지(禮義 叡智) 예의(禮義)가 밝아야 하고 뭐든지 어디 가서 음식을 먹어도 함부로 먹지 아니하며 음식을 먹어도 조심해 먹고 수저를 놓을 때 조심해서 놓고 수저 놓을 때 앞에다 놓고 뒤에다가 놓을 때 보면 벌써 이 사람은 아이고, 집에서 엄마를 못 만났구나. 이렇게 딱 나타난단 말이야. 상을 가져가 놓을 때 달랑 갖다가 탁 놓고 어른 물 줄 적에도 요렇게 들고 가서 나지 막 하게 드리고 저쪽에서 받으면 손을 여기서 띄어서 가져와야 하고 그냥 이렇게 갖다가 확 놓고 가고 그 아주 배우지 못한 법도야. 그러니까 그런 자가 어떻게 전개(展開) 자가 되겠느냐 말이야. 우리 천문(天文)을 믿는 자는 여자는 여자다워야 하고 남자는 남자다워야 한다.

남자하고 여자하고 정표(情表)가 다르기 때문에 남자는 주체성(主體性)이요 여자는 대상(對象)이란 말이야. 주체와 대상이 잘 주고 잘 받음으로써 모든 것이 순조(順調)롭게 나간다는 것을 잊지 말아야 한다. 교육을 들었기 때문이다. 그럼 교육한 자가 한 번씩 살핀단 말이야. 요새는 어떻게 행동을 하지? 개판 오 분 전이야. 그럼 만날 교육을 하는 사람만 애쓰고 하지 그것을 이행하지 않고 하기 때문에 바로 어린이들이 그것을 보고 이행을 하기 때문에 바로 배우지 못하는 거야. 사람이 예를 잘 배우면 예에는 법도가 있고 법도(法度)에는 법률

(法律)이 있다는 것을 알아야 하고 모든 것을 알아서 판단(判斷)하며 순조롭게 살아야지. 그것이 교육한 자가 보람이 있지. 교육은 죽겠다고 해놓으니까 가가지고 금시 잊어버리고 지 멋대로 살면 아무것도 아닌 거야. 여자 남자 사는데서 서로 참사랑을 주고받아야지 거기서 서로 사랑하고 이해하고 이렇게 서로가 이렇게 화동(和同)체가 되지. 그렇지 않으면 화동체가 되지 않기 때문에 연결이 안 된다. 연결이 안 되면 연관이 지어지지 않는다는 것을 분명히 알아야 되고. 자꾸만 의지하는 것은 마이너스다. 그래서 남자 여자가 서로 돕고 사는 것은 평등권(平等權)이요 서로 독립할 수 있는 능력자(能力者)를 발휘(發揮)하려면 남자가 잘하면 여자는 더 잘해야 하고 여자가 잘하면 남자는 더 잘해야 한다.

조물주 하나님은 조화로 사실 때에는 타원형(橢圓形) 같은 그런 행 속에 살고 계셨고 왜? 행(行) 속에서 살고 계셨느냐 하면 당신이 조화시기 때문에 조화(造化)도 몇 가지로 나누어져 있는데 아주 헤아릴 수 없는 무로다가 조화가 있는데 조화 중에 조화요 핵심(核心) 중에 핵심이요 핵 중에 핵이요 이렇게 그 조화님이 제일 핵심적 조화님이 체가 없으셨어. 그때는 조화시기 때문에 체는 없으시지만 조화 중에 조화시기 때문에 그 조화에도 중심(中心)의 조화시다. 이럼으로써 그 조화가 불변(不變)불로 되어 있는 아주 생체(生體)를 이룰 수 있는 이런 조화(造化)님이다.

왜 그러냐 하면 미래가 있고 꿈이 확고하고 이렇기 때문에 희망(希望)이 있고 희망차다. 따라서 목적(目的)이 있고 목적관이 완벽함으로서 갖가지 공간을 아주 힘으로 생으로 이룰 수 있는 권능(權能)자시기 때문이다. 이분들은 분명히 아주 생하는 그 절대한 불변이야. 이러심으로서 행 속에 사신 그 원인은 갖가지 조화로서 생을 준비하시는 때라 이런 거야. 갖가지 생과 핵과 이것을 전부 준비해서 행 속에 저장하셨더라. 왜 이것을 꼭 해야 되느냐 하면 무한한 과학(科學)을 이루시기 때문이야. 생이 없다면 과학으로서 조화를 이룰 수가 없음이요 조화(造化)를 무궁무한하게 이루실 수 있는 이러한 능력(能力)의 권능(權能)을 베풀 수 있는 이러한 천살도요 천살의 결백(潔白)으로 계시기 때문이다.

천살의 결백이라고 하느냐 하면 조화 때도 벌써 명예가 당당하고 그 명예가 완벽하시더라. 이렇게 완벽하심으로서 갖가지 모든 조화를 아주 무한정하게 이루어낼 수가 있으셨더라. 이럼으로써 생각을 하실 때가 있었고 생각해서 낼 때가 있으셨더라. 생각해내실 때에는 갖가지 생을 내셔서 그 생에 조화를 무궁(無窮)무한(無限)하게 아주 이루셨더라. 생이 없으면 하나님은 아무리 조화시라도 조화 자가 되지 못함으로써 이렇게 생이 없으면 당신이 만족(滿足)하고 흡족(洽足)할 수가 없더라. 왜냐하면 생이 없다면 과학(科學)을 낼 수가 없고 역시나 생을 내서 저장(貯藏)할 수도 없기 때문에 무미한 상태(狀態)다. 알아듣겠느냐?

이렇기 때문에 피나는 노력에 전심전력(全心全力)을 다 쏟아서 갖가지 생과 핵을 냈고 그 행과 생과 핵을 내시기까지 피골(皮骨)이 상집(常執)하였더라. 이때에 우리는 행 속에 살 때 태반(胎盤)태도원태도가 무한한 생이 작용(作用)할 수 있는 이러한 조화의 생판이지. 이 태반이 없으면 안정될 수가 없어. 태반이 있음으로써 태반(胎盤)에 안정(安定)되어 무한히 신기한 효율을 신비롭게 나타냈지. 신비롭게 나타냄으로써 무궁(無窮)무한(無限)한 조화(造化)자라 이런 말씀의 뜻이니라. 이렇게 모든 것이 절로 오는 것이 아니니라. 이루면 이룰수록 무한한 조화를 무한정(無限定)하게 낼 수가 있음이니라.

이렇기 때문에 이때서부터 생을 다 준비해놓고 나서 행 속에서 서서히 벗어나서 태반에 안정되어 생불 체를 이룰 때 나는 생으로서 4위 기대를 이루었고 4위기대가 없으면 천문학(天文學)을 낼 수가 없는 것이니라. 4위기대가 튼튼하게 있는 그 무한정한 조화가 완벽하지. 이렇기 때문에 나는 4위 기대와 천문학(天文學)을 이루었고 갖가지 세부와 조직이 모두 전자도와 분자도로 흐르고 돌게 하였고 그 맥(脈)과 맥박(脈搏)이 튀며 정기가 흐르고 돌며 전류(轉流)가 흐르고 돎으로써 생생생 정기가 생문생생 천도 자유자재(自由自在) 원문(原文)을 이루었다.

이렇기 때문에 너희 조모는 생으로서 4해4문을 세웠고 그 4해4문을 이룸으로써 평청을 이루어 그 지층(地層)같이 쌓아 올린 생판이 평청을 이루었지. 신선신록정기가 아주 신비(神秘)롭게 세부와 조직으로 딱딱 명시되어있고 그 전선이 모두 사람의 몸에 혈이 돌듯이 아주 직선(直線)과 곡선(曲線)으로 되어있는 것과 가로와 세로로 되어있는 것과 지도같이 모든 정기가 흐르고 돌게 하며 따라서 신선 낵조 신문핵도라는 이러한 정기(精氣)들이 모두 전선으로 되어 무한정한 재낵 객조자기라는 그 무한한 힘이 존재하고 생리(生理)에 맞게 무한한 자력(磁力)과 자석(磁石)과 진공(眞空)과 모든 것이 아주 빛같이 반짝이며 힘을 발사해내며 또한 지층으로 쌓아 올린 그 각이 유모 각으로 되어있고 또 모든 것이 각마다 순낵 수독 독대 낵조 정기가 신설녹조같이 되어 화기(和氣)를 이루며 그 화기가 진동(振動)하는지라. 따라서 그 신선 실록 낵조 정기는 화락 도댁 도독 생생 생문 천체자유에 생의 힘이 발사(發射)되게 모든 것이 순조롭게 화해 스러우며 윤택하고 부드럽게 모든 힘을 내어 힘이 존재하며 상통(相通)되어있는 그 힘이 무한히 존재(存在)할 수가 있다는 말씀의 뜻이니라.

갖가지 정기에 그 무한한 힘이 발사되고 발사되는 힘이 모두 전개(展開)되어 층과 층면을 이루어 상통자유 되는 무한한 과학(科學)의 진도가 너무나 슬기로운지라. 질서가 정연하고 조리가 단정하고 그 지속(持續)연속(連續)으로서 본질(本質)의 자유(自由)가 질서(秩序)를 정해 유지해 나가는 그 유지 객객 낵조 독도가 모두 덕 이롭고 아주 생생하며 덕 이롭다는 것은 무게가 있고 무한한 힘을 동원하지만 부드럽고 윤택(潤澤)하

273

다는 참 말씀이니라. 이와 같이 모든 것이 힘을 낼 수가 있었더라.

힘을 내는 판이든지 생을 내는 판이든지. 생생을 내는 판이든지 생생 낵조 정기를 내는 판이든지 지층같이 쌓으니까 이렇게 지층(地層)같이 쌓아 올린 판판이 모두 정기가 다르고 그 지족지락낵조 그 근원(根源)의 지자기라는 그러한 힘이 상통하여 발사되면 딱딱 자기 자리에 응시되어서 무한한 생명체(生命體)에 아주 유덕(有德)하게 덕을 내고 그 힘이 모든 인간마다 아주 무한정하게 아주 평화롭고 안정되게 생하고 정하고 통하는 그 통치 자유문도가 모두 원문으로 되어있는지라.

각자 각기 운명철학(運命哲學)이라는 것이 있고 아무리 운명철학(運命哲學)을 잘 타고났다 할지라도 자기 소임을 이행치 못하는 자는 그 업이 바뀐다. 이런 말씀이야. 이렇기 때문에 첫째 어린아이들은 모체(母體)를 잘 만나야 한다. 모체가 누군가 하면 엄마를 잘 만나서 어려서부터 교육을 잘 받고 부모의 교훈을 잘 받으면 첫째 부모의 교훈(敎訓)을 받음으로써 교육이 될 것이요 모든 교육이 하루아침에 되는 것이 아니다 이거야. 애 적에는 머리가 맑고 깨끗하지만 엄마가 인도하는 대로 애기들이 살아가기 때문에 항상 어린이들은 엄마를 잘 만나야 만이 그 엄마가 교육을 잘함으로써 어려서부터 몸에 습성이 되어서 몸에 익혀져 있고 이디 기서 앉든지 서든지 자기가 올바른 행동을 한다. 이런 말이야. 바른 생활을 한다.

우리가 옛날에 애들을 기를 때만 해도 물을 떠서 어른을 드리는 것. 이렇게 덜렁 들어다 주는 것과 부모에게 나지막하게 드리고 받으면 손으로 거둬오는 것. 이런 것으로부터 가르쳐. 숟갈 드는 것, 놓는 것, 밥 먹는 것, 젓가락질하는 것, 밥을 먹되 앞에서부터 먹는 것과 막 헷들어지며 먹는 것과 그것은 반드시 엄마가 너무 무식하면 애들이 아무렇게 먹어도 저거 먹는 것인가 보다 이렇게 먹는단 말이야. 개도 새끼를 낳으면 젖 뗄 때 딱 떼요. 절도(節度) 있게. 또 젖을 떼지만 밥을 먹을 적에 흘리고 먹는단 말이야. 그러면 어미가 가서 깨끗하게 정돈되게 핥아먹어. 그런 동물(動物)도 자기 자식을 함안하기 때문에 그렇게 모두 깨끗이 닦아주는 거야. 어른도 애기가 죽먹을 때 밥 먹을 때 처음에는 젖 먹다가 죽 먹다가 밥을 먹다가 이러잖아. 이런데 흘리고 먹으면 어려서부터 부모가 그것을 잘 가르쳐야 해. 그것이 엄마의 사명이다 이런 말씀이야. 그렇게 가르쳐서 길러서 커도 버릇이 없을 수 있는데 어려서부터 그냥 내 자식 같지 않게 배나 터지도록 먹고 흘리거나 말거나 밥이야 어떻게 먹던지 내버려 두면 하나에서 백까지 그 아이가 배울 것이 뭐가 있겠느냐 말이야. 이렇기 때문에 항상 어른아이들은 부모를 잘 만나야 만이 첫째 엄마를 잘 만나야 하고 지도하는 아버지를 잘 만나야 한다.

엄마가 그것을 못 가르칠 때 아버지가 가르칠 수 있는 이러한 아버지를 만나야 한다 이거야. 그래서 이려서부터 인제 앉는 것이든지 서는 것이든지 애들이 함부로 행동을 하지 않게 하여야 하고 어른이오면 애들이 생전 처음 보는 사람보고 돈 달라고 손 내밀고 이거 아주 교양(敎養) 없이 기르는 집안이야. 집에 손님이 오면 애들은 애들 끼리 뭉쳐서 조용히 해야지. 어른이 있거나 없거나 어른이 뭘 잡수려고 하면 애들이 먼저 달려들어서 맛있는 것을 다 먹어버리고 그러면 그게 무슨 망신(亡身)이야. 망신살(亡身殺) 뻗치는 것이다.

서로가 의롭게 살 수 있는 이러한 인재(人才)는 되지 못할망정 인재가 되려고 노력(努力)을 해보라 이런 말이야. 사랑이 어디서부터 왔는데 생생이라는 게 뭔가 하면 이 생생 중에 생생이야. 생생 중에 정기라 이런 말이야. 생생 중에 정기는 사랑이라. 그것이 왜 사랑이냐? 생생 에서 음양(陰陽)을 냈기 때문이야. 그래서 바로 천연(天然)의 원심(圓心)의 천륜(天倫)에서부터 천심(天心)의 천륜(天倫) 천정(天情)이라고 내려온 거야. 그 깊고 깊은 사랑 광대(廣大) 광범(廣範)한 사랑 헤아릴 수 없는 그 무의 사랑을 사람으로서는 다 베풀 수가 없지만 그 사랑을 베풀 수 있는 이행(履行) 자가 바로 은혜(恩惠)자요 따라서 은혜 자가 될 수 있는 그러한 정신과 마음을 개방(開放)시켜라 이런 말이다.

자기를 갈고닦지 않는 이상 어떻게 그 마음이 개방(開放)되고 정신이 개방(開放)되겠는가를 생각해보자. 지금 이때를 맞이해서 정신(精神)의 등불을 켜야 하고 마음의 등불을 켜야 하고 육신이 행함이 발라야 하고 이래야만이 천지(天地)이치(理

致)를 깨달을 수 있는 그러한 사물 자가 된다는 것을 잊지 말라. 사물의 은혜 자가 되었을 때에는 사물이 생물이나 모든 꽃들도 모든 것이 다 그 사람을 보면 숙연(肅然)해져. 동물이나 생물체(生物體)나 식물이나 잡초(雜草)나 나무나 이런 것이. 사람과 사람끼리도 우러러 앙시(仰視)하고 모든 풀 잎사귀도 숙연(肅然)해지고 우러러 앙시(仰視)하는 것을 잊지 말아야 하겠다. 이렇게 좋은 말씀을 들으면 들을수록 마음을 개방(開放)시켜야 한다.

그러려면 어떻게 개방되겠는가 말이야. 자기 정신을 개방시키기 전에는 개방될 수가 없다는 것을 알라. 개방시킨다면 그런 자는 자기 분수를 알아서 이행하고 또 모든 것을 편안한 마음에 안식을 정해서 아주 사랑의 이치를 깨달아야 만이 하나님께서 가지 않으려고 해도 하나님께서 데리고 가신다 이거야. 욕심이 꽉 차서 도둑놈 심보가 되어있고 오기가 꽉 차 있고 오해(誤解)가 항상 쌓이고 쌓여서 아주 독기를 품어내며 살기(殺氣)를 뻗치면 그 사람은 좋은 길을 못 가. 아무리 가고 싶어도 되지 아니해. 간다 할지라도 이 궤도는 벗어나는지는 모르지만 저 궤도는 절대로 들어가지 못해. 자기(自己) 자신이 안 들어가. 가기 전에 벌써 아무리 간다 할지라도 산화(酸化)되어버려. 증발(蒸發) 돼서 가기는 가지만 몸이 산화 된다. 싹 녹아서 연기(煙氣)처럼 녹아 없어진다.

하나님께서는 몸체(體)가 없을 때는 행 속에서 사셨지. 행 속에는 생에 자체(自體)로 계셨다. 생의 자체 실 때에는 아주 생의 근원이시고 생의 주인이시다. 생의 주인이시기 때문에 모든 생을 내실 수가 있었지. 그러니까 생을 내실 때 어떻게 하셨느냐 하면 조화에서 무한히 생을 내셨다. 그것도 정신이 될 생. 또 음양이 될. 또 생명이 될 생 .마음이 될 생. 핵이 될 생. 이러한 생들을 당신들이 스스로 갖추셨더라. 갖추셔서 하나님께서는 갖가지 생의 정기(精氣)에서 음양(陰陽)을 내놓으시고 이렇게 당신들 몸체를 내실 조화를 무한히 내실 때가 계셨더라. 이때에 생을 무한히 내놓으실 수가 있는 조화를 지니고 가지고 계셨기 때문이다. 그 조화에서 생을 무로다 내셔서 행과 생(生)과 핵(核)을 행 속에 꽉 차 있었더라.

이때에 당신께서는 갖가지 생을 내시며 생의 그 무한정한 조화에 조직으로서 완벽하게 세우시고 또 아주 밀도 있는 그러한 무한정한 본문을 무한히 내셨더라. 이렇게 한없고 끝없이 내셔서 행 속에서 체는 없지만 조화기 때문에 조화를 낼 수가 있었지. 조화 때에는 몸체는 없지만 갖가지 생을 내놓기 위한 작전(作戰)의 전술(戰術)을 펴 무한정한 무로다 아주 한없고 끝없이 향상을 시켜놓은 것이 아주 한공간만 하게 이루셨지. 이렇기 때문에 모든 것은 질서(秩序)가 정연하고 조리(條理)가 단정(斷定)하며 아주 고귀(高貴)한 밀도(密度)가 아주 정밀(精密) 되어 있음이요, 따라서 갖가지 모든 것이 완벽(完璧)이요 절대(絶對)요 불변(不變)이더라.

할머니는 할머니대로 조화를 무한히 내시고 또 조화에서 무한정한 정기를 무한히 내셨더라. 갖가지 조화에서 생들의 기능이 모두 생동감(生動感)이 끓어 넘쳐흐르더라. 왜냐하면 갖가지 유전공학(遺傳工學)을 낼 수 있는 이러한 능력(能力)을 갖추신 분이기 때문이지. 갖가지 모든 것이 아주 불변(不變)불로서 아주 찬란한 결정체(結晶體)같이 완벽이더라. 이런 말씀이야. 이렇게 귀하게 갖추셔서. 당신 분수(分數)에 맞고 알맞게 만족하고 흡족하게 주체와 대상님이 조화로 사실 때 벌써 몸체는 없지만 완성이시다. 이런 말씀이야. 왜? 갖가지를 모두 내놓으셨기 때문이요, 이럼으로써 행 속에서도 완성이시다. 완성이시기 때문에 조화요 그 조화(造化) 속에서 조화로 나타난 것이 생이요 생은 없으면 과학이 있을 수가 없다.

생이 있음으로써 갖가지 과학을 내서 과학(科學)문법(文法)을 낼 수가 있고 과학의 모든 법회(法會)의 자유(自由)를 낼 수가 있다는 그 증거의 뜻을 완벽하게 알자. 이런 말씀의 참뜻이란 말이지. 이럼으로써 천지 자유 문을 자유롭게 자재원도 할 수 있는 능력(能力)의 권능(權能)이라는 것을 잊지 말라. 이런 말씀의 참뜻이라는 것을 분명히 알고 살자. 행 속에서 살 때에는 몸체(體)가 없었지만 다 생을 갖추고 난 후에 이루셔서 완벽(完璧)하게 놓으시고 행은 타원형 같고 또 갖가지 생들을 행 속에 꽉 채워있음이니라. 행 속에 들어있는 생은 바로 생의 근원은 행이요 생이다. 행에서 서서히 조심조심 벗어나시고 본즉 갖가지 생을 내셔서 무한정한 생의 원문(原文)과 본문(本文)과 본질(本質)과 질서(秩序)를 유지(維持)할 수 있는 능력이 완벽하였지. 이렇기 때문에 우리는 이때서부터 생불체를 이루기 시작하였지. 너희 조부(祖父)는 4위기대를 생으로 이루시고 천문학(天文學)을 이루시고 나는 4해4문을 세우고 평청을 이루어 갖가지 없는 것 없이 무한정한 몸체를 서서히 이룰 수가 있는 한 공간을 세웠지. 이렇기 때문에 이 공간은 생불 체요 생불 체에서 벗어나면 몸체는 완성(完成)이기 때문에 생생 문이요 천도전이 꽝과광 하며 생(生) 공간(空間)을 발사(發射)해냈다. 이런 말씀의 참뜻이니라.

이럼으로써 생태기와 생태(生態)계를 이루시고 오늘은 조모님이 말씀하시는 거야. 생태기와 생태계를 이루시고 난후에 가지고 있는 행 속에 든 생을 무한정하게 내서 한공간만하게 이루어서 원료(原料)를 내었지. 갖가지 원료가 발효(醱酵)되고 갖가지 원료들이 모두 결정체(結晶體)니라. 이것이 바로 액내공내조요 액내조요 공내조요 영내조요 직농내조요 낵농내조요 생내조요 생생문내조요 생생문 천체자유 문내조다.(모두 액체의 원료 근원들임을 말함) 이것이 모두 종합되어서 한 공간만한데서 와글와글 버글버글 끓는 소리가 천지(天地)를 진동(震動)하며 일어났다 떨어지는 소리가 우레 같고 거대하게 울려 퍼지면 갖가지 파문을 일으키며 또 그 파문마다 모두 나타나 원료(原料)가 갖가지로 뭉쳐 나가는지라. 이때에 발효(醱酵) 발로(發露) 발휘(發揮)하였지. 이렇기 때문에 발휘(發揮)자라고 하지 않는고? 왜? 원료(原料)들이 살아있는고 하면 모두 생이기 때문이요 과학(科學)을 내기 때문이다. 생에서 갖가지 원료(原料)의 근원(根源)을 내려니까 이렇지. 알아듣겠는고? 이럼으로써 갖가지 원료들이 살아서 있는 것은 숨 쉬고 있다는 뜻이지. 생명이 있다는 뜻이지. 생명(生命)이 살아있기 때문에 생동하고 생동감(生動感)이 끓어 넘쳐흐른단 말이지. 이것이 모두 완벽이요 불변(不變)절대(絶對) 함이니라.

이렇기 때문에. 생들이 끓는 소리가 우레 같고 천지를 뒤집는 소리가 아주 완벽이니라. 이럼으로써 생생 생도가 생생문을 연즉 갖가지 생산이 나온다 이거야. 원료들이 모두 끓어서 파문을 일으키니까 이럼으로써 생생문을 열므로써 생생문도 천도 천지(天地)자유(自由) 선도가 딱딱 펴가고 이때에 구름같이 펼쳐가는 것을 모두 자기 자리에 층을 이루면서 층에 따라 정밀하게 딱딱 되어 가는지라. 파문(波紋)이 일어나는 데는 방울방울 일어나는 것도 있고 풍채같이 되며 풍채 같다는 것은 뱅글뱅글 돌아가는 것도 있다는 거야. 풍채(風采)같이 일어나며 그 풍채같이 일어나는 것을 모두 잡아서 층을 이루어놓고 또한 파문 일어나는 것을 분류하여 모두 체계와 조리로서 딱딱 되어가게 하고 따라서 그 파문 중에 소립자(素粒子)든지 소립(小粒)조든지 미세(微細)조든지 이런 것이 다 분산(分散)되어 있지만 통대선도가 딱딱 체계 조리를 잡는지라. 통대는 딱딱 형태를 이루어서 층을 내고 또 선도는 펴가며 자기 자리를 딱딱 잡아놓는지라. 알아듣겠는고? 우리는 이와 같이 원료를 냈지. 이 원료를 다 말씀하려면 한없고 끝없는 무(無)기 때문

281

에 다 할 수 없느니라. 이때는 모두 원료(原料)요 원료가 성분(性分)과 요소(要素)로 나갈 때에는 이제 분해 분별 분리진문 자유자재 원도 진을 편다. 이런 거야. 이렇기 때문에 도술(道術)진문(陣門)을 아니 쓸래야 안 쓸 수가 없단 말이지. 왜? 갖가지 공간을 내려니까 원료를 많이 만들어놔야 되지 않겠는가 말이지. 이렇기 때문이다. 이렇게 해서 처음 때를 정해서 성분과 요소를 내고 사람은 조화와 요소로서 생산케 하고 이렇기 때문에 상대(相對)를 조성하는 조성 자들이 아주 천지(天地)만물지중(萬物之衆)을 거느리고 다스리며 사랑할 수 있는 능력(能力)의 권능 자가 된단 말씀의 뜻이라 이런 말씀이야. 이렇게 모든 것을 체계조리로서 이루어놓은 후에 무한히 근원(根源)의 창설(創設)을 시작하였도다.

　무한한 조화 속에 우리가 살고 있다 이거야. 그러면 그런 것을 가르치는 인도자 밑에서 그 교훈(敎訓)을 받고 교육을 받고 경고(警告)를 받고 무한한 그 조화의 무한한 조화를 알려주는 그런 인도자(引導者) 밑에서 나는 보람이 나야 한단 말씀이야. 사람들은 세상(世上)에 다 무한한 원리(原理)로서 딱딱 제도에 따라서 학문(學文)으로 나타났지만 그 자연(自然)의 법칙(法則)을 저버리고 아주 귀신(鬼神)과 접(接)해서 산단 말이야. 그런데 얼마나 차원(次元)관이 다르냐 이거야. 실체(實體)가 어떻게 펴졌으면 실체의 근원은 어디서 나왔으며 무한히 그 장을 펴신 그 무한한 조화를 알려주었으면 각자각기 자기 사명(使命)이 자기 몸에 부여되어 있고 또 부여(附與)되어 있음으로써 직책(職責)과 직분(職分)이 완벽(完璧)하게 수행(修行)되어있다. 이런 말씀이야. 그렇다면 사람은 항상 우리 두뇌(頭腦)가 무한한 조화를 지녔기 때문에 정신은 조화요 정기(精氣)다. 일심(一心)일치(一致) 일심정기 그 정기(精氣)라는 것이 조화(造化)다.

그러면 그 조화로서 무한한 연구도 할 수 있고 또 지혜로서 살 수 있는 능력을 자기가 스스로 갖추어야 된다 이거야. 어떻게 사람이 항상 하나에서부터 둘까지 꼭 가르쳐서 알아야 되느냐? 엄청난 고도의 고차원 근원의 내용을 수년 간 들었으면 이제 조금씩 알 거라고. 몇 해씩 배웠잖아. 사람이 3년 동안 천자문을 그냥 어깨너머로 들은 글로도 글을 지어낸다는데 항상 하늘을 두렵게 알아야지. 어디 이 세상에 무한한 그 근원(根源)을 아는 자도 없거니와 알려고 하지도 않아. 왜? 머리가 없기 때문이야. 너무 미개하기 때문이야. 미개(未開)하기 전에 무지하고 무지하니 미개할 수밖에 더 있니? 이 공간이 하나만 있는 줄 알고 인간들은 믿고 사는데 그게 얼마나 어두운 밤중이냐 말이야. 이렇기 때문에 무한한 조화도 모르고 하나님만 믿어도 말로만 믿고 행치 않으니 어찌 그 사람으로써부터 복을 받을 수가 있겠는가를 생각해보라.

몸체는 없지만 이렇게 나원형(橢圓形) 속에 들어계실 때야. 이때는 조화야. 이제 말씀을 들어. 이 행 속에 조화가 들어있어. 그럼 조화 중에 조화가 들어있다. 조화 중에 조화니까 조화가 핵심인데 그 중심이라 이거야. 조화시기 때문에 완성이시란 말이야. 완성이기 때문에 조화를 낼 수가 있지. 그러니까 조화시기 때문에 조화를 내신 거야. 그러면 그 내신 조화에서 생(生)을 내신 거야. 생을 내고 보니까 생에서 무불통치(統治)할 수 있는 능력을 발휘(發揮)할 수 있다는 거야. 갖가지 정기든지 안 내놓을 수 없이 다 내시니까 조화 아니야? 조화시기 때문에 완성이다. 그러니까 이때에 체는 없지만 당신들은 당신을 안다고 하셨다.

나는 나를 알았지. 내가 여기서 물리(物理)를 터득(攄得)했다고 그랬지. 나(조물주 하나님)는 나를 알았지. 당신들은 당신들을 알았기 때문에 능력(能力)을 갖추셨다는 거야. 능력을 갖추셨기 때문에 이런 분이 바로 완성이야. 체는 없지만 조화로 조화에서 조화를 내놓고 조화에서 생을 내놓고 생에서 무한한 힘을 내놓았잖아. 생이 있음으로써 힘이 나오지. 생이 없으면 힘이 없데. 이렇기 때문에 이제 당신들이 생각할 때가 있었다. 생각할 때가 있었고 생각해서 낼 때가 있었다.

그러니까 조화를 냈지. 조화를 내고 본즉 그다음에 생을 냈단 말이야. 생을 내고 보니까 생에서 힘을 내셨단 말이야. 그러니까 무불통치 되셨지. 그러니까 완성이셔. 그러니까 당신이 저장(貯藏)해놓은, 하나님께서 나를 주실 때 이렇게 주셔. 행 생 핵. 이렇게 주셔. 그러나 그저 행 생 핵 생각도 안하고 이러고만 있으면 뭐가 되겠어? 그런데 가만히 생각을 해보니까 아! 행 속에 계실 때 체(體)가 없는데 조화(造化)로시로구나. 조화(造化)시니까 무한히 생을 내실 수가 있지. 그러니까 이게 풀리는 거야. 하나님께서 이렇게 주셔가지고 나를 가르치실 때 나는 인간이기 때문에 힘드시잖아. 그럼 행은 어떻게 생겼을까? 타원형(楕圓形) 같이 생겼어. 이제 조화에서 조화를 내셨으니 그 조화에서 생을 내셨단 말이야. 생을 내셨으니 그 생에서 무한히 힘을 내실 수가 있단 말이야. 무겠어? 아니겠어? 이럼으로써 이때서부터는 행 속에 계실 필요가 없지. 활동(活動)하셔야지. 그러면 여기서 쓱 벗어나시는 거야. 벗어나시니까 조화자가 되시는 것이다.

이때는 벌써 명예가 있잖아. 천살도 천살의 결백(潔白) 조화자. 이제 조화자 때 생불 체에서 지닌 것과 가진 것을 당신이 해내셨단 말이야. 해내셨기 때문에 이제 조화자로서 갖가지 원료도 다 준비했잖아. 원료(原料)가 나올 수 있는 것이 가진 데서 있잖아. 거기서 가르고 쪼개고 나누고 분해하고 분별하고 분리(分離)진문(陣門)을 정해서 딱 놓으니까 원료(原料)들이 살아서 와글버글 하지. 또 그것을 만날 발효(醱酵)된 것을 가만 나두면 무엇을 하겠니? 발로(發露)가 저절(底節)로 되니까 발휘(發揮)가 된 다음에 발사를 시키고 발사가 되니까 확산(擴散)이 되고 확산이 되니 분류가 되고 분류가 되니까 이제 그것을 소립자(素粒子) 소립조 미세(微細)조 나오잖아. 그것을 생도(生道)가 생산(生産)해내고 통대가 형태를 만들고 선도가 체계조리로서 층(層)을 이루고. 이래야 학문이지. 옛날에 인

285

간이 물위로 건너가고 그 사람이 재주가 있어서 걸어갔어? 여호화 하늘새 아버지가(조물주 하나님 셋째아들을 말함) 걷게 해서 걸어갔지. 그런 엉터리 같은 것을 왜 믿고 있어? 우리가 진짜 이렇게 나왔으면 천륜(天倫)이야.

생생에서 음양(陰陽)이 나왔으니 천륜(天倫)이란 말이야. 생생이 음양이니까 여기에서 사랑이 나왔단 말이야. 그러니까 지닌 데서 생생생정기는 정신 생생생문 생정기는 마음 생생생 생문생 불토 생명. 이렇게 전부 이렇게 내놓았으니 천륜이 아니야? 그럼 할아버지 할머니 몸에서 애기가 나왔으니 천상 허물이 없지. 나와서 생육(生育) 번성(繁盛) 충만(充滿)하게 하려니까 당신의 천륜을 충만하게 하셨잖아. 애기를 거기서 낳으면 부부를 만들고 부부가 낳으면 애기가 되고 애기가 부부가 되고 형제와 형제끼리 뭐 허물이 있어? 갈라질래야 갈라질 수도 없잖아. 이것이 천륜이잖아. 인간은 타락(墮落)을 했기 때문에 내 아들 저 집에 주고 저 집 딸 내 집에서 데리고 살고 그러니까 만날 불편 불만이 많지. 사람이 없단 말이야. 없으니까 그럴 수밖에 더 있니? 태에 안정되어 계셨어. 그럼 그 생불체가 작은 공간인가 하면 굉장히 거대한 공간이다.

그 공간에서 할머니(하나님 아내)는 할머니사명을 하시고 할아버지 (하나님 남편)는 할아버지사명을 하셨다. 할아버지는 생을 가지고 4위 기대를 이루시고 천문학(天文學)을 내시고 할머니는 또 생을 가지고 4해4문을 생 기둥으로 세워 평청

286

을 이루어 갖가지 정기를 펴놓으시고 지층같이 쌓아 올린 그 무한한 아주 조화의 자유가 모두 아주 생동감(生動感)이 끊어 넘쳐. 이렇기 때문에 이때는 조화자요 행 속에 계실 때에는 조화요 생불 체에 계실 때에는 조화자요 또 갖가지 원료를 내실 때 그 원료가 전부 살아있기 때문에 원료가 모두 발효(醱酵)하고 발로(發露)하고 발휘(發揮)하였으니까 하나님께서는 무한한 조화를 지녔기 때문에 발휘자라고 하셨단 말이야. 그러니까 지닌 것과 가진 것이 또 이렇게 다 당신이 지닌 것은 지닌 것을 지닌 것대로 무도 가진 것은 가진 것대로 무라고 분명히 말씀하셨거든. 이렇게 다 생불체를 다 이루어서 당신이 하고자 하는 일을 다 하신단 말이야. 능력(能力)을 갖추어서 권능(權能)을 베풀어서 또 무언무한하게 실체의 장을 펴실 수 있는 이러한 조화자란 말이야. 이렇기 때문에 갖가지 모든 발휘(發揮)했을 때에는 갖가지 원료를 발사를 시켜서 그 갖가지 헤아릴 수 없이 분산되어있는 것을 확산을 시키고 또 확산시켜서 분류(分類)를 하고 분류에서 조리 있게 질서를 정해서 자기 자리를 지키게 하고 응시(凝視)하고 이렇게 무한(無限)한 조화(造化)를 이루셨단 말씀이다.

이렇게 하는데도 아무리 못 듣는 귀라도 못 들어? 그래서 처음 때다. 처음 때는 요소 때다. 그리고 최초 전 최초 때가 모두 여기 들어가 있는 거야. 최초 전 최초 때는 벌써 무의 생 때요. 무의 생 때는 한없고 끝없이 내놓으셨으니까 생의 무요. 생의 무 때는 천도전을 꽝과광하고 터트려서 생 공간(空間)을

287

이루어놓으신 것 아니야? 그래서 근원 근도원 파가 나온 거야. 그러니 천륜의 그 천정이 완벽한 거야. 둘째 날 첫째 날 딱딱 정하셨어. 당신 몸체를 다 이루셨어. 벌써 생각해보라. 행 속에 살 때 생생생을 만들어서 다 당신 몸체(體)를 스스로 내셔서 스스로 만들어 내셨다. 그런데도 안 믿어 인간이? 바보라도. 이런 말을 하는 데도 안 들어? 나는 어디 가서 말을 해도 하나님 말씀을 갖고 떳떳하게 할 수 있더라.

하나님 아들딸이 어떻게 죄(罪)를 짓느냐 말이야. 이 무지 (無知)하고 미개(未開)한 것들아 이런 말이 나가지. 아주 얌전히? 나는 내 입에서는 그런 말이 안 나가. 아우, 그 심보를 보면 도둑의 심보야. 성경에 어디 그런 말이 있어? 이 엄청난 진리(眞理)를 들으면서도 이행(履行)치 않는다는 것은 그것은 사람이 아닌 거야. 생각해봐. 그러니 만날 돈 돈 돈, 돈이 무슨 뭐 돈돈? 그래도 돈을 안주어봐라, 있나? 어우, 하나님 말씀 한가지로 추하고 더럽지만 그 인간들이 사는 것도 몇 명이 되지를 않는데 어쩔 수 없어 한 번씩 봐주고 또 봐주지만 한도 끝도 없다. 봐주지 마세요. 내가 얄미로운 것들 너는 또 말로만 그렇게 안 봐주면 안 봐주나? 이렇게 생각한다고. 아주 너는 네 성질은 내가 어느 장단(長短)에 춤을 추면 좋은지 모르겠다고 말씀하셔. 너는 죽음을 내놓은 사람이라 겁대가리가 없다 만은 무조건(無條件) 안 간다고 떼를 쓰고 통 이유를 대고 그렇지만 다 때가 있는 법이다.

288

사람이 이 광대 광범(廣範)하단 말이야. 사람 사는 요소가 그 중에 귀신(鬼神)은 추하고 더럽지만 우리는 하나님은 맑고도 깨끗하시고 아주 완벽(完璧)하게 살아서 모든 것을 하신단 말이야. 조화로서 그러니까 우리는 그런 조화를 믿고 살기 때문에 항상 좀 개방(開放)하라. 이런 거야 개방하라. 정신(精神)과 마음을 개방하고 또 항상 지혜(智慧)로 살라. 지혜(智慧)가 무슨 말인가 하면 너희들이 못 참을 것을 참을 때가 올 때 지혜요, 또 못 갈 때 내가 가서는 안 될 때 가는 것보다는 안가는 게 지혜다. 또 갔어도 내가 넉넉히 이겨 낼 수 있는 능력(能力)이 있다면 모를까? 그러나 대게 만이면 만, 천이면 천, 거기 가면 마음이 감싸여있기 때문에 그래서 가지 말라는 것이다.

하나님은 창설(創設)을 할 수 있는 그 기법을 다 준비(準備)하시고 또 설계(設計)를 아주 그 구조(構造)에 딱딱 알맞게 하시고 규격(規格)이 어긋나지 아니하고 딱딱 규격이 맞게 이렇게 무한한 조화로서 하셨다. 이제 생불체에서 벗어나기 시작하면서부터는 이제 무한한 창설(創設)의 자유(自由)를 하시는데 그 기법이 아주 명확하고 아주 정확(正確)하신 것이요. 이렇게 근원 근도 원 파를 이룰 수 있는 한 찬란하고 아름다운 공간을 이루시려고 이제 창설(創設)의 조화를 하셨지. 이때에 원을 아주 헤아릴 수 없이 크게 상상할 수 없이 원을 이루셨다. 그 원안에는 행 생 핵이든지 지닌 것과 가진 것이 모두 무란 말이야. 이 모든 것을 안정하여 그 안정이 완벽할 수가 있게 아주 불변 절대한 궤도를 딱딱 정하시고 궤도(軌道)에 따라서 갖가지 원문(原文)을 정하시고 그 원문대로 풀어서 완벽(完璧)하게 아주 엄청난 그 생 기둥으로서 무한정한 힘을 낼수 있게 4위 기대를 세우실 때 4해8방4진 문도를 세우셨거든. 이러시고 설계(設計)대로 창설(創設)을 시작하셨다.

체(體)가 없을 때
조화(造化)가 없다면 살 수가 없다.

이 창설을 시작하실 때에는 아주 행생핵 이 타원형(楕圓形) 같은 두형이 다 그 원 안에 들어있고 두 생불(하나님 부부) 체(體) 지니고 있는 생불 체와 가지고 있는 생불 체와 또한 근원(根源)의 원료(原料)들이든지 이런 것이 전부 모두가 원(圓)안에 들어 있었지. 이것은 무한정한 조화자시기 때문에 인간은 조화와 요소로 내놓으시고 모든 원료들은 성분(成分)과 요소와 조화로서 내시고 이렇기 때문에 태반 태도 원 태도는 생태기요 태반 태독 원태 독은 생태계요 이것이 전부 태반에 안정되어 있을 때에는 바로 지닌 행과 행 속에 들어있을 때요 가지고 있는 행도 모두가 완벽(完璧)한지라. 이렇기 때문에 이모든 것을 안정시키고 또한 무한한 조화로서 이루기 때문에 이때는 원문을 풀어낸즉 원술이 나오고 그 원술에서 생문생술이 나왔고 생문생술에서 생생술이 나왔고 생생 술에서 생생 천도 자유 문 술이 나왔고 천체자유 문도 술이 나왔고 무한(無限)한 조화로서 이루셨기 때문에 갖가지 생문 진 생생 문진 천체자유 생문 진 팔진태동녹대진이 이런 진은 또한 조화가 무쌍한 그 진을 말하는 것이요 진도 댁천 문독대 이것은 없으면 안 될 상황(狀況)이니라.

이러한 진문이 모두 살아 숨 쉬고 있음으로써 그 문에 따라 진을 펴고 진에 따라 무한한 문진 전잭조 원조 족재 냭조 진을 침으로써 천체를 자유롭게 움직일 수가 있는 능력의 권능(權能)을 베풀 수가 있었지. 이것은 모두 촉진 촉도 댁도 냭조 이럼으로써 합류하여 아주 핵같이 빠르고 빛보다 더 빠른 조화로서 진을 펴는 법이니라. 이렇게 창설하여 원을 이룰 때 그 원은 모두 생으로서 이루었기 때문에 아주 웅대하고 웅장하며 아주 거대한지라. 이 안에는 갖가지 문술 문법이 모두 법률로 이행되어있고 천체자유 냭조가 모두 조밀 되어있는 그 청밀의 밀도가 모두 자유스럽고 고귀한지라. 생생 생동 할 수 있는 신선신록조로서 모두 진을 쳐서 진문 술이 모두 핵같이 빠르며 따라서 그 실록정기가 아주 무한정한 조화로서 나타날 때에 생록 생에서 무한히 생존하며 정기가 음양으로서 음 정기 양정기로서 모두 평청 되어 있는 지라.

이것은 아주 무한한 조화로서 족지하며 작지하고 작지하면 냭지 자유 한다. 족지 작지 냭지 자유가 불변(不變)절대(絕對)약속대로 되어있기 때문에 무엇이든지 천지조화를 빛같이 반짝이녀 빠른 속도로서 펴가는 조화를 가지고 있는지라. 따라서 이렇기 때문에 천지(天地)이치(理致)는 법도가 완벽히고 그

294

법에 따라 갖가지 생문진에서 나왔기 때문에 생소하게 나타나고 그 생소하게 나타나면서도 무한한 조화에 법도를 이행하는지라. 이렇기 때문에 이 원이 없다면 근원을 보전할 수가 없기 때문이요.

창설은 바로 갖가지 생 기둥이든지 생판이든지 밀접한 관계로 되어있고 전자(電子)도든지 분자(分子)도든지 전자전이든지 분자전이든지 전자와 분자든지 이런 모든 귀한 전기들은 아주 새롭고 생소하면서도 맑고 깨끗하게 청결(淸潔)하면서 청밀하고 이렇게 세부(細部)와 조직(組織)으로서 딱딱 되어있고 또 그 평청에 이루어진 것과 평창에 이루어진 갖가지 생문정기든지 생생정기든지 이러한 천도정기든지 천문정기든지 천체자유 문도정기든지 이런 정기가 모두 완벽(完璧)한지라.

이렇게 창설(創設)한 그 창설의 완벽(完璧)이 불변(不變)불이요 절대다. 이렇기 때문에 그 원은 헤아릴 수 없이 거대하지. 그 원들은 모두 생에서 나타났기 때문에 과학이요 또 갖가지 정기요 갖가지 아주 무한한 조화요 이럼으로써 첫째 내가 조화기 때문에 조화로 이룰 수밖에 없고 모든 것이 완벽한 조화니라. 조화(造化)가 없다면 살 수가 없지. 나는 체가 없을 때에도 조화요 따라서 행 속에 벗어났을 때에 조화자요 조화자기 때문에 무한한 생에서 원료를 내어서 갖가지 화학(化學)이든지 갖가지 생물학(生物學)이든지 깊기지 없는 것이 없이 무한도로 낼 수가 있지. 이것은 나에 만족(滿足)하고 흡족(洽足)해야하고 흠뻑하고 아주 흡족(洽足)해야 한단 말이야. 이럼으로써 천지자유 모든 것은 불변절대다. 왜? 생에 힘이 오늘 이 시간까지 변치 아니하고 존재하고 지속(持續)연속(連續)으로서 아주 쉬지 아니하며 또 항상 유지되어있는 그 생생 생문 천체 자유 낵도 그 전도가 모두 제도(制度)에 따라 원문(原文)으로 이루어져 있느니라.

이렇기 때문에 평청에 이루어진 모든 것을 아주 생판이 아주 수억 천이 넘고 넘지. 모든 규격을 가지고 있는 판이든지 균형을 가지고 있는 판이든지 이런 모든 것이 아주 완벽하고 각이 아주 천낵도로서 인간이 숫자로 헤아릴 수 없이 그 각이 이루어져 있고 이런 각들이 모두 그 각에 따라 흐르고 도는 정기가 다르니라. 이럼으로써 항상 생존하여 있는 그 원문에서 펴나가는 본문에 무한도가 완벽함으로서 본질의 질서를 유지한다는 말씀의 참뜻이지. 이 모든 것이 생생하고 아주 새로우며 그 살아있는 그 숨소리가 아주 음악같이 들리고 아주 고귀(高貴)한지라. 이럼으로써 아름답고 찬란(燦爛)하다는 뜻이지. 바로 원 안에는 행과 생과 핵과 생불체와 원료와 모든 것이 이 안에 들어 안정되어있기 때문에 창설(創設)하여 창조(創造)해서 무한한 원문으로서 그 창조의 제도에 따라 도술 문이 모두 진행되어있고 그 도술 문문이 모두 문문을 열었다 닫았다 할 수 있는 능력(能力)이니라.

인간이 상상할 수가 없지. 이것이 이와 같이 완벽함으로서 공간을 갖가지 공간을 이룰 수 있는 원료가 꽉 차 있지. 이럼으로써 처음 때까지 처음 전 처음 때 또한 최초 전 최초 때 또한 무 의생 이것은 이 원안에 들어있지. 이것은 지금 이 시간에도 지속(持續)연속(連續)으로 유지해있고 따라서 우리가 두 현인(두 하나님)이 완벽한 형상을 이룰 때에는 무한한 원을 이루어 그 원(圓)안에 지금도 이 공간(空間)도 그 원안에 들어 있지. 그렇지만 이 하늘새 혹성(지구)은 아직까지 12선이 돌지 못하기 때문에 가는 시간을 단축시켰고 이 원도 또한 너희들이 먼저 배운 원이다. 이 원안에는 갖가지 공간이 들어있지. 이럼으로써 생 공간도 이 안에 들어있느니라. 이렇기 때문에 4해8방4진문도가 또 있고 또한 4해4문이 딱 서 있고 이럼으로써 동서남북(東西南北)이 완벽한지라. 이생이 없다면 과학(科學)이 있을 수가 없단 말씀이야. 생은 바로 조화에서 나왔기 때문에 모든 것을 무한하게 낼 수가 있는 능력의 권능(權能)자는 바로 나와 너희 조모(하나님 부부)니라. 내 생애(生涯)를 말해주는 것이다.

큰 사랑은 어떤 것이 큰 사랑인지 아니? 사불님(하나님 두 분과 아들 딸) 사랑이 큰사랑인데 그 사랑을 안단 말이야? 깊고 넓고 높고 무한한 사랑이 큰사랑이다. 공기(空氣)나 바람이나 이것이 사랑이다. 생명이니까 생명(生命)처럼 귀(貴)한 것이 어디 있니? 물이 없으면 우리가 어디 살겠니? 태양(太陽)이 없다면 어떻게 살겠니? 식물이 없다면 어떻게 살겠니? 그 사랑은 부모와 자식 간의 의의도 끊을 수 있는 사랑이 되어야 한다는 것이다. 절도 있는 사랑 또 자식과 아내를 아무리 사랑하여도 끊어버리는 사랑을 해야 된다는 거야. 너 같은 졸부들은 가지 말라고 해도 보나? 멋대로 놀 거야. 그러면 좀 볼 줄을 아는 사람이 되어야 해. 이제 엄마라는 소리는 끊어졌다 천도문이라고 해라. 엄마와 자식의 정은 굉장한 정과 사랑과 은혜와 모든 것이 포함되어 있지만 이름과 엄마는 달라. 너희들이 그만큼 저질렀기 때문에 그렇게 되었어. 그것을 못 알아들어? 그래서 오늘은 내 생애 한 토막을 조금 했다. 그러니 그렇게 알고나 있어라. 사람들이 의문(疑問)을 날 거라고. 하나님과 주고받는 사람이 왜 저렇게 아플까 하며. 나는 이렇게 아파도 병 좀 고쳐달라는 소리가 안 나가. 나는 이보다 더 엄청난 고뇌(苦惱)와 곡경(曲境)을 더 많이 겪은 사람이기 때문이야. 어제도 스님하고 말씀하는데 공부 많이 하셨습니다. 고생도 많이 하셨겠습니다. 했죠. 사람이 좋은 길을 간다고 해서 항상 좋은 게 아니야. 좋은 길을 갈수록 외롭고 고독(孤獨)하고 또 좋은 일을 하려면 그만치 자기가 노력을 해야 하고 남이 알지 못하는 울음도 많이 울어야 하고 남이 가지 못하는 길도 가야 하고 그렇기 때문에 정신(精神)생활이라는 것은 쉬운 것이 아니야. 사람들은 정말이지 공산주의같이 세상에 조그만 이론을 펴서 돈만 많이 벌면 되는 줄 알지만 사람은 자기를 깨달아야 하고 사람이 현명하지는 못하겠지만 그 현명(賢明)의 뜻을 조그마한 눈곱만 하게라도 알아야 한다.

살아있다는 것이 너희들에게는 참 큰 복(福)이고 귀하다는 것을 분명히 알아야 하겠는데 너무 정신이 어둡고 너무 마음이 깨끗하지 못하기 때문에 그것을 알지 못하는 거야. 이 땅에 예수도 와서 하나님 생애를 발견치 못했고 산 역사와 죽은 역사를 분별치 못해놓고 또 우리가 어떻게 살아야 만이 되는가 말이야. 그런 이치(理致)와 의미(意味)를 알려준 사람도 없거니와 아는 사람도 없다. 따라서 알려 하지도 아니했다. 이런 말씀의 뜻이야. 이것은 굉장히 깊은 말씀이야. 처음 듣는 사람은 이 말씀의 뜻을 알지는 못하지만 이 모든 유형(有形)실체(實體)라는 것은 우리 눈에 보이는 산이나 들이나 천지를 창조(創造)해낸 학문의 제도를 말씀하시는 것이요, 유형실체가 있음으로써 무형실체가 있다는 것을 분명히 알고 살아야 하는데 오늘 이 시간까지 수많은 이인이나 성현이나 의인이나 한 사람도 그것을 알려준 사람이 없단 말이다.

왜냐하면 이 세상에 우리가 어떻게 살며 또한 죽음의 역사가 무엇인지 산 역사가 무엇인지 알지 못했고 따라서 하나님께서 이렇게 산 역사를 학문으로 갖가지 장을 펴서 아주 놀랍게 이루어놓으신 것을 보고도 값없이 생각했고 우리가 호흡(呼吸)하는 산소를 마시며 또 따라서 공기가 우리 생명이요 이런 모든 것이 다 생명이야. 수정기도 생명이요 공기도 생명이요 산소 생명이요 산소가 없으면 우리가 호흡(呼吸)을 못하니 죽을 것 아니야? 이런 귀함이 천 지간(天地間)만물 지중(萬物之衆)을 전부 바람으로서 전부 접을 다 붙여서 열매는 열매대로 식물은 식물대로 사람은 사람대로 이렇게 살게 해주신 은혜

(恩惠)를 모르고 살았다 이런 거야. 왜? 그것을 예수도 알려주지 않았으니 모를 것이요 따라서 유명한 도인도 알려 안 주었으니 모를 수밖에 없지 않느냐 말이야. 만들지 아니한 것이 어떻게 우리 눈앞에 나타나 있느냐 말이다.

고체(固體)를 이루어서 좌청룡(左靑龍)우백호(右白虎)가 딱 서 있고 명기(明氣)는 맥박(脈搏)이 뛰지. 정기(精氣)는 일심일치로서 쉬지 아니하고 지속연속으로서 자유하고 전류가 흐르고 돌고 땅 밑에는 모든 정기가 흐르고 돌고 있고 땅 위에는 이 공간에는 힘의 층으로 이루어져서 중력의 힘으로 되어있고 그렇게 무한하게 이루어놓으신 그 중심체 주인을 알지 못하고 살았다는 것이 얼마나 미개하다는 것을 우리가 한 번쯤 생각해보자. 이런 말씀이야. 사람이 어떤 것이든지 티브이도 만든 사람이 티브이도 만들지. 만들지 못한 사람은 저 원리를 몰라서 못 만든단 말이야. 그럼 이 공간에서 값없이 먹고살면서 어떻게 감사를 모르고 만날 달라고만 하느냐 말이야. 그래서 살아도 죽은 생명과 같다고 내가 하는 말이야. 우리가 1초도 내다보지 못하고 앞으로 일어나는 모든 그때와 운세도 알지 못하고 그렇게 미개(未開)하게 살기 때문에 아주 굉장히 무지한 인간이 미련하고 굉장히 무식(無識)함이 탄로(綻露) 나있다.

아무리 유명한 학자라도 이 땅에 와가지고서 얼마나 모르면 남의 무덤을 발견해서 그 귀신 단지를 전부 갖다가 모셔놓고 몇 백 년, 몇 천 년 이렇게 하겠느냐 말이야. 그 꼴 보기 싫은 두골을 얹어놓고 연구한다고 하고. 그렇게 안 해도 죽음의 역사와 산 역사를 알았더라면 그런 것 안 하더라도 벌써 해결이 되었을 것 아닌가 말이야. 이게 무슨 말씀인가 하면 예수님을 이 땅에 보내서 하나님 생애(生涯) 공로를 발견해서 영계를 풀고 또 하늘에서 영계를 심판케 하시고 이렇게 해야 무언의 세계에 옛 동산으로 다시 원위치로 돌아오고 또 욕새별과 사오별을 심판해서 악별성을 처리해야 만이 그 실색했던 별성(지구)이 다시 호화찬란(豪華燦爛)하게 살아난다 이거야. 지금 이 시간에도 아주 욕새별과 사오별은 아직까지 이 지구가 이렇게 되어있기 때문에 지금은 다시 거기는 개방(開放)되어서 살아났지만 이 지구는 아직 살아나지 못했다 이런 거야. 그러면 사람이라는 것은 누구나 물론(勿論)하고 한길을 걷자. 우리가 공부를 하더라도 공부에 여러 가지 과목이 있지만 과목 가운데 여러 가지 선택(選擇) 과목(科目)이 있다. 있음으로써 선택 과목에서 자기가 중심을 지켜나가는 사람이 여러 가지를 배워나가고 이러지. 이런 것과 같이 인간은 밥만 먹고 배설(排泄)만 하면 사는 줄 알았지만 그렇지를 않다.

자연은 아주 고귀하고 아주 법칙으로 되어있고 자연은 또 법에 법률이 딱딱 붙어있고 법률(法律)이 이행(履行)되어있고 시간과 장소를 성해서 진게기 딱딱 뇌어서 자 소생할 때 소생하고 잎 필 때 잎 피고 꽃 필 때 꽃피고 열매 달릴 때 열매 달린다. 이런 거야. 이러한 자연의 법칙을 인간은 도저히 알지 못하고 살았기 때문에 무지한 거야. 해가 있으니 해야 해가 있나 보다 공기가 있으니 있는가 보다. 그것은 기정사실로 있나 보다. 얼마나 바보야? 엄연히 과학으로 되어있는데 태양(太陽)이 과학(科學)으로 되어있는데 바람도 물도 모든 것이 과학(科學)으로 되어있는데 그럼 그것이 어떻게 진행되어서 어떻게 우리가 먹고 마시고 사는 가를 알고 살자 이런 거야. 이렇기 때문에 천지간만물지중이 음양 지 이치로 이루어져서 모든 것이 법도(法度)와 법(法)을 이행하고 법률(法律)이 딱딱 지정(指定)되어있고 거기는 아주 귀하게 딱딱 아주 불변불로 다가 변하지를 않는단 말이야. 우리가 이런 것을 귀하게 생각지 아니했기 때문에 하나님을 믿어도 입으로만 믿었지 오늘날 이 시간까지 그 하나님이 어떤 분인가를 알지 못하고 살았더라.

　우리 생명을 갖다 주시고 우리 먹는 식물을 주시고 우리가 살 수 있는 모든 것을 공적의 공의로서 공급(供給)해주시는 그 무한한 큰 사랑을 알지 못하고 살았기 때문에 인간은 너무나 무지하다 이런 거야. 그러니까 사람은 사람의 도리(道理)를 지키고 살자. 사람은 항상 사람의 도리를 지키고 살자. 아무리 우리가 고릴라 족속(族屬)이라도 고릴라와 결합(結合)되어서 타락되어 오늘 이 시간까지 인간이 무지(無知)하게 미련(未練)하게 살고 있지만 그래도 만물(萬物)을 거느리고 다스리고 사랑하라고 하셨는데 도저히 만물은 인간을 보고 다스리지만 인간은 절대 다스리고 거느리지 못한다. 이렇기 때문에 사람을 못한다 이거야. 그런데 인간들은 인간이 만물을 거느리고 다스리고 사랑한다. 그러면 만물을 거느리고 다스리고 사랑한다면 이 세상이 이렇게 복잡하지 않고 살게? 이렇기 때문에 천지(天地)이치(理致) 법도(法度)대로 살아야 한다. 천지이치 법도는 순리(順理)로 되어있고 아주 정연(井然)하며 고귀(高貴)하며 불변절대 하다는 것을 잊지 말아야 한다.

사람은 자기 지킬 본분(本分)은 어떤 일이 있어도 지킬 수 있는 자기 주관이 딱 서 있어야 한다. 그 주관이 완벽해야지 주관 권위를 세울 수 있는 이러한 존재(存在)인이 된다는 거야. 그런데 자기 주관을 지키지 못하기 때문에 주관이 없고 따라서 아주 바람이 불면 부는 대로 동풍이 불면 동풍으로 서풍이 불면 부는 대로 남풍이 불면 남풍이 부는 대로 북풍이 불면 부는 대로 그렇게 바람이 불면 부는 대로 갈대같이 흔들린다. 왜 그럴까? 그것은 중심이 없고 아는 것이 없기 때문이다. 미개한 자는 몰라서 순수하고 아는 자는 알기 때문에 순수하라. 왜 순수하라고 하느냐 하면 많이 배우면 배울수록 사람은 광대(廣大) 광범(廣範)한 마음을 가지고서 사랑할 줄도 알아야하고 거둘 줄도 알아야 하고 간직할 줄도 알아야 하고 모든 것을 질서와 조리와 정연을 분명히 알고 살아야 한다 이거야. 그렇지 못한 자는 살아있어도 밥이나 먹고 배설이나 하고 만날 그렇게 사는 거야. 한 가정이 평탄치 못하고 한 가정이 항상 불화하고 서로가 대결이 붙는다. 왜 그럴까? 왜 그러냐면 서로 부부가 제대로 만나지 못하면 서로가 살기가 뻗쳐서 항상 대결이 붙어. 그래서 이 인간 세상에는 만족(滿足)하고 흡족(洽足)한 것이 없다.

내가 낮에도 설교를 했는데 원래 비극(悲劇)이 없는 세상이야. 그런데 이 세상은 비극이 있기 때문에 귀신(鬼神)에 매여 살고 귀신한테 꼼짝 못하고 사는 것이야. 그래서 지금 이 시간에서부터 너희들은 똑바른 정신(精神)으로 살자. 그리고 사람은 예와 법도를 분명히 지켜라. 왜 예와 법도를 지키라고 하냐면 공부하면 공부할수록 겸손(謙遜) 하라. 그 겸손 하라는 말씀은 무슨 뜻인가 하면 사람은 앉을 때를 알고 설 때를 알고 또 모든 것을 행동절차(行動節次)가 발라야 한다 이거야. 어디 예배를 보고 정성 드리는데 가서 지금 설교를 하는데 딴 책을 보고 앉았으면 그게 예가 되는 거야? 안 되는 거야? 거기를 믿는다며, 그럼 그것이 굉장히 무식(無識)한 행동(行動)이다 이거야. 사람은 앉을 자리를 알고 설 자리를 알고 누울 자리를 알아야 한다. 그래서 사람이 정신과 마음이 바르다면 사람이 항상 행동과 절차가 발라 언어와 행실이 바르고 그래서 항상 끝이 없이 인간은 배워야 하는 거야. 그리고 스승이 있어서 공부 배운 사람 스승이 없어서 배운 사람과 하늘과 땅 차이야. 왜 그럴까? 지도(指導)에 따라서 크지 못했기 때문이야. 사람은 지도를 알아야 하고 그 지도에 항상 선생이 지도함으로써 그 지도에 따라서 이행한 자는 어디 가든지 망동(妄動)하지 않아. 그래서 우리가 바른 생활이 어떤 것이냐? 우리가 교회 가서 앉을 자리도 딱 이렇게 보고서 벌써 아, 저기

내 앞을 자리다. 문을 막아서 앉는 법이 아니야. 앉으면 항상 문을 비켜 앉아야 돼. 그래서 사람은 배워야 된다.

배우지 아니하면 목석과 같은 것이요 따라서 동물과 같은 것이다. 왜 알려줄까? 사람은 감정(感情)의 동물이야. 사람은 감정이 있어. 그게 아주 극(極)하면 즉흥적(卽興的)으로 동물(動物)의 행세(行世)를 나타내. 그 성질(性質)이 포악(暴惡)하고 그 성질을 내고 참을 때 가서 참지 못하고 성질을 내고 막한단 말이야. 그러니까 항상 그 성질나는 것을 자재할 수 있는 자가 되어야 해. 가르치는 자는 성질도 내고 때리기도 하고 야단도 치고 지도하는 사람은 그럴 수가 있다 이거야. 있지만 그 제자가 나가서 바른 행동을 했을 때 그 선생이 가르치심이 나타나기 때문에 선생은 항상 부모의 심정을 지니고 있기 때문에 아주 마음이 참 좋단 말이야. 장하고. 그러니까 우리는 항상 진실하게 살자. 진실하게 삶으로서 거짓됨이 없고 거짓됨이 없음으로써 거짓되게 안 한다. 진실하게 사는 데는 거짓말을 안 해. 사람은 진실하게 살아야 해. 그럼으로써 결백(潔白)이라는 것이 있고 그 결백이 여러 가지 결백이 있는데 그 결백을 조리 있게 지킬 줄 아는 자가 바로 배운 자다 이런 말씀이야. 이렇기 때문에 오늘 이 시간까지 우리가 왜 이렇게 사람의 생명은 가장 귀한 것이란 말이야.

늙으면 춘하호걸(春夏豪傑)이 되면 죽는단 말이야. 그럼 죽는 것 좋아해? 나빠해? 죽는 것 다 싫지. 왜 그럴까? 생명은 가장 귀한 것이요 따라서 생명은 영광이 있고 미래가 있고 꿈이 있고 희망이 있고 목적과 목적관이 있고 뜻이 있고 거기는 아주 낭만(浪漫)과 쾌락(快樂)과 좋은 것이 많기 때문이야. 이것은 바로 하늘사람들을 놓고 하는 말이야. 그런데 역시 인간도 하늘 사람들은 그렇게 산다 이거야. 그러니까 우리도 정신과 마음을 갈고닦아서 오래오래 사는 것이 좋지 빨리 죽는 게 좋아? 그러니까 생명이 오래오래 유지될 수 있는 이러한 길이 지금 열렸다 이거야. 어디 메? 천문으로써부터 열렸다 이런 말이야. 그런데 그것을 내 하라는 대로만 잘 따라가면 하늘나라에 가면 재생할 수가 있어. 그렇지만 내가 하라는 대로 안 하면 지옥(地獄)문도 못 가. 그렇게 되어있어. 맞겠어? 안 맞겠어? 이제 공부했으니 알겠느냐?

그런데 오늘 이 시간까지 의인(義人)이라는 것을 어떤 것을 의인이라고 하느냐? 배우지도 않고 이치를 아는 사람을 의인(義人)이라고 한다. 수도인은 왜 수도(修道) 인이 아는 게 많으냐? 도(道)를 했기 때문이다. 성현(聖賢)은 왜 성현이냐 하면 이 세상 사람 중에 남다르게 나타난 사람이기 때문에 성현(聖賢)이라고 한다. 의인은 왜 의인이라고 하느냐? 그 사람은 항상 의의를 지키고 후덕(厚德)하며 덕(德)을 지켜가기 때문에 의인(義人)이라고 한다. 이렇다 이거야. 그런데 그 사람도 못 발견한 것을 이제는 우리가 왜 죽어야 되는지 그것을 알게 되었다 이거야. 그것을 가르칠 수 있는 사람이 나타났기 때문에 사람은 누구나 물론하고 자기 쾌락과 만족과 흡족을 추구하

306

거든. 그것이 왜 그럴까? 그것이 자기만족과 흡족(洽足)이 항상 되지 못해 있기 때문에 이 땅에 환경이 얼마나 좋지 못한지 인간은 환경의 지배인이 되었다. 인간인 자를 가지고 있으면 환경의 권위자가 되어야 한다. 그런데 환경의 지배자가 되었더라. 환경의 지배자하고 환경의 권위자(權威者)하고 얼마나 하늘과 땅 차이인지 모른다.

상징적(象徵的)으로 말해서 요만한 못에서 올챙이가 꼬리를 달고 뺑뺑 돌아다니지만 뭍에 나오면 죽어. 그런 것과 같다는 거야. 거기에 꼬리가 떨어지고 발이 달려야 살지. 그래서 항상 우리는 똑바른 정신으로 살아야 한다 이거야. 그런데 이제는 아주 이때가 왔어. 운세가 오기 때문에 때가 왔다. 때가 와서 사람들이 서로 포악(暴惡)해서 서로 죽여. 이것은 아는 자가 없어 누구도. 왜 이렇게 포악하게 살아야 되느냐 말이야. 사람은 이렇게 아주 화해작용을 해서 서로 온유하고 평등하게 누구 말대로 너희들이 이런 말을 하면 나보고 공산주의(共産主義)라고 하겠지만 공산주의 이론처럼 그렇게 살아야 하는데 그렇게 못 사는 거야.

그래서 뭐든지 사람은 지 잘났다고 하는 것이 걱정이야. 배우지 못한 자는 항상 지 잘났다고 해. 배운 자는 잘났다고 안해. 왜? 벌써 많이 배운 자는 이렇게 보면 사랑이 착 가거든. 그러니까 이렇게 품어주는 마음이 있어. 안다고 하지 않지. 그러니까 항상 잘난 체 하지 마. 사람 잘난 데가 없어. 그런데 이렇게 수많은 사람들이 알지 못하는 것을 이제는 천문에서 발견했다. 왜? 우리가 여기서 죽어가는 것을 발견했고 또 하늘에는 존재 인이 살아 계시다는 것을 발견했단 말이야. 그러면 누구도 예수도 그것을 생각했어야 돼. 생각을 숫제 안했어. 그래서 십자가(十字架)에 매달려갔어. 다 죽은 게 증거(證據)야. 그러면 이 세상에 사람을 주(主)라고 믿을 수가 있어? 이것은 도저히 말도 안 되는 것이 아니야? 아 이거 만든 주인이 분명히 살아계시는데 있다고만 하지 정신(精神)이 어두우니 볼 수가 있어? 그래서 내가 말씀하다가 조금씩. 조금씩 가미를 넣으니까 정신이 띵한 것 같은데 이제서부터 똑바로 말씀을 하자. 사람이 왜 죽어야 하느냐? 만약(萬若)에 죽어야 한다면 공기(空氣)도 있다가 없다가 해야 한다. 산소(酸素)도 그럼 사서 써야 한다. 공기 바람은 계속 생명을 유지할 수 있고 공간에 차 있어서 공기(空氣)층을 딱 되어있어. 변(變)하지를 않아. 그런데 사람은 죽거든. 왜 죽느냐 하면 죽을 짓을 모두 하기 때문이야. 이 시조(始祖)에서부터 해내려 왔기 때문에 죽는 거야. 그렇기 때문에 죽는다.

이 원인이 다 있어. 그래서 지구에는 죽음으로 끝난다. 죽음으로 끝났기 때문에 바로 영계로 가도 지옥(地獄)문이다. 좋겠어? 나쁘겠어? 이런 말은 예수도 못한 말이야. 소크라테스도 못한 말이야. 어떻게 알겠어? 알아야 하지. 원리(原理)를 노르는데 어떻게 하겠어? 이제 잘 들었어? 알지 못하면 죽은 생명과 같은 거야. 그러니까 너희들은 천문학(天文學)이든지 지리학(地理學)이든지 지질학(地質學)이든지 이것을 배우기 전에 근원의 생태기에서부터 행 생 핵 여기서부터 배워 나오면 액도 낵도 동내독도 동낵도 액체 액내 공내 영내 정내 낵농내 원농내(액체의 원료들) 이 무한한 원문의 학문이 질서가 정연하게 되어있단 말이야. 이것을 배운 다음에는 이 공간은 저절로 다 알아. 왜? 다 아느냐 하면 이미 근원을 확실히 배웠기 때문에 그 내용에서 나왔기 때문에 알게 되어있다. 그래서 하늘사람은 영원(永遠)히 살 수 있는 이러한 능력(能力)을 갖춘 분들이요.

땅에는 원죄(原罪)와 타락죄(墮落罪)를 짓고 자, 원죄를 지었지. 여기다가 지상에 내려와 동물(動物)하고 결합(結合)했으니 타락(墮落)을 했지. 이 또 연대 죄가 인간 시조의 연대 죄가 있지. 인간이 조상의 연대 죄가 있지. 내가 짓는 잡음 죄가 있지. 죄 투 성이로 되어 있다. 알고 보니 그러니 먹어야 산다. 먹지 아니하면 죽는다. 내가 20일 넘어 밥을 안 먹고 사니 오히려 정신이 또렷하더라. 사람이 먹는다는 것은 이런 말은 너희들한테는 하나도 안 통하는 말이야. 먹는다는 것은 그게 좋지 못한 거야. 우리 체내(體內)에 모든 기계(機械)를 먹으면 망가트리는 거야. 안 먹으면 기계(機械)가 항상 그대로 있는 거야. 이해(理解)가 가? 안가?

그런데 인간이 먹게 된 기정사실(旣定事實)이 있어. 그것은 죽음을 선택(選擇) 한 거야. 먹게 된 것이 기정사실(旣定事

實)로 되어 있는 게. 왜? 원죄(原罪)와 타락(墮落) 죄를 졌기 때문에 인간이 먹어야 사는 거야. 몰라도 이렇게 들어두어. 이제 그런데 하늘 사람은 안 먹어도 산단 말이야. 야, 어제 저녁에 보니까 너무 호화찬란(豪華燦爛)하시고 이것은 생동의 생동감(生動感)이야. 생동감이 끓어 넘쳐흘러. 인간은 생동감이 하나도 끓어 넘쳐흐르지 못해. 내가 오늘 이렇게 보니 저 뭐, 살 뿐이지. 뭐 나오는 것밖에 없고 맹맹하니 죽은 거야. 하늘사람은 안 그래. 이 얼굴이 진설이 불리고 이 서기가 비치고 생동감(生動感)이 끓어 넘쳐. 그러니까 피로한 것은 모르는 거야. 있을 레야 있을 수가 없는 세상이야. 만족(滿足)하고 흡족(洽足)하기 때문에 여기는 만족하고 흡족하지 못한 세상이야. 인간 시조가 죄를 졌기 때문에 그래서 그 시조의 후손들이 이렇게 사는 거야. 지금 그래도 많이 개방되었어. 아주 단군시대는 어떤지 아니? 단군은 털이 나왔어. 성질 내면 딱 고릴라 소리를 똑같이 내. 그런데 하늘 사람은 그런데 우리는 왜 이러냐 말이야. 얼굴이 씻으면 반짝반짝하며 그 화대가 곱다. 그런 것밖에 더 있어? 똑바른 정신으로 들어보아라. 사람이 매하고 정신이 똑똑하지 못하면 귀신이 항상 접해있고 항상 귀신을 붙어가지고 온다. 사람이 정신이 똑바로 있으면 귀신이 붙지 못해. 왜 그 사람이 강하기 때문이다.

세상에는 하나님이라고 그러는데 하나기 때문에 그래. 둘도 없고 하나. 하나에다 사랑 님 자를 붙였기 때문에. 하나님 그 소리는 인간도 할 줄 알아. 그런데 이분들이 인간들이 하나님

310

이라고 하는데 저들은 하나님인지 뭔지 몰라. 인간들은 그런데 사실은 하나님께서는 아주 그 조화로 계셨다. 처음에는 조화, 조화라는 것은 우리가 헤아릴 수 없고 상상할 수 없는 것을 조화라고 한다. 이 조화에는 없는 게 없고 하려고 하면 못하는 게 없이 다할 수 있는 것을 갖추어놓은 것을 조화라 한다. 그런데 이때에 일심일치 일심정기 이렇게 주체와 대상이 두 분이 계신데 이 두 분은 몸체가 없을 때다. 없을 때지만 이때에 벌써 당신들은 당신을 아셨다. 아셨기 때문에 아셨다는 소리는 무슨 말씀인가 하면 갖가지 능력을 갖추어놓으셨다는 뜻이야. 그 조화의 내용이 있기 때문에 당신들은 당신들을 갖추셨더라. 갖추었기 때문에 이분들은 조화야. 조화신데 몸체는 없을 때다. 그러면 이분들이 태반태도원태도라는 이런 태반을 이렇게 생판으로서 지층같이 쌓아 올려 가지고 거기 안정되어 사실 때다. 이때에 두 분이 생각을 해내셨어. 체는 없는데 내가 아까 갖추어 놓으셨다고 했지. 체는 없지만 그 내용은 다 있고 당신들은 정신의 내용이든지 마음의 내용이든지 음양의 내용이든지 생명의 내용이든지 핵의 내용이든지 광선(光線)의 내용이든지 이런 내용을 다 갖추어서 계실 때다. 이때에 당신들은 이것을 다 갖추셨기 때문에 조화시더라.

하나님 후손은 천연의 원심의 혈통(血統)의 천륜(天倫)이다

조화시기 때문에 이때서부터 당신들은 미래를 생각하시고 꿈을 확고하게 생각하시고 또 한 가지 희망이 있다는 것을 아시고 목적이 분명하다는 것을 아시고 목적관이 완벽하다는 것을 아시고 그다음 뜻이 확고하다는 것을 아셨다 이거야. 불변 절대로 알았다는 거야. 이렇기 때문에 이때서부터 생각을 하셨더라. 생각을 하시니까 생각을 하심으로서 생각해 내셨더라. 생각해냈기 때문에 조화 때는 조화를 내셨더라. 조화때기 때문에 또 조화를 내신 거야. 조화를 내시고 보니 이제 태반에 가만히 안정되어서 계실 필요가 없는 거야. 이때서부터 창설(創設)을 시작하셨더라.

어떻게 헹을 타원형같이 둥글게. 둥글게 이렇게 당신이 창설해서 창조를 하신 거야. 거대한 공간만 하게 이렇게 타원형같이 하시고 나서 이제 이때는 두 분이 바로 생태기가 되는 거야. 이렇게 아주 태반(胎盤)에 안정되어 있었다. 사람도 태

313

반에 다 안정(安定)되어있어 그러니까 이제 행이 있지. 생이 있지. 핵이 있지. 없으면 안 될 상황이야. 그러니까 이런 공간에서 갖가지 조화에서 갖가지 생을 내셨더라. 생을 내놓고 보시니까 생에는 생생이라는 것이 생생이요 생생의 정기는 힘이더라. 이렇게 갖가지 생 힘을 준비해서 그 행 속에다가 꽉 채워서 저장을 해놓으신 거야. 그러니까 이때는 정신도 확고(確固)하고 마음도 확고하고 음양(陰陽)도 확고하고 생명(生命)도 확고하고 핵도 확고하고 모든 것이 확고(確固)한 거야. 행 속에서. 그러니까 이때에 행 속에서 핵에서 그 염색체(染色體)라는 것을 핵을 분리하니까 염색체가 나왔어. 염색체가 나와서 연결이 전부되어 정자난자 유전자 정자(精子)난자(卵子)가 나왔어. 벌써 이전에 태반(胎盤)이 있을 적에 이 내용으로 있었기 때문에 이것이 발사(發射)되며 분류(分類)되 나오는 거야. 사람의 몸체 될 것이. 이렇게 딱 되시니까 이때는 이제 당신이 지닌 것도 무요, 가진 것도 무더라. 왜? 조화에서 나왔기 때문에 그래서 행 속에 더 계실 필요가 없으시더라.

이때서부터 이러니까 이때서부터 두 분이 조부님(남자 하나님)은 생으로서 4위기대를 이루어 천문학을 이루시고 할머니(여자 하나님)께서는 4해4문을 이루어서 평청(산과 들)을 이루었더라. 그것도 생 기둥으로서 평청을 이루었다. 갖가지 생판으로서 지층같이 쌓아 올려서 그 규격과 아주 그 유모와 딱딱 규격이 맞고 유모 있게 거창하게 생불체를 아주 거대하게 이루셨더라. 이루시고 나서는 행 속에 계실 레야 안 돼. 왜?

생을 모두 저장해놓아서 써야 되기 때문이야. 그러니까 행 속에서 서서히 벗어나서 생불체에 딱 안정되어있을 때 생불체에 응시되어있는 거야. 응시되어 있기 때문에 이때서부터 아주 굉장히 이때는 당신들이 행 속에 있을 때도 체가 없었지. 없었는데 생불체 가서는 체가 서서히 생겼지. 완전히 체가 생겼다. 그래서 이때에 아주 가진 것은 가진 것대로 무로 내놓으셔서 원료를 내고 원료를 내니까 그 원료가 살아있기 때문에 발효하고 발로하고 발휘되었다는 거야. 그다음에 처음 때 요소로 냈다.

천연의 원심의 천륜이다. 왜? 이 분들은 다 알기 때문이야. 그다음 생불체에서 탄생한 사람들은 이것은 하나님의 혈통이 아니기 때문에 종이 아니야? 천사들 이분들은 어떠냐 하면 천심(天心)의 천륜(天倫) 천정(天情)이야. 천정이라면 천지(天地)만물(萬物)을 거느리고 다스리고 사랑하는 것이 다 들어가는 거야. 이제 생태기가 확실히 나왔다. 내가 염색체(染色體)도 여러 가지인데 그게 고리를 물고 어떻게 이렇게 언제나 하고 있니? 그게 생태기야. 생태계는 태반 태독 원 태독 거기는 불록조 불랙조 불천조 불천낵조 불불낵조(화학의 근원 원료들) 아주 불불천체 자유낵조 생생문도 무슨 낵조 이빠이 가득하지. 그런 것이 있으니까 화학(化學)이 있고 쓸 수 있는 원료(原料)가 꽉 차 있어. 그런 원료를 발사해시 이렇게 산과 들을 만들어놓았어. 이렇게 주인이 있는데 어떻게 예수가 주가 될 수가 있느냐? 공간을 만든 분이 주라는 뜻이요 또한 따라

315

서 하나님의 아들딸이 주(主)라는 뜻이다.

　말씀을 해보자. 우리가 첫째는 어떤 사랑을 가지고 살아야 하느냐면 부모가 자식을 사랑하는 사랑. 또 자식은 부모를 섬기며 부모를 사랑하고 믿고 의지하는 사랑. 이것은 서로가 어떻게 사랑이 맺어져 있냐면 아주 핏줄로 이어서 그 부모의 요소든지 그 부모의 조화든지 이런 것을 닮아서 나타난 천륜의 사랑이다 이런 말씀이다. 그럼 그 천륜의 사랑은 우리가 어떻게 해야 되겠어? 부모가 자식에게 관심이 있는 사랑을 해야 하고 또 자식은 부모에게 관심(關心)이 있어야 되는데 자식이 되어가지고 부모가 아무리 관심 있게 값없이 사랑하지만 자식은 그것을 잘 알지 못하더라. 그러면 자식이 되어서 그 부모의 관심과 부모의 깊고 높고 넓은 사랑을 아는 아들딸이 얼마나 되겠느냐?

　아주 없는 것은 아니야. 있기는 있되 그 천륜의 사랑을 느끼지 못하는 것이 자식의 사랑이라 이거야. 그렇지만 핏줄로 이어진 천륜 유전자, 유전자로 되어있는 사랑이기 때문에 그 음과 양에 조화는 정자 난자가 서로 그 유전자로서 되어서 부모의 깊은 사랑은 무한히 하지만 자식은 그 사랑을 아주 관심 있게 생각지 않는다 말이야. 그럼 그 가정이 말이지 얼마나 잘 되어있는 가정이며 얼마나 안 되이있는 사성인가? 이런 것이 차원 관으로서 완벽하게 분별(分別)되어있는 것이다.

이런 것이야. 오늘은 소소한 말씀을 설교를 해보자고. 왜 그러냐면 집이 잘 되어있는 가정이 완벽하게 되어있지는 못하지만 이 가정도 아주 천층만층 구만 층이란 말이야. 그 가정이 층층(層層)시야로. 할아버지 할머니 엄마 아버지 또 이제 삼촌 이렇게 언니 형 이렇게 무한한 사랑을 받고 자식들은 풍부한 사랑을 받고 커야 된단 말이야. 그래야만이 그 아이들이 아주 할아버지 관심 할머니 관심 또 아버지 어머니 그 형님 동생들 사랑하는 관심 이런 것이 풍부하게 몸에 배어서 큰단 말이야. 그럼으로써 이렇게 층층 시야로 크는 애들은 상하를 분별한다. 어떻게? 벌써 할아버지 앞에 모든 것을 모시고 받드는 것을 어려서부터 배웠고 또 아버지 어머니를 잘 섬기고 받드는 것을 배우고 또 형님들을 잘하는 것을 잘 배우고 이렇게 또 아래로 거느리고 다스리는 것을 배웠단 말이야. 이렇기 때문에 어느 곳에 가든지 그런 집 자손은 예가 바르다. 예가 바르고 자기가 앉을 자리와 설 자리를 알고 그 자리를 딱 분별해서 안다 이거야. 이럼으로써 사람이 어려서부터 조금에서부터 이런 교육을 받고 예(禮)와 법도(法度)를 배우고 크면 어디 가서도 그 사람은 부모의 교훈을 잘 배우고 컸다 하고 어디 가도 자기 구실을 한다. 자기 개성(個性)이 뚜렷하게 나타나 있다.

자기 개성(個性)체가 뚜렷하기 때문에 자기 인생관(人生觀)이 어려서부터 상하를 분별해서 커온 애들이기 때문에 어디를 가도 그 애는 딱 교육을 받고 나타났기 때문에 어디 가

서도 바보 구실을 안 한다. 그리고 그렇게 크는 집하고 할아
버지 할머니 증조할아버지 할머니 뭐 고조할아버지 이렇게
있고 층층 시야로 커도 그 집안이 쌍놈의 집안이라면 그 애들
이 배울 게 없어. 중구난방으로 배웠기 때문에 그 아이들이
커서도 관심도 없고 자기 멋대로 컸기 때문에 그것은 어디를
가도 옳지 못한 것을 나타낸단 말이야. 나타나기 때문에 벌써
아이들이 행동하나 하는 것을 볼 때 그것은 인사할 때 예도
없고 앉아있는 것이나 눈뜨는 것이나 머리 들고 앉아있는 것
이나 옛날 사람은 살핀단 말이야. 지금도 아무리 이런 세상이
라도 대학교 교수나 유명한 사람은 사람을 대하고 벌써 그 사
람 태도를 탁 살피는 거야.

 그러니까 이렇게 하는 집이든지 여러 가지로 있는데 될 수
있으면 지금은 애 하나 아니면 둘만 낳고 안 낳는단 말이야.
그럼 아이가 보고 크는 것이 없어. 그 부모도 핵(核)가족이라
고 해서 저들이 법도(法道)를 배웠어? 그러니까 아이한테만
냅다 관심을 쏟아버려. 그러니까 이 애는 아주 붕 떠서 큰다
고. 그러니까 커서 지 잘났다고 뽐을 내니 그게 얼마나 바보
고 얼마나 병신이냐 말이야. 자기 개성(個性)을 뚜렷하게 타고
났어도 자기 개성을 발휘(發揮)하지 못하니 그것이 그 차원(次
元)이 아주 떨어져 가지고 바보가 된다는 거야. 아들딸을 낳은
엄마는 자식을 여자는 여자대로 구별 있세 길러야 하고 남자
는 남자대로 구별 있게 길러야 한다. 그래야만이 학교를 가도
벌써 선생이 가르칠 때 아 저 집은 얼미를 잘 민녔구나. 교육

을 잘 시켰기 때문에 벌써 올 때 국문을 다 깨우치고 또 답답한 게 없고 예가 바르니까 아이가 함부로 행동(行動)치를 아니하니까 선생 속을 안 썩인다 말이야. 그래서 사람은 어려서부터 누구나 물론 하고 부모와 자식의 사랑이 굉장히 광대 광범(廣範)하지만 그것은 서로 관심이 있어야 한다.

부모와 자식이 서로 관심이 있어야 한다. 관심이 있음으로써 그 관심관이 완벽하게 아주 서로가 사랑을 풍부(豊富)히 받고 컸기 때문에 만날 애를 버릇없게 기르는 것이 아니고 체맞게 길러라 이거야. 조리 있게 길러라 이거야. 그게 바로 관심이야. 앉는 것이든지 서는 것이든지 어디 가서 함부로 행동을 하지 않는 것이든지 이런 것을 부모가 관심 없이 기르면 그 자식이 어떻게 되겠느냐 말이야. 그래서 관심관이라는 것은 여러 가지로 나누어져 있다. 이것은 누가 하신 말씀인가 하면 나는 옛날부터 부모에게 배운 말씀이면서도 오늘 아침에 조모님(하나님 아내)이 말씀하시더라. 그래서 부모와 자식이 관심(關心)이 있어야 된다. 관심이 없는 데는 아무것도 없어. 왜 그러냐면 관심이 있음으로써 정신과 마음이 항상 집중되어 있거든. 그렇기 때문에 관심(觀心)관이 서 있다 이거야. 그래서 부모와 자식이 천륜의 사랑이지만 부모가 관심 있게 길러시 어린이를 조리 있게 길러서 예를 지키게 하고 상하를 분별케 하라 이거야. 그렇게 길러야 뇌고 그렇지 못하면 자기 개성 체를 뚜렷하게 타고났어도 나타내지 못하는 것이다.

"천도문"
의인의 기적

김영길 제2소설

초판 1쇄 : 2017년 5월 22일

지 은 이 : 김영길

펴 낸 이 : 김락호

디자인 편집 : 이은희

기 획 : 시사랑음악사랑

인 쇄 : 청룡

연 락 처 : 1899-1341

홈페이지 주소 : www.poemmusic.net

E-Mail : poemarts@hanmail.net

정가 : 15,000원

ISBN : 979-11-86373-72-9